追放したくせに戻ってこい？
万能薬を作れる薬師を追い出しておいて、
今さら後悔されても困ります！
めでたく婚約破棄され、隣国で自由を満喫しているのでお構いなく

安野 吽

目次

CHARACTERS
追放された大聖女
エルシア・アズリット
セーウェルト王国の大聖女であり、ギーツの婚約者であったがすべてを妹に奪われる。薬草研究が好きで博士号を持つほどの薬学知識の持ち主。
ジュデット国の王太子
クリスフェルト・アルヴェ・ナムス・ジュデット
敵国の民でありながらも勇敢に自分を助けてくたエルシアに興味を持つ。
追放したくせに戻ってこい？
万能薬を作れる薬師を追い出しておいて、今さら後悔されても困ります！
めでたく婚約破棄され、隣国で自由を満喫しているのでお構いなく

ジュデット国 ◆

魔族が治める国で、セーウェルトとは敵対関係。
魔族の強力な力で国土を守る一方、医療が発達していない。

ジュデット国の宮廷薬師長
ベッカー・ランダルバート
偉ぶった口調で一見厳しく見えるが、本当は世話焼きで優しい性格。

クリスフェルトの妹
ミーミル・アルヴェ・ナムス・ジュデット
お転婆で少しわがままなジュデット国王女。原因不明の症状に悩まされている。

双子の姉
ミーヤ・セトリュー
エルシアの侍女となった双子の姉。しっかり者で几帳面。無茶をする妹をよく諭す。

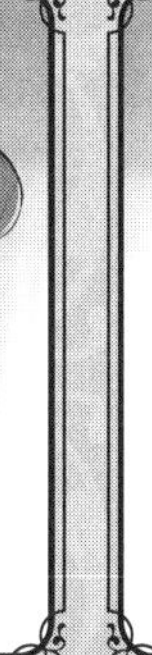

双子の妹
メイア・セトリュー
エルシアの侍女となった双子の妹。明るく陽気な性格で、エルシアのよき理解者となる。

セーウェルト王国 ◆

聖女や薬学など医療を中心に発展している大国。
古くからの言い伝えで「魔族は敵」という思想が根強く残っている。

セーウェルト王国の王太子
ギーツ・セーウェルト
リリカに唆され、エルシアに婚約破棄を告げる。尊大な態度だが、実際は臆病で優柔不断。

エルシアの妹
リリカ・アズリット
大聖女を務め自分より目立つエルシアを嫌っており、すべてを奪おうと計画するも…

第一話　大聖女、お払い箱となる

　ここは、とある王国の王都に佇む城の一室。……その前で。

「……あん。くすぐったいですわギーツ様。でも、気持ちいい……」

「ふふ、私に尽くさせようとするなんていけない女だ、君は……」

　中から響く甘ったるいねだり声と嬉しそうに従う男の声を、到着したばかりの私はげんなりとして聞いていた。

（……本当に、馬鹿馬鹿しいったら）

　ため息ひとつ。その後私は部屋に踏み込もうと、静かに扉を叩く。

「王太子様。エルシア・アズリット……お招きに与り参りました」

「――っ……！　は、入れ」

　扉を開け恭しくお辞儀をすると、中にいたのは慌てて体を離す一対の男女。やや乱れた服装、上気した顔からも人を呼びつけておいたくせに睦み合っていたのは明白で、今さらこんな仕草をしたって白々しいことこの上ない。

　そんな彼らが、これからどんな話を持ち出すのか予想するのは容易く、私は口に出す言葉を大体決めていた。

　女を背中に回し、こちらへ向いた男が険しい眼差しで告げる。

「エルシア・アズリット、本日君を呼んだのは理由がある。単刀直入に言うが君との婚約は……破棄させて――」

「……わかりました。では失礼いたします」

男の言葉を遮るように、お辞儀したこちらが丁重に述べるのは辞去の挨拶。

だって、手紙で一文、【大事な話があるから来られたし】とか送りつけておいて、呼び出した用件がそれなんだもの。

たとえ高貴な身分であろうと、自分の都合で婚約破棄を突きつけるくせに謝罪もなしなんて、無作法にもほどがある。文句を呑み込んであげるだけマシだと踵を返した私を、男は鋭い声で引き留めた。

「待て！　最後まで言わせろ。なぜそうもあっさりしている……」

（なぜ？　そんなの、あなたとの婚約に対して欠片も価値を感じていないからに決まってるじゃない。縋りついて再考を乞うとでも思っていたのかしら）

こんな状況でもあくまで自分が正しいという姿勢を崩さない男に胸の中で呆れつつも……私は渋々足を途中で止めて振り返り、冷めた目でその顔を見つめた。

彼はここ、セーウェルト王国という国の王太子ギーツ・セーウェルト。

つい先ほどまでは私の婚約相手だったのだけど……その関係はたった今解消していただけたらしく、私にとってはありがたい限り。

お顔は金髪碧眼、たいそうお綺麗でいらっしゃる。だけど、こんなことをしでかす辺り性格がアレでちょっとついていけないな、とは常々思っていた。

正直、言い訳など聞かず今すぐにでもこの場から立ち去りたい。

だが彼にも、王太子だというプライドがあるだろう……一応気遣ってあげないと、後でなにを言われるかわからない。

だから私は口元から出るため息を隠した後、彼らと向かい合った。

「わかりました。説明していただきましょう」

「いいだろう。私はついに真実の愛を見つけてしまったのだ。この君の妹、リリカ・アズリットとの間にな。彼女は舞踊も裁縫も下手くそで不器用だが、ろくに婚約者としての務めを果たそうとしない君に代わって、私にずっと寄り添ってくれた。一生のパートナーにするには冷たい君よりそんな彼女がいいと、私の心は感じてしまった。このつらい気持ち、わかってくれるだろう?」

(ちぃっともわかりませんねぇ……)

他に女ができたから、準備に数年かけた婚約を破棄するというだけでも馬鹿馬鹿しい。

けれど……それに輪をかけておかしいのが、彼の意中の相手が目の前にいる実妹リリカ・アズリットだということだ。妹は王太子の背中に隠れ、彼からは決して見えないようにニタニタ笑いを浮かべている。

本当、聞いてあげなきゃよかったと思う。

淑(しと)やかな微笑は維持できても、額に青筋が浮かぶのは止められない。

ついでに言うと、あなたの相手をできないほど私を忙しくさせていたのは、他ならぬ王家(あなたがた)でしょうに……。

私エルシアと、そしてそこのリリカ。

私たち姉妹は聖女というお役目を国から与えられている。

血筋に受け継がれた特殊な治癒能力を発揮し、王都の大聖堂に運ばれてきた傷病者を治療する重要なお仕事。それが聖女だ。

聖女はセーウェルト王国でしか生まれず、その力を発揮できるのは、何十万という国民の中でわずかひと握り。

今聖女として大聖堂で働いている人数も百名ほどしかおらず、中でも私は、その筆頭たる大聖女として来る日も来る日も三年間、国民の怪我(けが)や病気を治療し続けていた。

おまけに王太子との結婚が決まっていたせいで、激務の後に妃(きさき)教育をこなす日々。そこでも散々いびられここ数年、ぐっすり眠れた記憶がない。

元は銀の輝きを保っていた髪は色あせ、目元の隈(くま)も最近隠しきれなくなっている。そろそろ自分がいつ倒れるのかがちょっと楽しみになってきたくらいで、王太子と交友を深めている暇なんざ、あるわけない。

対して、妹のリリカは聖女であるにもかかわらず、業務をさぼりまくって大聖堂にはろくに顔を出さない。姉として強く言い聞かせようとしたのだが、彼女は私の話になど、まったく耳を貸してくれない。

しかし、最近家でもあまり姿を見かけないなと思ったら、まさか王太子相手に遊び惚(ほう)けていたなんて。

「お姉様ごめんなさい。リリカ、そんなつもりはなかったの。だけど、一緒にいる間に少しずつ、ギーツ様への想(おも)いが芽生えてしまって……」

妹は今も殊勝(しゅしょう)なことを言いながら王太子の背中に隠れ、愉悦の表情を浮かべている。口角が上がりきって、まるで蛇みたいだ。

本当、どうしてこうなったのやら？

両親が末っ子である彼女を猫かわいがりしたせいなのか、はたまた、生来の気質だろうか。

その辺はともかく、小さい頃はリリカの方が才能は上だと言われていた。なのに彼女は、地味な聖女の修養が大嫌いで、いつしか努力を放棄した。結果、格下だった私に追いつかれ、追い抜かれてしまったことが彼女の性格をより歪(ゆが)め、堕落させてしまったのか。

真偽は定かではないけれど、ともあれリリカは本来の実力を高めようともせず怠けまくり、人を利用して上手くやることばかりを覚え、自分の力を育てようともしなくなった。

そして最終的に誕生したのがこの、外面(そとづら)とおねだりの技術だけが磨き抜かれたモンスターだったというわけ。まあ、それが高じて王太子を射止めるに至ったのだから、ある意味立派なものかもしれないけれど。

さあ……はたして今さら彼らの関係に文句を言い立てて、私の言い分が通るだろうか。

答えは……否(いな)。かたやいち聖女、かたや王太子と恋人。双方の権力の差は圧倒的。

元より逆らうつもりもないし、ここはさっさと了承の意志を伝えてしまおう。

「ご意向はわかりました。では私は婚約者の座を降りますわ。妹にしっかりと王妃たるものとしての教育をお与えになって、共にこの国を栄えさせてくださいませ。では私は大聖女としての仕事がありますので……」

頭を下げてその場を辞する構えだった私に、王太子は信じられないことを言い放つ。

「いや、そちらももう退いてかまわない。本来大聖女の座は王妃との兼任であることが決まっているから、リリカをそこに就ける」

「正気ですか⁉」

「ああ。リリカは『大聖女の仕事くらい私が本気を出せばちょちょいのちょいです』と言った。真の愛に目覚めた者が、愛する者の言葉を信じなくてどうする」

いや、そんなキリッとしたお顔で言われても……。

この国の行く末が本当に心配だ。

確かに幼い頃、リリカが操る治癒の力は私以上の出力があった。しかし、聖女としての能力はそう簡単には開花せず、一朝一夕(いっちょういっせき)で引き出せるものでもない。

生み出した光により生命力を付与し身体(しんたい)の再生を促進するこの力は、強い想像力と集中力を日々養い、人体に対する豊富な知識を学ばなければそれを適切に使用することは敵わない。私も治癒術をまともに使えるようになるまで、小さい頃から十年近くの時を修行に費やしている。十歳前後を最後にこれまで遊び惚けていたリリカがやすやすと扱えるとは思えない。

しかし、その事実を以(もっ)てしても。

王家と私たちの所属する聖教会(せいきょうかい)の繋(つな)がりは太く、王太子の彼が言うのならこの話も受け入れざるを得ないだろう。

私は迷う。

今のリリカの実力で大聖女の役割を担(にな)えるとは思えないから、このまま一般の聖女として籍を置き、妹の補佐に努めるか……あるいは。

今もニッコニコ、悪意全開の笑顔でこちらを見ている妹。

それを見て、私はもうひとつの選択肢を選ぶことに決めた。

「そうですか。では婚約は破棄。私はリリカと交代で大聖女の任務を引退し、聖教会を辞させていただきます。現在まで格別のご高配を賜り、誠にありがとうございました」

「うむ。では下がっていいぞ……私とリリカは忙しいのでな。君もこれを機に、しばしどこかでゆっくり羽でも休めるといい。では、ご苦労だった」

それってオブラートに包んではいるけど、目障りだからしばらくどっかに行ってこいってことよね……。淡白に挨拶した私をギーツ王太子は手を振って冷たくあしらい、再度リリカとイチャイチャする構えを見せる。

そんな彼に悲しそうな表情で頭を下げつつ、内心で私も舌を出す。

ああ、せいせいした。

この国がうまく行こうが行くまいが、もう私には関係ないんだ。

唯一の心残りは、私たちを頼りに大聖堂に来てくれる患者たちのことだけど……それについてはきっと大丈夫。他の聖女たちは治療に情熱を持った信頼できる人たちだ。だから安心して任せられる。

部屋を出ると、解放感が私の身を包む。

背筋をぐっと伸ばし、鼻歌交じりで自由な日々に思いを馳せる。

大聖女という肩書は失くしたけれど、そんなことどうでもいい。

仕事場に拘束されていた今までとは違って、これからは趣味である薬の研究や、夢に見た人間らしい生活を目一杯楽しんでやる。

そして私は思った。聖女だとか、婚約だとか、もううんざり。

そうだ……しばし、気楽なひとり旅にでも出ちゃおうかと。

◇

「エルシア様！　大聖女の任を解かれたって本当ですか⁉」

数週間後。残務処理を終え、大聖堂の責任者であるマルケット大教皇に本日付で退任するご挨拶をした後のこと。

振り返れば見上げるほどの白壁の大きな建造物――大聖堂の入り口から去る私を追ってきたのは、後輩の聖女たちだった。

代表で話しかけてきたのはその顔に悲しみを湛(たた)えたプリュムという少女で、一般の聖女たちの纏(まと)め役を務めてくれている。

ちなみに大聖堂で働く聖女たちの階級は三段階。上から大聖女、上級聖女、聖女となっており、概(おおむ)ね治癒力の力量によって職分が決められる。黒いロングヘアに眼鏡をかけた彼女は真面目で若いながら上級聖女に抜擢された優秀な人材なのだけど、その言葉には、私も思わず苦笑いしてしまった。

「ごめんね。ちょっと王太子様との間でいろいろあって、降ろされてしまったのよ。このままこの場所に残るのもなんだかね……気分がよくないし」

「信じられない！　エルシア様は聖女であるにもかかわらず、最年少でセーウェルト王国薬学博士号を取得した稀有(けう)な天才で、お仕事もあんなに頑張ってらっしゃったのに！　皆あなたが大聖女になってくださってから安心して仕事に励めると、とても喜んでいたんですよ。それがどうしてこんなことに……」

博士号うんぬんはたまたま私の薬好きに目をつけた先達から知識を叩き込まれた結果なので置いておくとして、妹経由か王太子経由か知らないが、もう婚約破棄の噂が広がっている。でなくても、王族からの婚約破棄と更迭だ。私側に問題があったと取られても仕方のない状況。

でも後輩の若い聖女たちは、さすがに今まで忙しく働く私の姿を見ていたから、納得のいかないこの気持ちにひどく同意してくれた。

この子たちは妹よりもずっと身近で、私の気持ちをちゃんと汲んでくれている。

それがわかって、ついじ～んと目頭が熱くなる。

「ありがとうプリュム、皆。多分私の後釜に座るのは不出来な妹になるけど、甘やかさずに、できないところは厳しく指摘してあげて。じゃないとあの子も変わらないから」

「リリカさんが大聖女を継ぐんですか!?　大教皇様もなにを考えておいでなんだか……あんな人に務まるはずないのに！」

「そうよそうよ」と頷き合う聖女たちに、私はいたたまれない気持ちになる。

だが、もうこれは決まってしまったことで、誰がなにを言っても覆らない。

せめて彼女たちには長年苦労を分かち合ってくれた感謝を伝えるべきだろう。

「今まで支えてくれてありがとう。あなたたちも自分の体だけには気をつけてね」

「こんなの、私……悔しいです」

「……また手紙でも送るから」

プリュムの頭を撫でてやると、彼女は涙ぐんでしまう。

こんな気弱なところを見せる彼女だけれど、でも心配はしていない。

プリュムの聖女の務めに対しての取り組み方は真剣そのもので、大怪我にも眉ひとつ動かさず果敢に立ち向かう強い心を持っている。もちろん他の皆もそうだ。私などいなくても皆これからも立派にやっていくだろう。

しばらくしてプリュムは目元を拭い顔を上げた。

「おつらいのはエルシア様なのに、すみませんでした。手紙……ですか？　王都に留まらず、どこか旅に出られるのですか？」

「ずっと狭い世界ばかり見てきたし、世間知らずを直そうかなって」

「それはいいですね。私ももし時間があったら一緒についていきたいくらいですけど……」

彼女は後ろを振り返る。

今も続々と、大聖堂には病人が運ばれている。

あまり聖女たちに長く席を外させるわけにもいかない。

私は集まってくれた彼女たちとひとりずつ握手を交わして声をかけ、今後の活躍を祈る。せっかくだし、前途を祝して聖句の一節でも彼女たちに贈ろうか。

「癒しの祝福は正しき御心のもとにこそ宿らん……。優秀なあなたたちならきっとこの先も多くの人の命を救っていける。それを誇りに思って、これからも頑張ってね！」

「お気をつけて！　またいつでも来てくださいね！」

すると聖女たちは大きく手を振ってくれた。

彼女たちには妹がたくさん迷惑をかけるのだろうし、申し訳ない気持ちでいっぱいだ。

でも……それでも、あの妹の下でこき使われるのだけはごめんだから。

「皆、元気でね……！」

別れの挨拶を背中に受けながら手を振り返すと、私は聖堂に続く大階段をゆっくりと降りていった。

◇

アズリット伯爵家は、父母と私、リリカの四人家族だ。聖女を輩出していることもあって、それなりの名家である。

特に今代は私が王太子へ嫁ぐにあたり、大きな支度金をいただいているはず。加えて勝手に婚約を破棄し、結び直そうというのだから、それなりの賠償金も受け取っている。

つまりここ、アズリット伯爵家は今非常に豊かな財政状況にあるのだ。

なので家に帰った私を迎えた父と母の顔は、非常に明るいものだった。

「いやぁ、私もあんなことになっているとは思いもよらなかったなぁ。まさかリリカが王太子殿と仲を深めているとは……。まぁ、妹がお前の任を継いでくれるのだから、うちとしてはさしたる影響はない。問題なしだ、わっはっは」

「そうなのよぉエルシア。おまけにお金もたくさんいただけたから、この先三代は遊んで暮らせると思うわ。なにか欲しいものがあったら遠慮なく言いなさい、なんでも買ってあげるわ」

（軽いなぁ……）

彼女たちの懐に入っているのは、先ほど挙げたものや、私が大聖女として必死に務めて国家からいただいた報奨金であるはずなのだが……それはまあ、面倒臭いので口にすまい。

こういうのを、情が薄いというのだろうか。

悪人ではないのだが善人でもなく、あんまり他人の気持ちをわかってくれない人たち。それが私が父と母に抱く印象だ。とはいえ私も、両親やリリカにとりたてて強い愛情を抱いているわけでもなく、そこはお互い様と言えるのかも。

彼らと真面目に話そうと思っても、会話が平行線となって永遠に交わらない気がするので、早々と切り上げてしまおう。

「それでお父様、お母様。私、見聞を広めるために各地を回りたいと思っていまして……。しばらくこの家を留守にする許可をいただけますか？」

「ふむ、いいのか？　お前あての縁談がごまんと来ておるのだが。それなんかどうだ、よい家柄の息子だぞう？」

父は後ろを向くと使用人に指示し、机の上にどんどん紙束を積ませてゆく。百枚以上ありそう。

そういえば、先日の件で私は婚約を破棄された傷物となった。

されどおそらくこれらの求婚は取り下げられることはない。なぜならば、これは私個人への評価ではなく、あくまで聖女の血を引いているという事実に対しての評価であるからだ。

聖女の血を引く人間を家に迎えたいと思う貴族家はいくらでもある。

もし聖女として優れた資質を持つ人間が家に生まれれば、国から大きく重用される。そして万一大聖女の任に就ければ、王太子や大貴族との結婚もあり得るのだ。婚約を求める側からすれば宝くじを買い求めるような気分なのだろう。

だが今のところ私にその気はない。あんな風にギーツ様から追い払われたのもあるし、せっかく激務から解放されたのだ。とりあえずしばらくはゆったりとした生活を楽しみ、心を休めたいというのが第一の希望。結婚の話とか、しばらくは聞きたくもない。

「お父様には申し訳ないのですが、私もこの心の傷を埋めるため、誰も見知らぬ者のいない土地で静かに過ごしたい気分なのです」

よよと泣き真似をしてみせると、父と母は顔を見合わせ頷いてくれた。

「ならば仕方あるまい。しかし定期的に連絡だけはするようにな」

「まあエルシアならしっかりしているし、よっぽどのことがなければ大丈夫でしょう。もしかしたら旅先でいい人でも捕まえてくるかもしれないわね。頑張りなさいな……ほっほっほ」

といった感じで、まるで他人事の両親たち。

手のかかる妹に注力していたせいで、半放置で育てた私に対する彼らの関心は薄く、だから私の方もあんまりこの人たちに親という実感が持てないでいるのだろう。

きっと……私が失踪しても仕方ないで済ませてしまうんだろうな、この人たちは。

「では明朝、家を発つことにいたします。父上も母上もどうか、お変わりなきよう」

これ以上話しているとそんな愚痴っぽい考えばっかり浮かんできそうになるので、私は一礼し、さっさと応接間を後にする。

そうして部屋に戻った私はベッドの下をごそごそとまさぐった。

そこから引っ張り出したのは、キャメル色の革製のトランク。

私はトランクを開き、収めていた旅支度を確かめるとふふっと笑う。

「いつかこんな日をと夢見て、ちまちまと準備してきたのがここで役に立つとはねぇ……」

思えば、私が王都から出たことはほとんどない。

幼い頃から、やれ貴族のマナーや修練だとずっとこの場所に縛られて生きてきた。

衣食住の保証はあったけど、やはり、それなりの息苦しさはずっと感じていた。

それが今や、明日から自由！

私は今、久しぶりに踊り出したいくらいにわくわくしている。

明日が楽しみだなんて、何年ぶりのことなのだろう。

どこに行こうがなにを食べようが自由。いろんな場所を巡れば、図鑑で見ただけの実際に触れたこともない薬草にだって出会えるかも。そんな心躍る生活がこれからしばらくは待っているのだ。

ベッドに潜り込んだ私は、いろいろな妄想を浮かべては消し、ひとり寝付けない夜を過ごす。

そうしているとあっという間に日は昇り……翌日、寝不足の私はいくばくかの路銀を持ち、生まれて始めてここ王都を発つ。さあこの旅で、私をなにが待ち受けてくれているのだろう……そんな溢れんばかりの期待を胸に仕舞って。

◇

風が涼しく、少し肌寒い三月の終わり。

私は、セーウェルト王国のやや西側にある王都から、交通の便がよい南西部にあるレトグリットという大都市に向かって、街道を進んでいた。見慣れない景色を眺めていると、今私は自由なのだという実感が強く湧いてくる。

　徒歩を選んだのはこれから旅をするにあたって、少しばかり寄り道をして薬草を補充したかったからだ。旅の間は聖女ではなく薬師として活動するために。

　言わずもがな、この大陸で病に苦しむ人々の体を癒すのは薬師の仕事だ。彼らは草花、鉱物など山野にある様々な素材を配合して怪我や病魔に侵された人々を治す薬を作り出す。あの王都の大聖堂にも、大勢の薬師が在籍していた。

　では私たち、セーウェルトにしかいない聖女たちはいったいどういう役割を担っていたのか。それは概ねが速やかな怪我の治療だ。聖女の力は人それぞれに眠る再生力を増幅させ、身体の回復速度を爆発的に高められる。これはいわば外傷……外から加わった力で受けた傷などに大きな効果があり、骨折だってものの数十秒で治せてしまうほど。

　しかし、一方でこの力は全身に広がる症状や、体の深部に潜む病原体などに対する効果は薄く、病気においては治せないものがほとんど。あくまで再生の力であって、体調不良の原因が内部にある場合、それを浄化し取り除くことまではできないようだ。

　私もいろいろな生物標本などを見たりして勉強したけれど、それでもそういった病気を聖女の力で上手く治療できたことはなかった。そうした不便が私に、聖女であるにもかかわらず薬学を学ばせた。

　これがやってみると意外と面白く、のめり込むうちに前任の大聖女様づてで王国からの推薦を受け、薬学博士試験に臨むことに……。

　そして、運よくそれを突破したことが評価され、晴れて大聖女となったのだ。

　しかし聖女は希少で、私たちがおおっぴらに働けるのも大聖堂で国の庇護を受けているからこそ。

（他の街で聖女だなんて明かせばなんのトラブルに巻き込まれることやら。だったら、なるべく人の多い場所で薬師としてでも働かなきゃね……あんまりお金使いたくないもの）

路銀はそれなりにはあるから、しばらくは食う寝る遊ぶだけの日々を送ってもいい。けれど、使えば使うほどお金は減って、家に帰るまでの期間が短くなってしまう。それに、旅には急な出費が付き物だと聞く。

なので今はこうして先々を見越し、薬の備えを蓄えようと街道筋を闊歩しているというわけだ。

（荷物は多いけど、これが生命線になるから大事にしなきゃね……）

片手に簡易調合器具の入ったトランク、もう片方の手に籠を抱え、時には森に分け入って草花を摘んでゆく。自然の静謐な空気を吸い込めば、心も癒されるし一石二鳥。

「よし……これくらいあれば十分でしょ！」

その内籠もいっぱいになり、満足した私は道から少し離れた木陰でいったん休むことにした。

この先の予定はまだ決めていない。

いくつか候補地はある。

王国北部の街グランクリュには万年雪の解けない山があって絶景だというし。

南部の街オーステランには、富裕層がよく訪れる、とても綺麗なビーチがあるという。

他にも、いくつか行ってみたいところはあった。

だが、ひとつだけ気をつけないといけないことはある。

現在西部では、戦争とまではいかないが他国と小競り合いが起きている。

その相手は私たちとは違う、魔族という種族が治めるジュデットなる国だと小耳に挟んだ。

もちろん、わざわざそんな危険地帯に飛び込むことはしない。

私だって命は惜しいし。

なるべく西へは行かないようにと頭に刻み、地図を眺めながらサンドイッチをぱくついていると、こちらに近づいてくる足音がした。

歩いてくるのは、ひとりの男だ。

ずいぶんみすぼらしい身なりで顔には薄笑いを浮かべている。

どうにも友好的な雰囲気ではなく、ひと目見て嫌な感じがした。

跳ね上がる警戒心に、私は手からサンドイッチをポロッと転ばせ立ち上がる。しかし、その時にはもう遅く、男は口になにかをあてがい息を吹く。

ピィッという音が響いた後、走り出そうとした私の行く先を違う男が塞ぎ、抜いた剣をちらつかせた。

「へへ、逃げられねえよお嬢ちゃん。周りを見てみな」

「…………ッ！」

うっわー……最悪！

男の言う通り、周りは続々と現れた仲間と思しきやつらに取り囲まれつつあった。

その数、十人ほど。高い笛の音は仲間に知らせる合図だったのだ。

おそらく野盗というやつだ。私は考えが甘かったことを悟る。

街道筋なら人の行き来も多く、なにかあっても誰かが助けてくれるだろうと踏んでいたのだが、今、周りには人っ子ひとりいない。

「大人しくするんだなぁ。せっかくの別嬪に傷をつけたくはねぇからよぉ」

目の前の男が野盗たちのリーダーなのか、指示を出すと包囲が狭められた。

こんなやつらに別嬪とか言われてもまったく嬉しくない。手のひらに気持ちの悪い汗が滲むだけだ。

どうしよう、一か八か抵抗するしかないか……。

そう思った私は腰のポシェットからひとつの小瓶を取り出す。

護身用として用意しておいたものだが、正直複数名を無力化できるほどではない。

だが、ここでなにもしなければ捕まえられて、私の人生お先真っ暗。

じりじりと近づいてくる男たちに息を詰め、行動に移ろうとしたその時。

「ぐへっ！」

――ぱごんっ！　と派手な音を立て視界の奥から、投擲された赤いなにかが砕けた。

爽やかな匂いが辺りに飛び散る。よく見えなかったけど林檎っぽい。

それを後頭部に受けた野盗のひとりが倒れ、私を丸く囲んでいたやつらが一斉に振り向く。

「見過ごせないな……。大勢でよってたかってなにをしてる！」

だが、駆け寄ってきた人物はもうその時にはすでに剣を抜き、怯んだやつらの背中を斬りつけていた。ちょっと残酷だけど、先に抜いてたのはやつらなんだし、仕方ないよね。

「お前ら、先にこいつをやっちまえ！」

しかし相手は単独。リーダーは怯まず号令を出し、四方から野盗たちが詰め寄っていく。

ここしかない……！

私はひと塊で押し寄せるやつらに向けて持っていた小瓶を投擲。

ガラスが砕け、中身が飛び散る。

「げほっ、なんだこりゃっ！」

「め、目が見えねぇっ！」

中に入れてあったのは催涙効果のある薬品だ。

玉ねぎを切った時より何倍も強いやつ。男たちはたまらず、顔を覆い体を折る。

その隙に、謎の人物は彼らをどんどん強く殴って気絶させ、抵抗する者は斬り伏せる。

薬品の効果が及ばなかった者もいたようだけど、あっという間にほとんどが地面に転がり、他も逃げてゆく。残すは離れていたリーダー格の男だけ。

「て、てめぇ……」

「後はお前だけだ」

助けてくれた人の顔を、そこでやっと私は目に収めた。

旅装束で身を包み目立たないようにしているが、世にも稀なくらいの美青年だ。

首元にかかる豊かな黒髪に褐色の滑らかな肌がどことなく妖しい雰囲気を醸しだしている。

彼はフードの奥から覗くエメラルド色の目を鋭く細め、すぐさま野盗のリーダーに斬りかかった。

何度か打ち合うが、瞬く間に青年はリーダーを追い詰めていく。この人、ものすごく強い……！

状況が好転し、思わず神様に感謝する私。

だが、ふとリーダーの表情に違和感を覚え、ちらちらと右手側を窺っているその視線を追うと、目を見開く。

奥の木陰。ひとりの男が立ち上がって弓を青年に向けている……伏兵だ。

もう弓は引き絞られ、放たれる寸前。

伏兵の口が小さく動く。警告する間もなかった。

『死ねっ！』

「ダメっ！」

指が弦から離れ、ヒュンと音がして青年が体を強張らせた時、私は彼を庇うため自分の身を精一杯投げ出していた。

ずぶっと、右肩辺りに肉を貫く感触。

「貴様っ！」

「ぐああっ！」

怒りの声と共に青年がリーダーを斬り伏せ、伏兵から放たれた第二射も剣で弾く。それを見てもう当たらないと悟ったか、伏兵はそのまま逃走してゆく。

「君っ……」

慌てつつ私を抱き起こしてくれる青年。

しかしその時、こちらは非常にまずい状態にあった。

呼吸が、うまくいかない。嫌な汗がドレスを濡らす。

「ううっ……」

息も絶え絶えになりながら震える手で傷口近くを触り、匂いを嗅げば、血と混じるわずかな刺激臭。

加えてこの痺れるような感覚……多分普通の傷ではなく、毒。

以前に嗅いだことがあってぴんときた。民間にも出回っている狩猟用の安物の毒だ。

「君……大丈夫か!?　君っ！」

意識が混濁し、激しい痛みすら朧（おぼろ）げになってきて、青年の声が頭に反響する。

聖女の力で治せればいいのだけれど、あれは精神の集中が必須だ。こんな呼吸もままならない状態では使えるわけがない。体もうまく動かず、私は彼に必死にお願いした。

「矢を、抜いて。傷口を洗って、青い、蓋（ふた）の薬……塗って」

「わかった」

私が力を振り絞って自分のトランクを指差すと、彼は手早く処置を始める。

矢が抜けて血が溢れ出すがろくに痛みも感じず、どんどん視界が狭く、暗くなる。

命を取り留められるかどうかわからない。

死にそうな人の気分ってこんななのか、早まったかなと思いつつ、徐々に保てなくなる意識の中に思い浮かんだのはしょうもない愚痴だけだ。

まさかやっとこさ激務から解放され、王都を出たのにすぐ死に瀕（ひん）することになるとか、私の人生って切ないなぁ。

せめて、あんな仕事漬けの毎日じゃなく、もうちょっとだけ年頃の女の子らしい楽しい生活を送りたかった……よ。

第二話　妹、元大聖女を嘲笑う

『汝（なんじ）、リリカ・アズリットを大聖女に任命する。これより、その志を、王国の民草の安寧のために捧（ささ）げよ……よいな？』

『はいっ！』

セーウェルト王国国王から直接のお言葉を受けたわたし、リリカ・アズリットの返事に合わせ……周囲が祝福の拍手を大きく打ち鳴らす。その隣では、国王や各所に根回しし、大聖女へとわたしを推薦した王太子ギーツ様もにこやかに微笑（ほほえ）んでいる。

これは、先日王都大聖堂の大広間で行われた、大聖女任命式のひと幕の記憶である。わたしはその時、ついに姉に成り代わり大聖女の役目を拝命したのだ。ちなみに裏ではギーツ様との正式な婚約も交わされている。

つまりそれは、この国で女性として、ほぼ最高峰の地位に至ったという栄光の瞬間に他ならなかった……。

「――くふふ。ふっふっふ……ふふふ！　いやったぁー！　ついに姉様を追い落としたぁッ！　ざまあみろーい！」

大聖堂の中にある専用の執務室――大聖女室にて。

列席者たちから降り注ぐ羨望（せんぼう）の眼差しを思い出したわたしは、ひとり快哉（かいさい）を叫んでいた。

そう、ついにわたしは目の上のたんこぶだった姉から解放されたのだ。やっとだ。やっとである。

苦節十年ほどの時を経てようやく、わたしはあのお澄まし顔の姉をどん底に沈めてやったのである。あの時はそこまで堪えていないような表情をしていたけれど、きっと内心では、ハンカチをぶちぶち噛み千切りたいくらいの悔しさに喘いでいたことだろう。大聖女の位から降ろされてすぐに旅に出たのも、その悲痛を隠しきれなかったからとしか考えられない。くっくっく、哀れだわ。哀れで笑えすぎてなんだか、お腹痛くなってきちゃった。

父と母もこのことには大変喜んでいたし、王家を敵に回してまで姉を庇おうなんてやつはいなかったから、王太子を誑し込んでしまえば後は結構簡単だった。聖女どもはともかく、大聖堂で実権を握っている男性聖職者どもにはしっかり媚びを売っておいたから、その辺りも功を奏した。

「うっふっふ。これでもう、わたしに文句を言うやつは誰もいないんだわ。贅沢し放題に、他人をこき使い放題！　あの要領の悪い姉とは違って、わたしはこれから皆をうまく利用して、せこせこ働くさまを一生見下ろしてやるんだ！」

これでわたしのこれからの将来は安泰。ゆくゆくは王妃となり、湯水のように金を使って王都にわたし専用のイケメンハーレムをぶち立ててやる。各国から選りすぐりの美形を引っ張ってきて、左手、右手、頭皮とか体の一部ごとに細かく担当を決めて下民どもを見下ろしながら毎日マッサージさせるの。いいと思わない？

妄想は捗るが、そこにたどりつくためにはとりあえずこの面倒な大聖女という御役目をある程度務め上げなければならない。正式に王妃になってしまえばこっちのもんなんだけどね。

まあ、退屈なだけの時間だけど、せいぜい要領よく立ち回るとしますか。

そんなわたしは窓際に置いたでっかいソファに座りながら、眼下の治療室を覗き込む。

今もそこでは同僚たちが汗水流し、必死の表情で駆けずり回っている。

「あらあら大変ねえ……能力のない人たちって」

他人が大変なのを、お茶でも優雅に飲んで頬杖突いて、せせら笑うのがわたしの趣味。だって、そうしているととっても豊かな気分になれるじゃない？

寸暇を惜しみ、時には怒号を響かせながら治癒術の行使に明け暮れる聖女たち。なのに、わたしだけがソファに寝そべり、こうしてマカロン片手に流行の恋愛小説を楽しみながらくつろいでいるのよ？　想像できる⁉　くぅ～、自己肯定感がうなぎのぼりだわ！

今頃もしかすれば、大教皇とか司教クラスの男性聖職者に苦情を申し立てている聖女もいるかもしれないけれど、抜かりはない。こういう時のためにたっぷり袖の下を渡してある。放蕩三昧だったわたしが聖女としてここに籍を置き続けられているのもそのお金の力があってこそである。

ちなみにそのお金は父や母が理由も聞かず、ぽんと出してくれた。アズリット家は大聖女たる姉の働きと婚約のおかげで相当潤っている状態だから、多少の散財なんてわけないのだ。

わたしがばら撒いたお金には、少なからず姉が血の滲む努力で得たお金も含まれていたはず。それをわたしがそんなことに使ってたと知ったら、どんな顔するんだろ。想像すると、超楽しい。

憐れな姉は今なにをしているのかしら？

傷心旅行中だっていうけれど、なんか家にも連絡寄越さないみたいだし、もしかしたらどっかでお財布でも盗まれて、ひもじく木の根っこでも齧ってるんじゃないかしら……。

「ああかわいそう。かわいそうすぎて涙が……涙が……。ぷっくっく……あっはっひゃっひゃっひゃっひゃっ！」

やつれた姉の姿を思い浮かべたわたしは、人生の絶頂を味わうような気分で足をばたつかせて大笑いする。ほんとさいこー。

そんなわけで、ここに文句を言いにくるやつなんて誰もいないはず。

いないはずなのだが……慌ただしい足音が近づいて来て、わたしは首を扉の方に向けた。

身のほど知らずにもこのわたしに意見しようという愚か者が来たようだ。

ま、暇つぶしも兼ねて、少々付き合ってやりますか。

「リリカ大聖女っ！　お仕事をなさってください！　今も聖堂の外は患者で溢れているんです！」

「ん〜？」

騒々しくドアを開けて部屋に入ってきたのは、プリュムとか言う冴えない地味聖女。姉がよく面倒を見ていたみたいだから、わたしを目の敵にしてる節があるのよね、こいつ。

わたしは立ち上がると、生意気言ってくれちゃった彼女の顔を舐め回すようにねめつけてやる。

「いい度胸じゃない、プリュム。だけど今の大聖女はわたしなの。あんたは言うことを聞く立場、わたしは聞かせる立場。皆には指示したでしょ、面倒な仕事は全部あんたたちで片付けなさいって。わたしの仕事はそれだけ」

するとプリュムは顔を真っ赤にしていきり立ち、ずかずかこちらの目の前に歩み寄ると声高に捲し立ててきた。

「ふざけないでくださいっ！　あなたそれで恥ずかしくないんですか⁉　前任のエルシア様は、誰よりも多くの患者を助けた上、診療簿の記帳や備品の在庫管理などの雑務も手伝ってくださって皆にとっても尊敬されてたんですよ！　あなたも妹なんだったら、せめて一人前の聖女としての仕事くらい――ゲホッ」

うるさいキンキン声もそこまで。

わたしはプリュムの口に食べかけのマカロンをぶち込んで強制停止させる。

そしてむせて苦しむ彼女の体を突き飛ばし、背中を蹴っ飛ばして部屋の外に追いやった。

「うるっさいのよあんた、馬鹿馬鹿しい！　んなことといちいちやってられるかっての。いい？　ここでは今わたしが一番偉いの。だからなにをしたって許されるのよ。あんたは駒、わたしは指し手。駒は言われたことだけなにも考えないでやってりゃいいのよバァカ。とっとと自分の仕事に戻んなさいな」

「な……なな」

それだけ言って、二の句も告げないプリュムの顔をわたしは見下す。

ああ気分がいい……。

打ちひしがれたその顔を見ていると、わたしはこういうことをするために生まれてきたのだと思って、ぞくぞくしてしまう。

「じゃね。ちなみに明日から、あんただけ治療のノルマ倍だから、よろしく」

「ちょっ――‼」

そしてとどめにべぇと舌を出し、うるさい女を追い出すとわたしは分厚い扉を閉めた。外から叩いてくる音がするが、そんなもの無視。ひたすらゲラゲラ笑い倒す。

「きゃはははは……！　精々頑張ってちょうだい。約束されたわたしの輝かしい未来のためにね。さあさ、わたしはわたしで仕事の続きといきますか」

大聖女の位なんか、わたしにとって踏み台のひとつでしかないんだから。

せめてこっちの手を煩わせないよう、上手く立ち回ってほしいものよね。

わたしはどさっとソファの上に体を投げ出すと、もう一度眼下の聖女たちを見下ろして満足げに微笑み、本のページを開いた……。

この時、わたしはなんにも疑っていなかった。すべてが順調に進み、やがてわたしがこの国で最も尊き王妃の座へと昇り詰めることを。

しかし、思えばこの時すでに、足元が崩壊する音色は徐々に後ろから迫りつつあったのである。

わたしはあの姉のことを所詮ポンコツなのだと、甘く見すぎていたのだ。

第三話　ここはジュデット、魔族の国

……とく、とくと、心臓が鼓動を刻んでいる。

瞼（まぶた）の裏に光を感じ、私はうっすらと目を開けた。

薄ぼんやりとしていた視界が、徐々に鮮明になってゆく。

どうにも眩（まぶ）しい……。

（生きてる……。九死に一生ってやつ……かな）

目が覚めるとは思わなかった、というのが今の感想。首を動かして肩を見ると、丁寧に包帯が巻かれている。どうやら誰かが適切な手当てをしてくれたようで、私は天井に息を逃す。まだ体の動きが鈍い……多分毒のダメージが体に残っているのだ。

しばらく、目を開けたり閉じたりして、周りを確認する。私は今、広い部屋のベッドに寝ているようだ。全体的に薄暗く感じるのは、室内の調度品に暗色が多い感じだからだろうか。

しかし、どれもが品のよい作りをしていて、下手をすればあの王太子ギーツの私室にも負けず劣らずの豪華さに見える。

私はちょっと禍々（まがまが）しい黒ガラスの水差しに目を止めた。

ひどく喉が渇いていたのだ。

「……目が覚めたのか」

けほっと咳（せき）をした時、真上から唐突に影が差し驚く。

ひとりの白衣を着た青年が私を見下ろしている。

白髪で顔が異様に白い、人形のような印象の男性。

瞳の色は赤く、左目にかけてある片眼鏡（モノクル）が少し特徴的だ。

手が伸ばされ私はびくっとしたが、彼はコップに水を注ぐと、自分の手を支えに私を起こしてくれる。

「飲めるか？」

背中に当たる手は氷のように冷たい。

コクリと頷くとコップが口元にあてがわれ、含ませるようにわずかずつ水が口に流し込まれる。

それが済むと彼は喉の痛みに咳（せ）き込む私を元通りに寝かせ、じっと見た。冷たい水が頭を少しはっきりとさせ、私はいろいろな疑問を持つ。

朧げに思い出されるのは、意識が消える前に見た、あの美しい青年の姿だ。彼が私をここに運んで、手当てしてくれた？

あの時はまだ、王都を出てしばらくも経（た）たない内で、隣街との中間地点辺りをうろうろしていたはず。だとしたら、ここは王都か隣街のどちらかの、どこかの医院の一室か、もしくは適当な民家などに運び込まれたか。

しかしそれにしては、どうもなんだか部屋が豪華すぎる気がしてならない。

実家もそれなりだったけれども、この部屋は段違いに整いすぎている。

（ここは、どこですか）

考えていても答えは出ず、毒の後遺症か喉の腫れで声が出せない私が口をぱくぱく開けると、彼はなんとなくそれを読み取ってくれたようだ。

「ふむ……あまり病人を驚かせたくはないのだがな。起きたばかりで混乱しているだろうが、心して聞くがよい。ここは……」

それを教えてくれようとした彼の話は、途中でノックに遮られる。

男性は私を少し待たせると、その場から離れていった。

扉が開かれ、話し合う声が聞こえてくる。

「殿下、あの者が目を覚ましました」

「本当か⁉　よかった――」

次いで急ぐ足音がして、ひとりの青年が姿を見せる。

それは紛れもなく、あの時私を野盗から救ってくれた長い黒髪の美青年だ。

「大丈夫？　今体に痛むところはない？　水は飲ませてもらったのかな？　お腹は空いてないか？」

矢継ぎ早の質問に、私は面食らう。

白髪の男性が私に代わり淡々と説明をしてくれた。

「水は飲ませましたが、食事はしばらくお預けですな。毒の影響か、まだ喉が痛むようです。込み入った事情を聞かれるのでしたら、回復してからの方が望ましいかと」

「そうか……」

鮮やかな翠玉(すいぎょく)のような目で、ひどく心配そうに私の顔を覗き込む美青年。

彼は申し訳なさそうに私の手を握る。

「君が庇ってくれなければその毒は私が受けていたはずだ。本当にありがとう」

あの時彼が助けに来てくれなければ、どの道私はどこかへ連れ去られ、ろくでもない目に遭っていた。

だからお互い様、気にしないでほしいと首を振ると、彼は目元を緩めひとつずつ丁寧に説明をしてくれた。

しかし、彼の放ったひと言目がまず、私にとっては驚愕（きょうがく）に値する事実だった。

「ここは実は、魔族の国ジュデットなんだ」

（……なんですって？）

動揺からぱくぱくと口が動く。

魔族の国ジュデット。

まさしく、セーウェルトと敵対関係にある国家の名前である。

そして続く言葉も私を激しく混乱させた。

「それと、君が倒れてから、今日でちょうど一か月が経っている」

（……えぇぇ!?）

私は銀髪をかき乱す。

家への連絡を怠ってしまったこと、そして勝手に祖国を出てしまったことの不安が、両肩にずんと圧（の）しかかる。

家族は心配してはいまい。

けれども貴重な血統が外に出るのを防ぐため、聖女は国外に出ることを法で固く禁じられている。

このことが知られれば、まずいことになる。

今言ったことが冗談であってほしい――。

頭が痛む思いで私は、目の前の人物たちを確認のために覗き見る。

しかし、そんな願いはふたりの美しい容貌によって裏切られた。

よくよく見れば彼らには、少し先の尖った耳、やや縦長の瞳孔など、私たちには見られない特徴があるのがわかる。私も生で見るのは初めてだけど、それらは間違いなく話に聞いたものと合致していた。

魔族……魔族の国、ジュデットのみにしか存在しないとされる種族。

古くからの伝承によれば、私たちが信じる光の神の影から生まれた邪神……それが力を与え野に放った魔物が、彼らの祖先と言われている。

現在、この大陸でもっとも広い領土を持つのはセーウェルト王国とこの魔族の国ジュデットだ。二国が中心に隣り合って存在し、それを囲う形で中小の国家がひしめき合っている。

そしてセーウェルトが聖女を擁し、薬学を中心として医療技術で先陣を切り発展したのとは違って、ジュデットは他国からの相次ぐ侵攻を、彼ら魔族が持つ特別な力によって跳ね除けながら国土を守ってきた。

その事実から来る恐れと特異な容姿、先ほどの伝承のせいで近隣諸国はジュデットを敵対国家とみなし、長い間魔族との交流を拒んでいた。

しかしそれも今となっては信憑性に乏しく、多くの周辺国家はジュデットとの交流を開き始め、セーウェルトにおいても表立って魔族に敵愾心を抱くような人は多くはないのが昨今の実情だ。例に漏れず私も、自身の世間知らずと出会ってすぐの彼に助けられたことが相まって、恐怖心はどうも湧いてこなかった。

それでもいまだセーウェルト王国内においては、魔族を招き入れた者、匿った者は法で厳罰に処される。つまり彼らが堂々としている時点で、ここはセーウェルト国内ではないと考えるのが妥当だろう。

加えて室内の内装もセーウェルト王国のものとは似ても似つかず、おそらく彼らは嘘は言っていないと判断するしかなかった。

う～ん……これはちょっと、いやかなり困ったことになったのかも。

命を助けてくれたのだから、多分悪い人たちではない。

でも手放しで信用することはできそうになく、どうしたものかなぁと首を捻る私に、目の前の青年は邪気のない笑顔で申し出てくれた。

「とりあえずは安心してくれ。私たちは君に危害を加えるつもりはない。体がよくなり次第、元いたところに送り返してあげる」

そこに白髪の彼が苦々しい様子で、美青年にこそこそ耳打ちする。

（……いいのですか殿下？　こやつの身柄は、お父上の病を治す薬をセーウェルト王国に求める取引に使えるやも……）

（やめてくれ。恩人に対してそんな卑怯なことはしたくないんだ）

だが美青年はあくまで誠実な態度を崩さない。それを受け、白髪の青年はなにやら大袈裟にため息を吐くとこちらを向き、やっと彼らが何者であるかを告げた。

「女よ、よく聞け。この御方はジュデット第十八代目国王ベルケンド・アルヴェ・ナムス・ジュデット陛下の第一子、クリスフェルト殿下にあらせられる。お会いできたことを光栄に思うがよい」

（へいっ……殿下ぁ……⁉）

ただでさえ戸惑うばかりのこの状況。

なのに、いきなり明かされたのは目の前の、私を助けてくれた彼が魔族の国の次期最高権力者であるという事実。それが、ががぁんと……私の脳を殴りつけるような衝撃をもって揺らした。


国王の第一子という素性に目を瞬かせた私。それが意味するのは……。

「王太子……様？」

「うんまあ、そういうことかな……まだ十九で若輩の身だから、あまり偉そうなことは言えないけどね」

なればまさしく、この後ろ頭をかいて笑っている青年……世継ぎの君じゃないの。

やばいやばいやばいやばい。ジュデット式の礼儀作法なんか知らないわよ……。

私は背中に冷や汗をかきながら、黙ってベッドの上に膝を折り深々とお辞儀をする。

セーウェルトの王太子ギーツと会っていた時とはわけが違う。

ここはなんといっても魔族の国ジュデットなのだ。

王族相手に無礼な対応を取ったと判断されれば首が飛びかねない。

せっかく拾った命を無駄にしてたまるもんか……！

しかし、そんな私の行動に王太子殿下はというと、ひどく慌てていた。

「か、顔を上げてくれないか。そんなことをさせるためにここに連れてきたんじゃない」

作法的にどこかよろしくないとかではなく、どうもあんまり人に傅かれるのを好ましく思っていないような感じだ。そうした困った顔を見ていると、美しい顔が途端に親しみやすく見えるのが不思議だった。

一方で白髪の男性はそれが正しいというようにうんうんと頷くと、次いで自身を紹介する。

「いやいや殿下、他国の王族に礼を尽くすのは当然のことですぞ。ちなみに娘よ、私はジュデットの宮廷薬師ベッカー・ランバルダートという。お前を助けたのは殿下だが、手当てしたのは私なのだ。感謝せよ」

こちらの薬師ベッカーの態度の方が王太子殿下よりよっぽど偉そう。

それはそうとひとつ疑問なのは、どうやって私の体を遠くの魔族の国まで移動させたのかだ。隣国といえどあの場所からジュデットへは、馬車でも一週間以上はかかるはず。

しかも、西部の抗争中の地域を抜けなければならない。馬車に乗せて移動させたとしても、さすがにそこまで検問をスルーできるほど、セーウェルトの警備兵もザルではない。

単身なら上手く潜り込むことくらいは可能ではあるのだろう。実際、王太子殿下は西側の国境を抜け、王都付近まで来られていたのだし。

でもそんな中、意識不明の私を連れてこの国まで舞い戻るのは無理があるような気がする。

「ふむ。筆談なら可能か？　気になったことがあるならここに書いてみろ」

ベッカーは私にペンと紙を貸してくれ、そこに私は大陸にてよく用いられる共通語で疑問を書きつづった。

『私をどうやってここまで？』

するとそれに殿下は快く答えてくれた。

彼の懐から中央でぱっかりと割れた、小ぶりの青い宝珠が顔を出す。

「ああ……それね。私の持っていた特殊な道具のおかげさ。一度だけ、どこにいてもこの城に転移することができる、魔法の宝珠。これのおかげで、君を連れてここへ戻ることができた」

私は驚きを隠せない。世の中にそんな便利なものがあるだなんて……。

魔族は魔法という不思議な力が使えると聞いたことはあったが、それを利用して作り出されたものなのだろうか。

にしても、少しばかり規格外すぎる力のような気がする。もしかしたら人数とか重量の制限なんかもあるのかもしれないけれど、人や物を瞬間的に自由に移動させられる力だなんて。そんなものがいくつもあるのだとしたら、上手く使えば国のひとつやふたつなど簡単に滅ぼせてしまえるのでは……。

そんな恐ろしい想像を否定したのは、宝珠で私を助けたことに納得していないベッカーの、王太子へのお小言だ。

「しかしもったいないことをなさいましたな。これは王家にもふたつとない秘宝でしたのに。おかげで出奔したあなた様は無事にお戻りになったが……なにかあればどうなさるおつもりだったのです！」

「仕方ないだろう。ああでもしてセーウェルト王国に潜り込まなければ、父を助けるための薬が手に入らない状況にあるのだから……」

ああ、やっぱり特別なものだったんだと少しだけほっとしながらも、私の関心は別の部分へ向いていた。

『珍しい薬を探しているのですか？』

先ほどこっそり話していたのはこのことだろうか。

私も命を助けられた身だし、なんと言っても薬師の端くれ。

病にかかっている人がいると聞けば放っては置けないし、それがどんな薬なのか大変興味がある。

尋ねた私にベッカーは渋い顔で教えてくれた。

「どうやら、その薬のもととなる薬草はセーウェルト王国のある場所でしか育たぬらしいのだ。国外への持ち出しはおろか、国内の流通すら制限しておるらしい。その名を《陽炎草（かげろうそう）》と言う」

（なるほど……）

私は得心がいった。

確かに陽炎草はセーウェルト王国の王都にある、大聖堂の薬草園でしか育たない。

私も世話していたからよく知っている。

あれは定期的に適切な管理をせねばすぐに枯れてしまうのである。

そしてその場所も王国兵が厳重に警備しており、関係者以外が侵入することは不可能に近い。

王太子がそんなところに単身潜り込もうとしていたというのだから、よっぽど切羽詰まった状況なのかもね。ベッカーも表情を曇らせている。

「我々も手を尽くしたが、日に日に陛下は弱りゆくばかりなのだ。王家の秘薬にていろいろな処方を試したものの効果もなく……今は立ち上がることもできぬ」

「お前たちはよくやってくれているし、私もまだあきらめない。再潜入の準備はできた、次は必ず陽炎草を手にして戻ってくるつもりだ。では……彼女のことをよろしく取り計らってやってくれ」

「お待ちください殿下！　宝珠がなくなった今、危険すぎます！　あなたになにかあれば、陛下亡き後この国を誰が纏めてゆくというのです！」

「かといって、父上を見捨てるなど、できるはずがない！　今私にやれることはそれくらいしかないんだ、行かせてくれ！」

行くだの行かせないだの、なんだかお芝居のような熱いやり取りが交わされ始め……。

盛り上がっている中邪魔をするのはとっても申し訳なかったけど、私はひとつあることを思い出し、伝えなければならなかった。なので一生懸命手を挙げてアピールする。喉が痛くて声が出せないのがもどかしい。

すると、ベッカーがぎろりとこちらに目を光らせた。

「なんだ女、私と殿下は今非常に大事な話をしているのだ。口を挟むでない！　……ん？」

そこで私は、大事な内容を書き記した紙片をおずおずと差し出す。

それにはこのようにしたためている。

『《陽炎草》、あります。私の鞄の中に』

「なんだこれは。……《陽炎草》ありますだと……？」

私が押しつけた紙片をじっと見るベッカー。

そう、あるはずだ……もし彼らが私を荷物ごとこちらに送ってくれたのならば、その中に。

「今はそんなことはどうでもいい！　そんなことは…………ッ!?」

それをポイっとベッドの上に放り、話を再開しようとするベッカー。

だが彼は一瞬のち、ものすごい勢いで紙を掴み取ると血走った目で一文字ずつ確認し、三度くらい瞼をこすっては見直す。

そして、すう〜っと息を吸い込んだ後、天井に向かって思いきり叫んだ。

「#$%&＊？＜＋＞るぁ〜⁉」

あまりのうるささに私は耳を塞ぐ。

それでも叫びは貫いてきたけれど、魔族流のスラングなのか、なんと言ってるのかまったくわからない。

とにかくもう、本当にうるさい！　耳がわんわんする！

びっくりしたのはわかるけどさ……こちとら病み上がりなんだから勘弁してよー！

◇

クリスフェルト殿下はその後すぐ、保管されていた私の荷物を取りに行ってくれた。

かくして数分ののち、手渡されたトランクを開いて、奥に入っていた鍵付きの薬箱から陽炎草を出して渡すと、ベッカーは震える手でそれを掴み、窓際に駆け寄ってまた大きくなにかを叫ぶ。

それで満足したか、彼はやっとすっきりした顔でこちらに戻ってきた。

まあ彼らからすれば、お国の一大事を救う鍵になるかもしれないのだ。騒ぐのもしょうがないか。

「すまぬ、少々取り乱した。これぞ……、これぞまさしく陽炎草！　しかし女よ、これをいったいどこで手に入れたのだ？」

『私、実はセーウェルトの元聖女でして』

彼が掲げた小瓶に入っている小さな葉は、橙(だいだい)色で透けるように薄い。

これは本来私が大聖女でなければ手に入らなかった品物だ。

大聖堂にはいろいろな秘薬が国中から集まってくる。

そこで使っていた自分用の薬箱を持って帰る際、私は婚約破棄や退職などの手続きでバタバタしていてつい、中身の確認を怠ってしまった。それが転じ、本来返していたはずの陽炎草がここにあるなんて……これはもしや、神のお導き――!?

うそうそ、ただの私のうっかり返却ミスですごめんなさい。

そんな大まかな経緯の説明に、殿下はとても驚いた様子で私を見つめた。

「君が聖女だったとはね……。どうりで。なんとなく纏う空気が清らかな感じがしていたんだ」

ええ～、本当かなぁ。

思わず疑いの眼差しを向けてしまう私をよそに、陽炎草を手に興奮したベッカーは部屋を出るよう王太子を促した。

「とにかくです……！　すぐに陛下の治療を行いましょう」

「それもそうだが、これはあくまで彼女の持ち物だ。こんな貴重品を勝手に使わせてもらうわけには行かないだろう。えーと、そういえば君の名前も聞いていなかった。教えてくれるかい？」

それを制止しこちらを向いた殿下に、ここで初めて私は自分の名前と身分を明かす。すると彼は、見惚(みほ)れるような笑みで微笑んだ。

「なるほど……ではエルシア嬢。こうして私たちに陽炎草を渡してくれたということは、これを使わせてくれるということでいいんだよね？　治療の後だがもちろん、君に望みがあるならできる限りの範囲で叶(かな)えるつもりだ。条件があるならば提示してほしい」

「もし可能ならば、薬草の処方も教えてもらえるとありがたい。一般的なものしかこちらには伝わっておらんのだ」

ベッカーもちょっと不本意そうだけれど、こちらに腰を折った。

プライドの高そうな彼が頭を下げるところを見ると、本当に思ったより危険な状況にあるのかもしれない。

ならば私もすることは決まっている。条件云々は後回しでいい。

『私が薬を作ります』

「なんだと？　そんな病み上がりの体では無理だ！」

紙に自分の意思を示し、ふかふかの天蓋付きベッドから這い出る。

ベッカーが止めた通り、まだ満足に体は動かせない。

それでもせめてもの気付けにと薬箱にあった錠剤をいくつか水で流し込み、態度だけははっきりと……患者のもとに連れていってもらえるよう身振りで頼み込む。

私がこうまでして無理を通そうというのはわけがある。

陽炎草は確かに、それ自体も強力な薬となり……かつ他の様々な薬品と配合することで効果を大きく引き出すいわば万能薬だ。しかし、その調薬法はいくつかあり、患者の症状に対して繊細な配合で適切に行わなければならない。筆談でその塩梅を伝えようとするのは厳しいのだ。

そんな私の決意を尊重してくれたのは、傍らでしばし考え込んでいた王子様の方だった。

「わかった……。ならばまずは、君に父を診てもらおう」

「殿下……!?」

「全責任は私が負おう。セーウェルトの聖女の優秀さは我が国にも伝わってくるほどだ。滅多なことはすまい。それに、ベッカーを信用していないわけではないが、日常的にこの草を扱い慣れていないのに調薬するのは君も不安が残るだろう。私にはこの出会いが天からもたらされたものとしか思えないんだ。彼女に賭けたい」

「………」

たっぷりと長い沈黙の後、ベッカーは睨むような、見定めるような目をこちらに向けるが、それを私はしっかりと受け止めた。今私の胸にあるのは、苦しむ人がいるならできる限り手を尽くしたいという、医療に携わる者としてのプライドだけだ。

「はぁ、一刻を争うとはいえお止めしましたからな……。チッ、我輩はカトラリーより重いものは持たん主義なんだが。女よ、来い」

やれやれという感じでベッカーは私の鞄を持ち上げ、承諾を受けた私はその場からよろよろと一歩を踏み出す。こんな寝巻きで人前に姿を晒すのも恥ずかしいが、それを気にしている余裕もない。

「無理するな。君は私が父上のもとへ連れていこう。それまで体力を温存していてくれ」

そこで私の喉から声にならない悲鳴が漏れた。

なんと殿下が私の体を足元から掬い上げ、胸の前で抱えたのだ。

ドキドキするが、いやいやこれは単なる動けない私に対する介助行為なのでセーフ。それに美青年の腕の中でときめいている場合でもない。今は患者のことを第一に考えなければ。

「頼むよエルシア嬢。父上を、必ずお救い差し上げてくれ」

近い距離にある彼の柔らかい眼差しからは、家族を思う気持ちが伝わってくる。

声は返せないけれど、せめて私は彼を元気づけるように、大丈夫だと拳を握ってみせた。

◇

ダークレッドを基調とした城内。

行きかう人々に物珍しそうな視線で見られながら、殿下に抱かれた私はある一室へとたどりつく。

「失礼いたします……」

ベッカーが声をかけ、脇に控えていた兵士が開けた扉から静かに入室すると……そこにはベッドに伏せる大柄な壮年男性と、その手を握るひとりの人物の姿があった。

柔らかそうな濃い紫の髪を後ろに流す、とても美しい女性で、生気の薄れた顔からは強く心身をすり減らしているのが窺える。

彼女は目線を上げると、弱々しい表情でベッカーを見た。

「ベッカー……。陛下の脈がどんどん弱くなっているの。声をかけてもあまり反応も返してくれなくて……。もう、どうにもならないのかしら」

毎夜泣き腫らしているのか女性の目元は赤い。

きっと男性の回復を一心に願っているのだろう。

彼女は殿下の腕の中の私を見て、不思議そうに目を瞬かせた。

「あら、その子は……。クリスがこの間連れて帰ったという娘さん？　どうしてここへ？」

親しげな呼び方からするに、どうやら彼女は王太子殿下の母上であるらしい。

ベッカーが彼女の側に寄って跪き、私のことを説明してくれる。

「シゼリカ王妃、朗報がございます！　実は、殿下が連れ帰られたこの者、名前をエルシア・アズリットと申しまして……なんと彼のセーウェルト王国で大聖女を務めていた者だそうです。今は口が利けぬためご無礼を容赦いただきたいが、この娘が陛下を診察し、特別な薬を処方してくれると」

するとシゼリカ王妃はハッと口を押さえ、ぼろぼろと涙をこぼし出す。

「なんてこと……！　ああ、大聖女様」

王妃は私の側に駆け寄ると、手を弱々しく握ってきた。

「どうか……どうか、我が夫をお助けください。数か月前に妙な熱病に侵されてからいろいろな薬を試したのですが、体は悪くなるばかり。もう数日に一度しか目を覚まさないのです。……私、見ていられなくて」

その涙ながらの訴えからは、藁にも縋りたい気持ちなのが痛いほど伝わってくる。

ほつれた髪や乱れた衣服からは、愛する人が人知れず世を去ってしまうのが怖くて、もう何日もろくに寝ていないのが察せられた。このままではいずれ、彼女の方も参ってしまう。

「この者は今、口が聞けないのです。母上、それだけはご容赦を」

殿下が私の状態について説明し、私は彼女を不安がらせないように強く手を握り返すと、目を見つめる。

そして殿下に頼み、ベルケンド陛下の御前に近づけてもらった体をその場で支えられながら、彼の診察を試みた。

体型は逞しく、ほっそりした殿下とはあまり似ていないが、目元などの面差しは似通ったところがある。そして頭部には特徴的な太い二本の角。初めて見る魔族らしい魔族の姿だ。

熱は高く、目は充血している。ここまでは一般的な熱病と同じだが、額や首にあるいくつもの特徴的な涙型の湿疹が目についた。

大聖堂で見たことがあるからわかる。これはまず間違いなく――《焦熱病》だ。

この病は、アカマダラオニビクモという珍しい虫に噛まれ、体に病原体が入り込むことによって感染する。長期間の潜伏を経て発される、体を燃やすような熱が体力を奪ってゆき、一般的な治療薬では改善しないという、すこぶる厄介な病気なのだ。

殿下たちから聞く話によると、常人ならふた月と耐えられないほどの苦しさを、もう半年ほども耐え抜いているのだという。きっとこの人はものすごく肉体的にも精神的にも強い人なのだろう。

ベッカーたち宮廷薬師もあらゆる手を尽くしたはず。

それもあって陛下はいまだなんとか生き永らえ、今もつらそうに浅い息を吐きながら、命を繋いでいる。

一刻を争う。症状の診断を済ませると私はすぐさま床に清潔な布を敷いてもらい、その上に道具を並べた。聖堂にあるような立派な器材ではないが、ひとり分の薬を作るだけなら、十分事足りる。

「本当に大丈夫なのだろうな？」

いまだ信用してくれてないベッカーは放っておき、反応の鈍い体をなんとか動かしながら調合に取りかかる。

まずはこの、葉っぱのまま保管していた陽炎草を粉にしなければ。

「貸せ、そのくらいはやれる」

こんなことなら前もって処理しておくべきだったと思いながら、極薄の橙の葉っぱをすり鉢で潰していると、それはベッカーが受け取ってやってくれた。さすが宮廷薬師、見事な手際だ。

次いで青花蜜とベニオウダケ、クロツルという樹木の粉末を薬さじで取り出し、天秤ばかりで慎重に量りつつ容器に加える。集中し始めたせいか感覚が研ぎ澄まされ、だいぶ体の動きも楽になってきた。

「おい、このくらいでいいか？」

ベッカーが粉にした陽炎草を受け取り、それらを綺麗な水と混ぜ合わせる。その後不純物をろ過しながら耐熱容器に移していく。……大事なのはここからだ。

容器ごと小型のオイルランプで加熱する。

余分な成分を揮発させ、原液を濃縮して上澄みだけを取り出すのだ。

ゆっくりと上下に撹拌し、沸騰しすぎないように火加減を調節しながら時間を数える。長く火にかけすぎれば、すぐに成分が変化して効き目がなくなってしまう。

愛用の砂時計を逆さにしてちょうど五分。経ったらすぐに火から外し、液が上下に分離するのを見守る。

底の方がどんどん透明になり、容器の上に橙の液体の層ができた。

私はそれを慎重に掬い取り、小さな小瓶へと移し替える。

これでなんとか……薬自体は完成だ。

気疲れした私は、後ろ手を突いて息を吐く。

「綺麗な色だな……。これを直接父上に飲ませればいいのか？」

鮮やかなオレンジ色の薬を目にした殿下が聞いてくるが、私は首を振る。

そしてよろよろと立ち上がると、ガーゼに薄めた薬を染み込ませ陛下の側に寄った。

直接の投与は濃度が高すぎて危険だ。

だから口元にわずかずつ薬を塗り、呼吸によってゆっくりと体内に浸透するのを待たなければならない。同時に薬を十分に薄めたものを小さな釜で煮立たせ、蒸気にして吸わせることをベッカーに提案しておく。

心配そうに覗き込むシゼリカ王妃の隣で、私はゆっくりとその薬で唇を湿らせる。しばらく見守ると、浅かった呼吸が少しだけゆっくりになり……今まで青かった顔にわずかに赤みが差し始めた。

（魔族も体の構造は違わないはずだから、多分効くはず……）

頭がふらふらするが、こうなったらもうひとつダメ押しだ。

病み上がりの私は聖女の力を発揮する。

「おお、それが聖女の治療術か。初めて見たぞ」

ベッカーが感慨深げに呟く中、集中した私の手に温かな光が宿り、陛下の体にゆっくりと流れ込んでいく。病気に大した効果はなくても、一時的に体力を回復させるだけなら……！

すると……瞼が震えるように動き、ほんのわずかに目が開いた。

「あなた！」「父上！」

「お前たち……。そなたは、薬師、か……。少し、楽になった。礼を……言う」

それだけ言うとベルケンド陛下はまたすぐに目を閉じて寝息を立て始め、王妃が感極まった様子でその体に縋りつく。

ひとまずはこれで大丈夫。

精神力の強そうなこの人ならば、ちゃんと投薬を続ければ徐々に症状は改善してゆくはず。

よかっ、た……。

手遅れにならずに済んだという安堵が、私の気を緩ませて。

ぐらっと体が傾き、足に力が入ってくれない。

「エルシア嬢⁉」「おい、お前……！」

どうやら、無理しすぎたみたい。

その場に崩れ落ちる私をすんでのところで殿下が抱き止めてくれたようだけど、仄かな温かさを感じるだけで、意識は速やかに遠のいていく。

「しっかりしろ、エルシア嬢！」

そうして、やり遂げたという充足感と共に、またしても私の意識は深い眠りに落ち込んでいった。

せっかく目が覚めたっていうのに、これで当面の療養生活は避けられなさそうだ……とほほー。

第四話　表彰、そして新生活

気持ちのいい朝。

カーテンを開け、両開きの窓を開放して心地よい風に当たる。

澄みやかな空気の香りはセーウェルトでもここでもそうは変わらない。

「よーし、やっと全快！」

魔族の国ジュデット。その首都に佇む王城の客室の窓際。

そこには威勢よくグッと背を伸ばす私がいた。

——結局、私の声と体がもとに戻るまでそれからさらに一か月。

無理が祟ったのか、ひどい筋肉痛やら倦怠感で苦しんだり、お腹がすくのをしょっぱいスープだけで我慢するような苦難の日々。

けれどそれも次第によくなり、前の仕事のせいで目元を覆っていた隈もすっきり顔から消え去って、今や絶好調。

そういえば、その間陛下も順調に快復されていった様子。

もう起き上がり、政務にも復帰し始めているらしくひと安心。

あれ以後の診療はベッカーが引き継いでくれたから今後お側に寄ることはないと思うけど、元気になった彼らの話を聞くのは楽しみにしつつ、私はここでこうして居候生活を送っているというわけだ。

窓から入る温かい日光を感じながら身支度を整えつつも、セーウェルトのことを少し考える。

結局再度目を覚ました後、今のこの事態をどう説明したものかと悩んだ結果、クリスフェルト殿下には無事であることだけ書いた手紙を実家とプリュム宛てに送るようお願いしておいた。

元々数か月は家に戻らないつもりだったのだし、プリュムはともかくあの両親や妹のことだ。きっと心配してはいまい。ジュデットから直接送るわけにはいかないから、魔族と交流のある他国籍人の手にでも委ねられ、きっとセーウェルト国内のどこかの街から発送されるというようなルートをたどるのだろう。ややこしいなあ。

加えて殿下にはいろいろ気を遣わせてしまった。忙しい間を縫い、私が臥せっている間話し相手になってくれたり、本などを持ってきて退屈しないよう取り計らってくれたり。あげく、「時間の許す限りここにいてくれてかまわない、歓迎するから」とまで言ってくれて、本当に彼の心の広さには感謝しっぱなしだ。

まあそんなわけで、いずれ帰るまでの間だけでも、この国での生活を楽しませてもらえればと思っている私なのであった……。

体調が回復した今、これでようやく本来の目的に立ち返れる。そう、私は元々観光がしたかったのだ。断じてベッドで寝込んで塩スープを啜る日々を送りたかったわけではない。これを逃せば、今度いつ国外に出られるかなんてわからない。家に帰ってもどうせ結婚話を持ちかけられるだけ。

ならば今度はちゃんと精一杯楽しもうと自分に頷きかけながら、寝巻きから普段着に着替えて髪を梳いていると、後ろから性急なノックの音……と同時に遠慮なくドアが開かれた。

「入るぞエルシア。もう体はいいようだな。まあ我輩が治療に当たったのだから、当たり前だが」

「返事する前に開けないでよ……」

ずかずかと部屋に入ってきたのは宮廷薬師ベッカーその人だ。

白衣に身を包んだ彼は、相変わらず尊大な口調で話しかけてくる。

まあ彼が患者に邪な感情を抱かないのはもうわかっているし、こっちも居候の身で偉そうなことは言えないのだから、この際不作法は気にすまい。睨みつけるのはそこそこにして、私は彼に世話になったお礼を言う。

「おかげさまで完全に治ったわ。どうもありがとう、大変お世話になりました」

「かまわんさ、お前のおかげで陛下も快癒が近い。国家元首の命を救ったのだから、誇りに思うがよいぞ。わはははは」

嬉しそうに私の肩をぺしぺしと叩くベッカー。

一応私も年頃の娘なので、気安く触れてくるのはどうなのかと思わないでもないけれど……彼は医者だし、実は見た目とはかけ離れた年齢らしく、孫と触れ合うような気持ちなのだろうと思うと怒る気にもなれない。

いつかにも言った通り、彼らは魔族で特殊な外見を持ち合わせている。

しかしそれだけではなく、魔族にはこの世の法則にもとらわれぬ不思議な力、魔法というものを扱えたり、同時に見た目には現れない部分で私たちとは異なっていたりする者も存在するらしい。

ベッカーがその好例で、もう百年以上を生きているんだって。

今見てもちょっと信じられないけど、つまり精神的に成熟しているというか、端的に言えば体は若くともお爺ちゃんなのだ。そう思うと、なんだかその態度も微笑ましかった。

「なんだその目は。それとほれ。これは我輩からの礼だ。取っておくとよい」

私のお年寄りを労わるような視線になにかを察し、嫌そうな顔になったベッカーだが……それはそうと一冊の本を手渡してくれる。

「これって……！　いいの⁉」

表紙から中身までずいぶんと分厚いそれは、どうやらこの魔族の国ジュデットに自生する植物の図鑑のようで、私は大いに喜んだ。

この客室で私が過ごす間、殿下と共によき話し相手となってくれた彼は、私がこの国の固有種に興味があるといっていたのをちゃんと心に留めておいてくれた様子。冷たそうに見えて結構面倒見がよいのには、ちょっと感動した。

「ありがとうね、ベッカーお爺ちゃん」

「返せ」

「うそうそ冗談。ありがとう、大切にするわ」

「まったく調子にのりおって……。まあよい。今日は用件があって来た。話を聞け」

苦いものでも口にしたような表情もそのまま、ベッカーは舌打ちついでに話を切り出す。

「今回の件について、陛下と王妃は大変に感激なさっておられる。直々にお前に褒美を与えたいとのことだ」

「それじゃ私、ご挨拶に伺わないといけないのね？　う～ん……」

あらら、ちょっと大袈裟なことになってきたぞ。

自分としては病に苦しむ人を救うことは特別ではないから、あまり恩義に感じてもらうと負担なのだ。病気が治ってめでたしめでたしくらいに思うくらいでちょうどいいのに。

なんとか辞退できないか……そんな私の気持ちが伝わったのか、ベッカーは顰め面をした。

「お前の内心がどうあれ、今回の謝礼は謹んで受け取るべきだぞ。陛下の命を救うということは、このジュデットに住む多くの民の生活を救ったのと同義で、大きな意味を持つ。それになにより、おふたりや王子もただお前に喜んでもらいたい一心なのだから、なにに気兼ねすることがあろうか。胸を張っていただけばよいのだ」

「……そうね。そういうことならありがたくいただくわ。でもさ……」

確かにその話は純然たる好意から出ているのだろうし、ご意見ごもっともである。

報酬などは後回しにし、とりあえず感謝の気持ちだけでも受け取るべし。

そう決めた私は、さて問題と鏡の中の自分を見た。

今の私の格好は町娘が着るような、若草色の簡素なワンピース姿だ。家から持参した衣装も旅を意識したものばかりで、公式の場に耐えうるドレスの類なんて一着もない。

化粧道具だって大したものは手元にないし、これで高貴な方々の前に出ようというのは、いくら年中聖女としての制服姿でへっちゃらだった私でも、ちょっと恥ずかしい。

ベッカーも眉を寄せ、服の裾を摘まんだ私をじっと見て呟く。

「そうだな。謁見の間まで足を運ぶ前にその姿をどうにかせねばならぬ。人を呼んだから少し待て」

おお、さすがにこんな部屋着で王様たちに会わせるわけにはいかないと、ベッカーは援軍を用意してくれていた。さりげない気遣いがありがたい。

彼に言われた通りに待っていると、後ろでしたのは先ほどとは違うきっちりとしたノックと声掛け。

ドアを開けると、そこにはふたりの侍女が立っていた。

私よりも少し若そうな彼女たちは、揃ってこちらにかわいく腰を折る。

「ミーヤと申します」「メイアと申しますわ」

顔がそっくりで、おそらく双子なのかなと思う。年はどちらも十七という話で、十八の私とはそう変わらない。

青い髪にお団子をひとつつけたのがミーヤ、赤髪にお団子ふたつの方がメイア。

私はそう認識すると、改めて彼女たちに挨拶した。

「どうも、セーウェルト王国から来たエルシア・アズリットと言います。あなたたちが服を貸してくれるの？」

そんな私の言葉に、彼女たちは顔を見合わせ少し困った顔をした。

「貸すだなんてそんな。殿下から、城の衣装部屋にお好みのものがあればいくらでも持っていっていただくようにと仰せつかっております」

そりゃそうか。なんだかちょっと間抜けなことを言ってしまったようで反省。

にしてもジュデット王室の衣装だなんて着こなせるものがあるが少し不安だけど……そのための彼女たちなのだろうし、任せればうまくやってもらえるのだろう。

「では、我輩は他の患者の診察に回るからこれで失礼する。ミーヤ、メイア、後は任せたぞ」

「「かしこまりました」」

「行ってらっしゃい……」

そんな言葉を残しベッカーは、首をこきこき鳴らすと踵を返し去ってゆく。

彼はこの王宮の医療責任者——宮廷薬師長という役職に就いているらしく、長い寿命を活かしてジュデット中を回り蓄えた知識で、歴史の浅かったジュデットの医療体制を整備した功績があるらしい。

それでも本人は、セーウェルトの先進的な医術と比べればまだまだ我が国は遅れているからと、自国への協力を願い私に頭を下げてくるなど、謙虚なところもある好人物だ。

目の下には隈もあるし、きっと忙しくて疲れているのにいろいろ気を回してくれたんだろう。

感謝しつつ仕事場に向かうその背中を見送った後、私は双子の侍女たちに連れられ、城内の衣装部屋へと向かうのであった。

移動中……両隣についた彼女たちからじいっと物珍しそうに見られたので、私は前々から気になっていたことを尋ねてみる。

「やっぱり、人間はこの国では珍しいの？」

「お気分を害されたならすみません。でも、このお城に足を踏み入れられたのはエルシア様が初めてだと思いますよ？　我が国はほとんどの周辺国と国交を開いておりませんので」

お団子を揺らして淑やかにミーヤが頷き、その言葉をメイアが継ぐ。

「ジュデットにまったく人間が住んでいないわけではありません。しかしその数はごく少ないですし、特にセーウェルト王国と我が国の関係はよくありませんので、お姿を拝見した時は驚きましたわ。エルシア様は、その……私たちを恐ろしく思ったりはしませんか？」

「なんで？」

活発そうな口調でメイアが私に問うが、う～んと首を捻るばかりだ。

実際、そこまで人間と身体的特徴が異なる魔族にまだ出会っていないせいもあるだろうが、私にとっての彼らの印象というのは、よくも悪くも普通。私たち自身と同じだ。

これが初めての魔族との出会いだったなら、もしかしたらちょっとばかし敬遠したかもしれない。けど、殿下には命を助けられたし、ベッカーだって親身になって治療してくれた。そうした経緯があってか、まったく怖さや嫌悪は感じない。

反対に彼女たちの方はどうなんだろう？

思いきって聞き返す。

「あなたたちは私が怖かったり、憎かったりするの？」

するとふたりも顔を見合わせ、難しそうな顔をした。

「正直に申しますと……なにも感じていません。その、エルシア様があまりに自然でいらっしゃるせいかとも思いますが」

「私たちの世代になってから大きな戦もありませんしね。こう言ってはなんですが、拍子抜けした気分でございますわ」

よかった、彼女たちもどうやら私と同じ気持ちらしい。

小競り合いの絶えないという西部に住んでいたならまだしも、争いのない場所で暮らしていた私たちの認識なんてそんなものだ。

「ならいいじゃない、普通に接してよ。昔がどうだったかとか、私知らないし」

過去の魔族たちと人間の間であったことを今の私たちが気にしても仕方がない。

せっかくこうして会ったのだし、悪い人じゃないのならいい関係を築きたい。

だから私は、ふたりに手を差し出す。

「ね、仲良くしてよ。せっかく来たんだからこの国のこと、いろいろ教えてもらいたいし」

「……わかりました」

そんな私の考えに共感してくれたのかふたりは、おずおずとこちらの手を握り返してくれた。

別に私たちとなんら変わらない、温かい手だ。

新たな知人ができたのは喜ばしく、私は彼女たちと他愛もない会話に花を咲かせ廊下を進んでゆく。

そうしていると、衣裳部屋まではあっという間だった。

◇

王家の衣装部屋なんて当初は腰の引けていた私も、実際部屋を訪れると、目にした数々のドレスやアクセサリーについつい心を浮き立たせてしまう。

とにかくすごい。見たことがないものがいっぱいある。

ちょっと見慣れない形のものが多いのがまたいい。

三角の金属枠で囲われた、星空のような輝きを放つ黒真珠の耳飾りとか、金の茨で縁を囲うようにした深い森のような色合いのメノウのブローチとか。

スリットが何か所も入れられ、大きく背中側が開いたあの妖しい雰囲気の紫のドレスもちょっとセーウェルトではお目にかからない。私では着こなせないけど、ここの王妃様だったらきっと似合いそう。

「それではエルシア様」「お召し物を取り替えさせてさせていただきますわ」

「うひゃっ！」

目を輝かせていた私を、言うが早いかミーヤとメイアはささっと下着姿にひんむくと、あれこれドレスを見繕い始める。その手早さには抗議する暇もない。

「ミーヤはこちらをお勧めします」「メイアはこちらがよいかと」

一着ずつ当てがわれ、私は鏡の中の自分の姿を確認した。

どうやらミーヤは派手め、メイアは落ち着いた服装が好みらしく……前者は背部が大きく開き、片足を大きく出した真っ赤なドレス、後者はシックな濃紺のドレス。それぞれの好みが彼女たちに抱いた印象とは反対で面白い。

見比べた私は後者、メイアの提案に賛成する。

ミーヤには悪いけど、今日は冒険する気持ちにはちょっとなれないもん。

「「かしこまりました」」

するとがっかりなミーヤとうきうきなメイアは瞬く間に、私を濃紺のドレスへと着替えさせてくれた。ゆったり開いた袖口と三段重ねスカートのシルエットが美しい。耳にもサファイアのイヤリングが着けられ、私は久々のおしゃれを楽しむ。

最後にふたりに化粧を整えてもらったところで、扉を叩き現れたのが殿下だった。

「エルシア嬢おはよう……もうすっかり調子はいいみたいだね」

「ええ、おかげさまで」

彼は挨拶で立ち上がろうとした私を手のひらで制止し、にっこりと笑う。

それにしても、いつもながらの麗しさだ。

今は旅先で着ていた簡素な衣服とは違って貴族らしい上品な黒のコート姿であるのだけど、すっきりとした服装は彼のスタイルのよさを際立たせており、すらりと長い手足がとにかく決まっている。

でも、こうして見ると穏やかなそうな、争い事など無縁の王子様といった感じなのに、野盗と斬り結んだ時はまるで別人のように鋭い目付きをしていた。

人というのは普段の見た目だけでは本当に測れない。

「とっても似合ってるよエルシア嬢。夜の女神様みたいだ」

「はぁ、ありがとうございます」

なんとも過分な誉め言葉だが、不思議と彼が言えば嫌みには聞こえない。

ミーヤとメイアが最終チェックを手早く済ませてくれ、これで人前に出る準備は完了。

ふたりにお礼を言い立ち上がると、彼はこちらに腕を差し出す。

エスコートしてくださるってことだよね、これ。

「え～と、いいんでしょうか？」

私のような他国人の女性にまで気遣いを惜しまないなんて、本当に彼は紳士で感心するのだけれど、息子に変な虫がついたと陛下や王妃に思われそうで不安だ。

「女性に気を使うのはどこの国でも一緒だよ。さあ行こう、謁見の間で父上たちが待っている」

でも彼は、穏やかな口振りながら押しの強さを見せ、従う他ない。私はその腕にそれとなく手を添え、ぎくしゃくと手足を動かし出す。

何事も身につけておいて損はないもの――と、この時はちょっとだけ、セーウェルト王国で妃教育を受けられたことを感謝する私だった。


殿下に連れられ訪れたのは、どうも謁見の間であるようだ。

長い紫色の絨毯が、奥の玉座まで続く。

そして左右では臣下の方々が立ち並び、私を見てひそひそ話をしている。う～、できればどこかもっと小さな部屋で個人的なお話にしてほしかったんだけどなあ……。

とはいえ、そこまで敵対的な視線が感じられないのはほっとする。

陛下の治療に協力したことが広まっているからだろうか。

殿下に伴われた私はゆっくりと前へ進むと、玉座から一定の間隔を開けて止まった。

「陛下、エルシア・アズリット嬢をお連れいたしました」

「うむ、ご苦労であった」

殿下が隣で一礼の後跪き、私もセーウェルト式の礼を取って彼に倣う。

それに応じ、玉座に腰を落ち着けたまま重たい声を発したのは、肩幅が私の二倍くらいありそうで角の生えたとんでもない偉丈夫。

まだ体調は完全に戻ってはいないだろうに、この場で見るとすごい威圧感。

彼こそがジュデットの最高権力者、ベルケンド国王陛下である……。

陛下はまず、私にありがたい感謝の言葉を授けてくれた。

「うぉほん。エルシアよ、この度は自らの体調も顧みず治癒術を行使し儂の命を救ってくれたこと、誠に感銘を受けておる。しかも敵国セーウェルトの大聖女であったというそなたが、だ」

「わたくしも王妃ではなく、彼の妻としてお礼を申し上げます。よくベルケンドを救ってくださいましたね、エルシア」

そして彼の隣に佇む王妃様も、本来の艶やかさを戻したお顔で微笑みかけてくれる。百合（ゆり）の花のようなドレスがとても素敵だ。

だが私はというと、礼を失さないようにするだけで一杯一杯。

これでも、祖国で王太子の婚約相手として王族と会話したことはあり、少しは慣れているのだが……それでも緊張はやはり拭えない。

「本日は御拝謁を賜りまして恐悦至極にございます。いずこの国でも命は平等に大切なものでありますので、医に携わる者としてお役に立てたこと、嬉しく思っております」

私の畏（かしこ）まった言葉に陛下はにっこりと笑いかけ、大きく手を打ち鳴らす。

「そう堅苦しくせずともよいぞ。皆の者、この者を大きく讃（たた）えよ。この者は自らも病床にあったにもかかわらず儂のもとに駆けつけ、適切な治療を施してくれた。儂を……ひいてはジュデットを騒乱より救うことになった恩人なのじゃからな」

「聖女よ、感謝いたしますぞ！」

「この功績は国で代々語り継いでゆかなければなりませんな！」

すると広間は万雷の拍手に包まれ、さらに私は肩を竦（すく）めた。

私がセーウェルト人であることを快く思わない方もいるはずなのに。ありがたいやら恥ずかしいやら、感謝の証としてはもうこれだけで十分に思えるのだが。

もちろん陛下の口からは次いで具体的な報酬案が述べられる。

「よって、我々はそなたを厚く遇したい。エルシア・アズリットよ……そなたにはそれなりの財貨とジュデット名誉国民の位を授けようと思うが受け取ってもらえるかな？　それに加え、望むのであれば宮廷薬師に任じようと考えておるが、いかがか？」

「は、はぁ……」

何分いきなりのことなので私の頭は回らない。どうしよどうしよ。

宮廷薬師はともかく、いったい名誉国民というのはなんぞや？

生返事したまま固まる私に殿下がこっそり説明をしてくれる。

「ジュデットが与える名誉国民位というのは、国家に対し特別な功績を挙げた人物に対し与えられる一代限りの貴族位だよ。伯爵位相当で、国政への参画も認められる」

「な、なるほど……」

小声で相槌を打ちながらも、私はそれについてはちょっと問題があるかもと考えてしまった。

彼らが存じていないわけはないと思うのだが、私は聖女である。

そして大聖女という役割から外れたとはいえ、生まれつき聖女だという身分からは逃れることはできない。そういう契約の下、実家は王国から厚遇されている側面もあるからだ。そのためある意味で私は、セーウェルト王国の所有物なのだと言えよう。

それを踏まえて……大っぴらにこのことが広まり、もし私がジュデットにいることがセーウェルト側に知られてしまったらどうだろうか。やはり経緯がどうであろうと、間違いなく外交問題に発展する。セーウェルトはいつでもジュデットに付け込む隙を探しているだろうから。

よって私は陛下におそるおそる申し上げる。

「非常に申し上げにくいのですが……その褒賞、辞退させていただくことはできないでしょうか」

「ふむ」「まあ……」

それを聞いても陛下たちはさして驚かず、私が断ろうとする意図を汲んでくれた様子だった。

「自国の身分との兼ね合い、聖女であることを気にしておるのじゃな？」

「はい。私はつい最近までセーウェルト王国の大聖女として務めておりました。それがいきなりジュデットの宮廷薬師として召し抱えられたと広まれば、彼の国は必ずこちらに難癖をつけて身柄を取り戻そうとするだけでなく、無茶な賠償を要求するはず。それに私も自国から罪人として後ろ指をさされたくはないのです」

私は陛下に、自分が王太子との婚約破棄によって大聖女の位を追われ、しばしの休暇のつもりで旅に出ていたことを説明する。

いかに緊急の事情があったとはいえ、向こう側からしてみれば殿下が勝手にあちらに入国していたのも問題だし、さらに私を国から勝手に攫(さら)っていったことにもなる。

ただでさえ両国の関係はあまりよろしくない。

なのにこのことが露見し、私の存在が戦火を広げる口実にでもされたらと思うと、考えただけでも気が重い。

すると陛下も王妃も呆れ顔でため息を吐いた。

「陽炎草を独占していることからも感じておったが、ずいぶんけちくさい国じゃのう。しかもそなたのように有能で若く腕利きの治癒能力者を罷免(ひめん)するなど、蒙昧(もうまい)ぶりがすぎるわ。儂らとしては国を挙げてそなたの身柄を守ってもよいと思うが……」

「陛下、それはエルシアの本意ではありませんわ。なにがあろうとセーウェルトが彼女にとって祖国であることは違いないのですから、争いになれば板挟みになって苦しむことになります」

そうそう。王妃様の言う通り、私もそんなのは嫌だ。

過去にも聖女の血を引く者を迎え入れたいという国々は多くあった。

しかしセーウェルト王国は聖女を独占するため、その血筋が国外に流出することを拒んできた。

私も聖女として大聖堂に上がる際に、終生セーウェルト王国の外に出ないこと、他国籍人との婚姻を結ばないことなど、諸々についての誓約書を書かされている。

よって、今この国にいることを知られるわけにはいかないのだ、絶対に。

バレたら彼らにも迷惑がかかるし、アズリット家も取り潰し、妹も大聖女の任を解かれるかも。いくらあんまり家族と仲がよくない私だといっても、さすがに彼らを自らの手で路頭に迷わせてまでこちらで成り上がるのはちょっと気が引ける。

……広間に満ちる沈黙。

その後で意外な提案を示したのは、それまで言葉を挟まずにいた殿下だった。

「陛下、ではいっそ彼女にこの国で別人としての身分を与えるというのはどうでしょうか？」

彼は大きな声で、厳しい発言を行う。

「もしエルシア嬢がセーウェルト王国に厚く遇され、今すぐ戻りたいと言うのであれば、私たちはそれに協力する義務があるでしょう。しかし、彼の国は彼女をないがしろにし、なんの落ち度もないのに大聖女である資格を奪い取った。そんな国に、彼女が自国の民であると主張する権利などあるのでしょうか」

　この言葉については本当にそれ、よくぞ言ってくれたという気分である。半分以上はギーツ様と妹リリカのせいなんだけど、それにしたってもう少し周りの人々が無茶を言う彼らを止めてくれたらよかったのに。まあギーツ様とて次期国王であるわけだから、配下の人たちもこの程度のことで面と向かって反対して心証を悪くしたくなかったのかもしれないけどさ。

　確かに私はセーウェルト王国に愛着を持ってはいる。

　しかし、それはたまたまあの国に生まれたからで、大切にしてもらったという感覚はあまりない。体よく使われ捨てられてしまった。そんな悔しさは確かに胸にある。

　そして陛下もゆっくりと頷く。

「そうじゃのう。セーウェルトも自国の聖女に尽くされるのが当たり前になり、あぐらをかいておるのじゃろう。さて、どうじゃろうかエルシアよ。我らはそなたに大きな恩を受けた。もし我々にその身を預けてくれるならば、そなたを鎖に繋ぐようなことはせず、自由な生活を保障しよう。もちろん、そなたがこちらにいることは向こうにはわからぬように取り計らうし、万が一察知されようと、絶対にそなたの身に危害が及ばぬよう守ってみせようぞ」

「ええと……」

　私は言葉に詰まった。

　セーウェルトでは、大聖女に任命された後はただただ仕事に忙殺される毎日だった。そしてそれを退いた今、私の価値は聖女の血筋を継いでいるということにしかなく、私個人を見てくれている人など、誰もいない。

でもこの人たちは私に好意を持って、敵国との火種を抱えてまでも守ってくれるというのだ。ここでなら新しい人生を開けるのかも——そんな思いに私の目はついつい泳ぐ。

そこに王妃がすかさずやんわりと微笑んできた。

「なにも未来永劫（みらいえいごう）こちらに留まれなどとは誰も申しませんわ。あなたがいたい分、好きなだけこちらに留まってくださる……それだけでよいのです。エルシア嬢」

「そうだよ。私たちはあなたにここにいてほしいだけなんだ。せめて、しばらくの間だけでもこの国の民にあなたを歓待させ、ジュデットの素晴らしさを伝える機会を与えてくれませんか、エルシア」

優しい王妃の言葉が私の心をくすぐり、にこやかな殿下の手が肩を包んだ。

ううっ、こうやって外堀って埋められてゆくのね。

これまでと同じように生活の保障もしてくれて、好きな時にいつでも帰っていい。そしてなにより、私自身にいてほしい……そうまで言われて、ここでダメですと拒絶できるほどの理由を私は持っていない。

よって、答えはすぐ決まった。

「わかりました。お世話になります……」

「おお、これはめでたい。ではそなたは今からジュデットの国民じゃ！　よし皆の者、今日は宴（うたげ）とする！　大臣よ、急ぎ各所に伝え準備をさせよ……儂も飲むぞ！」

「皆の者聞いたか！　城中に伝えて参れ！」

「宴じゃ宴じゃ、非番のものをかき集めよ！」

陛下の号令を受け、にわか騒がしさを増してきた謁見の間。

そこでどうしたらいいかわからず座り込んでいた私を殿下が立たせ、嬉しそうに笑う。

「これでしばらくは、こちらで心置きなく過ごせるね、エルシア。観光の続きだと思って肩肘張らず過ごしてほしい。私もいろいろ案内できると思うから」

この国の国民として受け入れた証としてか、殿下が私を名前だけで呼ぶ。

これでいいのか、そんな迷いが少しだけ心によぎるけど……素直に好意を向けてくれる彼らの言葉はありがたく思うし、もうここに至ったら私にできるのは腹を据えて楽しむことだけだ。

――思えばすべては婚約破棄から。

旅先で野盗に遭い、命を救い救われて目が覚めたら魔族の国。

どうなることかと思ったけれど、陛下をお助けしたことで、この城に住む人たちの信用はひとまず得られたみたい。これからはここジュデットで私の新しい生活が始まる。

「ありがとうございます。……よし、それじゃこれからよろしくお願いしますね！」

踏ん切りをつけ、今までの自分とさよならするつもりで、私は殿下に向けてはっきりと笑顔を浮かべた。

どうか……この国に馴染めるのかとか、セーウェルト王国にバレちゃわないかとか、そんな数々の心配事が杞憂でありますように。

第五話　魔族の王子と歓迎の夜

本日の謁見の後。

エルシアをこの国に迎えられたことを祝し……王宮では場所を大広間に移して盛大な宴が開かれることとなった。

無礼講の宴は大いに盛り上がり、今も私——ここジュデットの王太子であるクリスフェルトは、隣で彼女を見守りながら食事を楽しんでいる。

「エルシア殿、今後ともよろしくお願いいたしますぞ！」

「あっはい、こちらこそ！」

元気に受け答えするエルシアのもとには、今も多くの魔族が詰めかけている。

彼女がセーウェルト人だということは、城にいる配下たちのほとんどにはもう伝えているが、露骨に敵対心を抱いている者はいないように見受けられる。

その理由にはおそらく、魔族という種族の姿形が千差万別であることが大きく関わっているのだろう。広大なジュデットに住まう我々の姿は、縦長の瞳孔があるその瞳と長い耳を除けば、人型であるもの、獣の特徴を残しているものなど非常に幅広い。要するに、他人の姿形に対して非常に寛容な種族なのである。

そうした一方、驚くのはセーウェルト人であるエルシアの方の順応性だ。

古くから、その姿だけで魔族を嫌う人間は少なくなかった。加えて、この大陸に流布していた伝承があるため、セーウェルト人は特にそれが顕著なのに……。

国という概念すらまだ朧げにしかなかった大昔。邪な心を持つ闇の神から生まれ、多くの人たちを私欲のために殺めたため、光の神の手によってこの地に追放された種族。それが魔族であるなどと、人間たちは誤った伝承を子孫たちにまことしやかに伝えた。

そのため、過去多くの人間が我々を虐げ……そしてまた我々も彼らを拒むと、逃げるように大陸の中央に集団を作り、その中に閉じこもったという。

自分たちを守るためにはそうするしかなく、もし魔族の人口がここまで増えず、特別な力を有していなければ、我々は他国に蹂躙され、その血筋を途絶えさせていたことだろう。

しかし我々は生き残り、耐え忍んだ。どうしてもこの争いに意味を見出せず、守りを整え侵略に抵抗した。

人間たちが我らに抱いているのは憎しみではなく恐れだ。ただただ得体の知れない伝承から来る恐怖心のために血で血を洗う争いを続けるなど、なんと馬鹿馬鹿しいことか。そう説きながら、私たちはずっと誤解を解く手掛かりを探して来た。

そして我が先祖たちの研究の成果により、伝承は我らを迫害し孤立させるための都合のいい作り話にすぎなかったことが、近年明らかになり始めた。

そしてその頃にはジュデットは幸い国家として、周辺国と対抗できるほどの戦力を整えていた。次第に他国からの侵略は鳴りを潜め、表向きには友好関係を結ぼうとする国家も増えてきたのだ。

いまだ我々が特別な力を持つことに対する彼らの恐れは大きい。けれど、少しずつ先人の努力は身を結びつつある。ジュデットはいくら苦難に晒されようと、こちらから他国を侵略し領土を脅かそうとしたことはない。それは我が国の確かな誇りだ。

今や周辺国で我々を明確に敵視しているのはセーウェルト王国のみ。

一貫して魔族の存在を拒絶し続けているあの国に、徐々にでも我々を受け入れてもらうこと。そしていつか、多くの魔族が安心してこの世界で暮らせるようにする……それが当面のここジュデット国の課題であり、我ら王族の悲願である――。

そんな事情、彼女は知る由もないだろうに……エルシアは私たちを見てもいっさい交流を拒む様子がない。ミーヤやメイアとも仲良くしていたようだし、今も目の前で臣下のひとり、熊に近い姿をした男性とにこやかに握手を交わしている。

その姿は、私たちの望む未来を強く思わせる。

いつの日かジュデットが……世界がどんな種族であろうと、仲良く手を取り合えるようになれば。

「でーんかっ、飲んでますかぁ？」

対応が一段落したのか、エルシアがグラスを掲げこちらを向いた。

顔は薄っすらと赤く、目元も緩んでいる。

それを見て、私は失策を悟った。彼女が酒に強いかどうかを聞いていなかったのだ。自ら進んでワインに手をつけていたようだから、てっきりそれなりに嗜むのだと思っていたが……この感じだと。

「エルシア？　あの……ご気分はいかがかな？」

「はぁい。とってもよろしいようで、ございまする～」

（……まする）

私は額を手で押さえた。

やや呂律の怪しい彼女はにんまりと口元を広げており、明らかに酔っている。迂闊だった……考え事をしていないでそれとなく忠告してあげるべきだったか。

エルシアが正体を失くし、後々後悔する事態に陥ることになる前に。

私は話したくて順番待ちしていた臣下たちを目配せで席に戻らせ、彼女に水を勧めた。

「大勢の人と話して疲れたでしょう。これでも飲んで少し落ち着いて」

「えぇ～？　私、酔っぱらってなんかないれすよ～？」

「ダメだよ。そういうこと言ってる時点でもう危ないいんだから。ほら」

強引にグラスを押しつけると、彼女は嫌々ながらそれを口にした。

そうして宴を見守りながら、ほろ酔いの体でぼんやりと呟く。

「せっかく楽しくなってきたのにぃ……」

「お酒、好きなのかい？」

「いいえ、緊張を紛らわせようと思って初めて飲みました……ひっく。その、向こうでは寝ても覚めても仕事がありましたから～」

「そうか、大聖女だったものね」

エルシアを連れてこの城に戻った時の、彼女の強く疲労した顔付きを、私もよく覚えている。毒の影響もあったのかもしれないが、思えばあれは日常的な激務のせいだったのだと、そんなことが頭をよぎった。

自分の行動が人の命に影響するかと思うと、気を抜くことができないのも当たり前だ。年若くして責任ある立場に置かれたのならなおさら。

（周りに、頼りにできる人がいなかったのかもしれないな……）

そんなことを思わせるくらいに、エルシアはここへきて一度も誰かを想う素振りを見せたことがない。手紙は送るように頼まれたが、それも必要最低限の辻褄合わせだったようだし、彼女の口からセーウェルトに戻りたい、という言葉はいまだにひと言も出ないままだ。

謁見の席で彼女をジュデットに帰化させる案を申し出たのも、それが理由のひとつにある。

宴までの間にこちらでしばらく暮らす意思を再確認した時も、彼女は自分のことを心配している人間など、さしていないのだと笑っていた。私はそれにどうしても納得がいかなかった。今まで自分の時間や体調を犠牲にして多くの人を救ってきたはずの彼女は、もっと大事にされて然るべきではないのか。

聖女だから、人を助けて当然だなどという考え方は、私は嫌いだ。どのような立場の人にも、それぞれの苦しみがある。それを無視しているように思えるから。

「殿下、どうかされました？　お顔がとっても難しい感じになっちゃってますよ」

「ああ、いや。なんでもないんだ……」

やや私情が混じり渋い顔をしていた私は、エルシアからの指摘で慌てて普段の表情に戻る。せめてここにいる間は、彼女が不必要なことに気を取られず楽しめるよう計らってあげたい。

「すまない、気を使わせたね。でも、君がこの国の人たちと打ち解けられそうで安心したよ。本当に君が望むなら、いつまでもここにいてくれてかまわないから。城に滞在するのが落ち着かないなら、別に屋敷も用意してあげられると思うし。護衛や身の回りの世話をする者はつけないといけないけどね」

「そ、そこまでしていただくわけには」

「そう？　いつでも気が変わったら言ってくれ――」

「クリス、少しいいかしら」

会話の合間に柔らかく挟まれた声は母シゼリカのものだ。

すまなそうに眉を下げるその姿からは、なにを伝えに来たのかがなんとなく知れた。

おそらく妹の、ミーミルのことだろう。

「あの子の様子が気になるから、私はこれで失礼するわね。エルシア、楽しんでくれているかしら？」

「は、はい！　皆様にはとってもよくしていただいています！　それにお料理もとっても美味しいです！」

「それならよかったわ。困ったことがあったらクリスになんでも言いつけてちょうだい。この子、ずいぶんとあなたのことを気にかけているみたいだから。では、心置きなく宴を楽しんでね」

「は、はい」

母上はぼんやりとしたエルシアに嫣然とした笑みを向け、どこか嬉しそうに去ってゆく。

あの人も、なにを考えているか読めないところがあるから困ったものだ。思わせぶりなことを言うからエルシアが気にしてしまったので、私は話題を逸らすように妹の容態を口にした。

「妹が少しばかり寝込んでいてね、母上も気にしてるんだ」

「そうなんですか。私、診てみましょうか？」

「いや、その必要はない。ベッカーや他の宮廷薬師たちもついているしね。父上のように深刻なものじゃないんだ。定期的に体調を崩しやすいってだけだから」

なんでもかんでも他国の彼女頼りとなってはベッカーたちも立つ瀬がない。

なによりも、もう十分彼女は私たちの力になってくれた。

これ以上いらぬ心配をかけまいと、私は彼女が楽しめるような話題を探ろうとする。

「それよりも君の話を聞かせてほしい。元々観光目的だったんだろう？　もし旅行に行くとしたら、どんなところがいいのかな？　周りに海はないけど、ジュデットには自然も多い。国内にはセーウェルトとはまた違った史跡なんかも豊富にあるし、魔族自体も尻尾や角持ちなど、いろいろな姿をしてるから、街を回るだけでも文化や生活様式に違いがあって楽しめると思うんだ」

「本当ですか！　じゃあ今度、街にお買い物に行きたいですね。後、ジュデットの植物に触れてみたいです！　野外をゆっくり散策しながら……」

「ああ、任せて。君が満足するまでどこにでも連れていってあげる」

「やったぁ！」

私の言葉に、子供のように手を上げ喜んでくれたエルシア。

酒が入っているとはいえ、なんだかその素直さが、ものすごく私の心に響く。

「あっ、ベッカーだ。お～い」

そこでちょうど、彼女はベッカーを見つけて手を振った。

面倒見のいい彼のことだ。宴には参加していなかったが、頃合いを見て、羽目を外し飲みすぎた者がいないか確認しに来たのだろう。

「なんだエルシア、お前まで酔っぱらっているのか？　殿下にご迷惑はかけておらぬだろうな。よし、この指を見ろ。何本に見える？」

「う～ん……四、五、六本！」

「たわけ。我輩が魔族だとはいえ、指は五本に決まっておるだろ。殿下、こやつやはり酔っぱらっておりますぞ。城内で醜態を見せられても敵わんので連行いたします」

「酔ってない！　ちょっと間違えただけだもん！」

「酔っぱらいは誰でもそう言うんだ。ではもう一度試してやる。立ち上がってこっちにまっすぐ歩いてみろ」

「馬鹿にしないでよ！　……あれ、あれれ」

健在さをアピールしようと卓から離れたエルシア。しかし足取りは案の定で、あちらによろけ、こちらによろけ、見ていて相当に危なっかしい。思わず私は歩み寄って肩を貸す。

「そろそろ部屋に戻ろうか。階段などで躓いたりしたら危ないしね」

「殿下がそうおっしゃるなら……。すみませんです」

「なぜ殿下の言うことは素直に聞くのに、薬師である我輩の言うことに従わん……」

ぶちぶち文句を言うベッカーと一緒に両脇から支えてやり、エルシアを彼女の客室に送っていく。

「なんか、足元がふわふわする」

「だからそれが酔っているのだと言っただろうが！　ほら、しっかり歩け！」

歩く内に眠くなってきたのか、彼女はとろんとした目をしながら体重を預けてくる。苦心しながら支えるベッカーと客室に戻れば、待機していたミーヤとメイアが苦笑しながら出迎えてくれた。中に入る寸前、エルシアは振り返ると、弱々しい声でぼそっと言う。

「殿下、もう少しだけ……。いえ、またいつか、お話を聞いてくださいますか？」

「うん。いつでも」

「ありがとうございます」

答えを聞くと彼女は心底安心したような顔をして、侍女たちに手を引かれ室内へと消えていった。

それを見届け、ベッカーが荒い息を吐く。

「ふぅ、まったく面倒をかけおって……。まあ、少しでも息抜きになったのならよいとするか。では殿下、我輩は引き続き酒に呑まれた阿呆どもを処理して回りますので、あなた様もほどほどに」

「ああ、ご苦労。私も少し風に当たって戻るよ。父上が病み上がりで無理をしないよう、少し言い含めておいてくれ」

「心得ております」

世話焼きの宮廷薬師が職務を全うしようとその場を去り、私は通路の窓辺でしばらく夜風に身を晒す。

よい夜だ。優しくこの身を照らす月とまだまだ静まる気配のない宴の賑やかな音。あまり、ひとりでいるという感覚にはならない。

しかし、なんとなしに感じるこの心細さは、なんなのだろう。

（彼女にあんなことを言われたからか……）

別れ際のエルシアの、不安そうな顔を見て感じたこの気持ちの正体を、私はそこで思い出した。小さい頃、家族から離れようと決意した時に感じた、寂しいという感情。とうに忘れたはずの、私には必要のないもの。

（父上が回復して、気が抜けているのかもな）

そんなものを掘り返すなんて、父上が病に伏した時から、私は少しずつおかしくなり始めているのか。彼女を……エルシアのことを気にかけすぎているのが、自分でもわかる。それにやがて彼女は、自分の国に帰らなければならないんだ……」

「誰かが側にいることを心地よく思うなんて、甘え以外の何物でもない。

惑う私はそんな弱さを振りきろうと、ぐっと顔を上げる。

しかし頭上から降り注ぐ月の輝きは、彼女の銀の髪の色によく似ていた。

第六話　その王女、持病あり？

健やかな日々。

日の出と共に目醒め、夜の帳が落ちれば眠るという、ひどく人間的な生活。

それを送れるのがどれだけ幸せなことかを、私は向こうの国で身に染みて感じていた。

なんせ大聖堂の治療室には日夜多くの患者が担ぎ込まれてくる。

その責任者たる私にほとんど休む余裕はなく、もはや我が家のごとくそこへ留まり続ける毎日。終わらない仕事の連続は私の精神をきっと強く圧迫していた。

あの時はいつだってこう思っていた。

もし、この役割から解かれたなら、私はもう一生働くまい……そう、固く固く胸に刻んでいたのだ。

それからしばしの時が経ち、今私がいるのは夢のような環境。

毎日が休日で、どう過ごそうと誰にも左右されない自由がそこにはある。それはまさしく理想の日々。私はようやく楽園を手に入れた……そのはずだったのだけど。

歓迎の宴から数日。王宮の一室をあてがわれた私は、ぼんやりと過ごしながらこう思っていた。

（この生活、思ったより暇じゃない……？）

そう、なんだか想像していたのと違って、王宮での生活ってあんまり楽しくない。

間借りした一室で暮らし始めた私に、殿下はふたりの侍女、ミーヤとメイアをつけてくれた。身の回りのことはすべて彼女たちがやってくれる。だから私のすることは特にない。

城内でのお散歩や、ミーヤたちとおしゃべりするのは新鮮だ。けれど彼女たちにも仕事があるからいつもというわけにはいかないし、そうなると部屋で薬草辞典を眺めるくらいしかやることがない。

そして密かに街巡りの機会を期待していたのだが、クリスフェルト殿下もお忙しいらしく、なかなかすんなりどこかへ観光というわけにもいかない。暇つぶしに手元にある簡易調合器具の手入れもやったけど、それもあまり手持ち無沙汰を紛らわせてはくれず、窓を開け放った私は頬杖を突くと、くぁ～と大きく欠伸する。

（落ち着かな～い……なにか、やることないのかなぁ？）

どうやら長年の仕事中毒は数か月くらいでは全然治まらなかった様子だ。

これこそが一番治療すべき症状なのでは？

そんな気持ちでベッドにダイブし、唸りながらごろごろ転がり始めた私。

しかしそこへ突然ノックをされ、待ってましたと言わんばかりに扉に飛びつく。

「どなたっ⁉」

「うおっ⁉　驚かせるな、我輩だ。どうしたのだ、妙にぎらついた眼をしおって……」

「暇なのよ……」

ぎんぎんの目付きに驚いたのは外にいた宮廷薬師ベッカーだ。

彼は咳払いをひとつして、私の実感のこもったひと言ににやりと笑い、後ろに目をやった。

「だ、そうですよ。殿下。我輩の言った通りでしょう」

「ははは、そうだね。すまなかったエルシア、ここ数日仕事が立て込んでいたんだ」

「で、殿下！」

ベッカーの後ろから現れたのは、しっかりと身なりを整えられた殿下だった。いきなり視界に入るとこの人、美人すぎて心臓に悪いよ……。

「あ、あの……おふたりともどうかされました？」

「どうぞ殿下。我輩の方は急ぎではありませんので」

ふたりは顔を見合わせたが、ここは臣下らしくベッカーが先に譲る。

「ありがとう。それじゃエルシア、今日の予定は決まっているかな」

「いいえ、先ほど言った通りです」

そう、私は誰かの来訪を今か今かと心待ちにしていたのだ。それを聞いてこほんと咳払いすると殿下は、すぐに用件を切り出した。

「ならば、よかったら私と一緒に街へ出かけないか？　ちょうど午前の予定が空いてね。街をいろいろ案内できると思う」

「い、行きたいですっ‼　お願いします、連れていってください！」

願ってもない提案に私が勢い込んで頼み込むと、殿下は口元を綻ばす。

「もちろんさ。なら少し待たせてもらうから、彼女たちに着飾らせてもらうといい」

殿下が背中側を指すと、通路の奥からふたつの眼差しがにやにやとこちらを見ている。あの双子の侍女たちめ、きっと殿下たちが私の部屋に向かうのを気にして様子見にきたのだ。妹のメイアはともかく、姉のミーヤまで意外と野次馬属性があるのかも。

「私からは以上かな。衣装部屋の外で待つから、終わったら声をかけてくれ。ベッカー、もういいよ」

殿下は合図し、離れて壁に背を預け瞑目していたベッカーと入れ替わる。

「では失礼。エルシア、お前……ここでちょっとした仕事をするつもりはないか？」

「仕事って、あなたの職場で？」

　ベッカーは、私もつい最近まで世話になっていた王宮の医療棟で宮廷薬師の長として働いている。おそらく退屈そうな私を見かねて、なにか仕事を振ってくれるつもりなのだろう。

「週に数度だけでもいい、顔を出して作業の手伝いや、いろいろ意見をもらえると助かる。だがもちろんお前は賓客だ。無理に頼み込むつもりはない」

　ベッカーは少し目線を下げた。こちらの都合を気にしてくれているらしいが、彼の申し出は私にとって渡りに船。ありがたく受けさせていただくことにする。

「ううん、ぜひやらせて。私もせっかくならここでどんな治療がされているのか知りたいし」

「おお、そうか！　ならばそうだな、殿下と王都の観覧が終わった後、改めて訪ねることにする。条件など詳細はその時にでも話そう」

　よし、これで自由に使えるお金がゲットできそう。セーウェルトの金貨はこっちだとどうやって換金すればいいかわからないし、褒賞としていただいた宝物ももったいなくて使えないしね。陛下や殿下に言えば全然用意してくださるとは思うけど、趣味のためにそれをお願いするのも、ちょっと心苦しいし。

「では、よろしく頼む」

　ベッカーも律義(りちぎ)に頭を下げて去っていった。さてさて私も着替えなきゃ。物陰からこちらを窺っていたふたりを手招きする。

「そういうことだから。悪いけど、本日二度目の着替えをお願いするわね」

「ええ、わたくしどもにすべてお任せくださいませ」

「腕が鳴りますわーっ！」

「あはは、お手柔らかに」

しずしずと、しかしどこか楽しそうに私を衣装部屋へと連れ出す姉のミーヤに、鼻息荒く気合を入れた妹のメイア。そんなふたりを見るまでもなく、私もわくわくしている。

ついにこの目で、間近に魔族の国ジュデットの街並みが見られるのだ……！

そこでは人々はなにを食べ、なにをして毎日を過ごしているのか。見たことない建物、聞いたことのない音、嗅いだことのない香りが私を手招きしている。

より濃密な異国の情緒を味わう瞬間が、待ち遠しくてたまらない。

◇

何度か城壁からは見下ろしたことのあるその光景。

だけど、実際にそれが目の前に来ると、本当に胸に迫るものがあって。

「すっご〜い……！」

なんの捻りもないけど、第一の感想はまずそれ。

魔族の街は、想像していたよりもっとずっと面白かった。

並び立つのは、黒色を基調とした多くの建物。

それでも陰気な感じが欠片もせずおしゃれなのは、ところどころに施された極彩色な装飾のおかげなのかな。

明るい黄色の街灯やピンク色の軒先、看板だって緑やオレンジ。パッと目を引く派手なものの多いこと多いこと。

そしてそれは道ゆく人々もだ。特徴的な容姿の人たちばかり。

角あり、ひとつ目、肌の色がカラフルな人なんてそこらにいて、本当にそれを誰も気にしない。ジュデットのおおらかな国民性はこういう多種多様な人々を受け入れられるところから来ているんだなあと、感心しきりだ。

こんなに人々の容姿が雑多なら、変装なんか必要なかったんじゃないの？

そう思えるくらい、誰もが見た目を気にせず笑い合う国――それが魔族たちの住むジュデットなのだ。

今すぐにでも街中に飛び込みたい。でもまずはひとつ、それに当たって乗り越えるべき試練があった。

「――クリスフェルト殿下だ！」「殿下とお連れ様にご挨拶しよう！」

こんな美々しい殿下の姿を見た街人たちが放っておくはずはなく。

すぐに黒山の人だかりができ、老若男女が歓迎の姿勢を見せた。

こういう時に役に立つのが妃教育の成果……好意的な振る舞いというやつだ。

自然な微笑みを浮かべながら人々と目を合わせ、優雅に手を振り返す。

私はあなたたちの仲間です、仲良くしてくださいねという気持ちを伝えるのが大事。幸いそんな努力は受け入れられたか、反応は悪くなくひと安心だ。

「殿下、お連れ様はなんとおっしゃる方なのですか？」

「ああ、この方はエルシア・ランダルバート伯爵令嬢。事情があって、王宮に滞在中なんだ。もし外で見かけることがあったら、いろいろと助けてあげてほしい」

というように、ここでの仮の身分を人々に説明してもらったりもして、私は概ね友好的にジュデット国民に受け入れられた。

ちなみにさっき変装と言ったけど、今の私の姿はいつもと少し違っている。そう、魔族のように目と耳が変化しているのだ。

これは我が左手に輝く、殿下からいただいた金鎖のブレスレットのおかげ。ジュデットに私が送られた時使われた転移の宝珠と同じ、貴重な魔法の道具らしいのだけど、彼は王宮の外で私の正体がバレて、トラブルに巻き込まれないようにと惜しみなく与えてくれた。

その気遣いが大切にされていることを表しているようで嬉しく、彼みたいな素敵な人が隣にいる緊張すら、どこかに消えてしまったように思う。きっといつもの姿だったなら、街人たちにこうも友好的には受け入れてもらえなかったはずだ。ありがとう殿下。

このまま人混みに揉まれつつ移動するのかなと思ったけど、そんなことはなかった。彼らはマナーよく私たちの進行方向を開け、挨拶が終わるとすぐに散っていく。

気付けば年長者が率先して邪魔にならないよう声をかけてくれている。街のそこかしこにいる警邏隊も、しっかり目を光らせてくれているようだ。

「皆さんとてもフレンドリーなのに、気配りが感じられてなんだか温かい人が多いですね」

「だろう？　魔族は、いいやつばっかりなんだよ。それをもっと他の国の人にも知ってもらいたいんだけどな……」

殿下は少し遠い目をして言った。残念ながらこの街では人間の姿はほとんど見かけない。魔族と私たちが安心して交流できるようになるには、まだいくらかの歳月が掛かりそうだ。

瞳の奥にどこか、憂いと疲労の影をちらつかせるも彼はすぐに気を取り直し、ある方向を指差した。

「ごめん。今日は君のための外出だった。今回は初めてだしゆっくり街を眺めて回ろうか。もし足が疲れたら、いつでも言って。竜車を用意するから」

「竜車って……あれですか？」

彼の指先を追った私の目は、通りに止まっていた一台の乗り物に吸い寄せられる。

それは衝撃的な見た目だった。

馬車のような車体はいいとして、なんせ繋がれているのは緑色のでかトカゲで、シューとかシャーとか甲高く鳴きながら鋭く周りを見渡していたのである。

発達した二本の太い後ろ足で支えられた胴体は、背中に乗ることもできるようだ。半面前脚はとても小さく、首は馬みたいに前方に長く伸びている。

「あ、あれ……ちゃんと言うこと聞きます？」

「大丈夫さ。調教師に子供の頃から育てられてるからね。もしかして、乗ってみたい？」

「の、乗りたいです……」

危険を避けるためか、目の前で竜車がパーッとラッパを鳴らして通りをドタドタ駆け抜けていき、私の興味は一気にそれに移った。面白すぎるよ、魔族の国。

殿下も唖然とした私に相好を崩す。

「よし、それじゃ今日は竜車を貸切って、ゆっくり隅から隅まで街を眺めて回ろうか。気になった場所は覚えておいて、今度外出した時のお楽しみにしておこう。わからないことがあったらなんでも聞いてくれ」

「はい！」

殿下が停車場にあった一台を呼び止め、御者に口を利いて借り受けてくれる。座席には分厚めのクッションが敷かれ、体をしっかり包み込むようになっていて、感触が楽しい。

ちなみに、この竜車を運ぶ騎竜っていう動物はびっくりするくらい大きい卵を産むんだって。殻も工芸品の材料として利用されるらしく、どんなのができるのかぜひ見てみたい。

そんな話をしていると、御者が出発の声掛けをして、騎竜が鳴いた。彼らの後ろ脚が力強く地面を叩き、それに合わせて車体がぐんぐんと引っ張られてゆく。

「うわぁ、これ独特の乗り心地ですね！　楽しいっ！」

「ははは、これくらいで驚いてたら身が持たないよ！　ほら、周りを見てごらん、これが私たち魔族の街なんだ！」

嬉しそうに殿下が言った通り、街を巡り出せば、知らない音や匂いのすべてが、私の気持ちを新鮮にさせる。

竜車の中で殿下にいろいろ教えてもらいながら夢中であちこちに目を向けたけど、気になった場所が多すぎて、とても一日なんかで回りきれるもんじゃない。

セーウェルト王国の文化圏ではまず見られない様々なものに囲まれ、魔族たちの生活を身近に感じながら……その日の私はまるで、新しく生まれ直したような気分を味わうことができた。

……そしてその午後。街並みを堪能した余韻を残しつつ、部屋で待つ私をベッカーが訪ねてきた。

私は彼の招きに応じ、王宮内を移動する。

「ジュデットの街並みはどうであった？　セーウェルトから来たのだ、目新しいものも多かっただろう？」

「うん！　竜車に乗って街を一周したけど、気になる建物がありすぎて殿下の話を聞いてるだけで時間が過ぎちゃった。次は絶対、中に入って買い物したい！　ベッカーもおすすめのお店とか教えてよ！」

「おいおいな。まあ楽しめたならよいさ……。その話は後で聞くとして、ひとつ尋ねてもいいか？」

「なぁに？」

疑問を浮かべた私に、ベッカーは少し気まずそうに話を切り出した。

「聖女の力は体力の回復にも効果があるそうだな？　病気には効かないのか？」

「うん、あんまりね。体内の治療に関しては薬の方がよっぽど適してると思う」

聖女の力は言ってみれば、自己治癒能力を高める力に近い。

だから、外傷なんかはものの数分で塞げたりするし、骨折なんかの治療も得意。

反面、体内になんらかの病魔が巣食っている場合は、それを取り除いてあげることはできない。

投薬と併用したりして症状の緩和に役に立つこともあるけれど、便利ではあるが万能ではない力。

それに期待していたか、ベッカーの表情は曇る。

「我々としても、あまりお前に頼りすぎるのは不本意ではあるのだが、まあ、薬師としての意見だけでも聞きたいと思ってな。もしかしたら殿下から聞いたかもしれんが、今、王女が病で臥せっておる」

「ああ……なんかぼんやりとは覚えてるんだけど。なんていう名前だったかな？」

私は後頭部をかきながらベッカーに尋ねる。あの宴の日に殿下とそんな話をした記憶は朧げにあるのだけど、どうも細部がはっきりとしない。酒に呑まれた私に呆れながらも、ベッカーはちゃんと王女の名前を教えてくれた。

「仕方のないやつめ。これを機に自分の限界酒量くらいしっかりと弁えておけよ。王女様のお名前はミーミル様というんだ」

「ミーミル様ね、うん、覚えた。でも、なんとなく急を要するような感じではなかったと思うんだけど」

殿下の話だと、宮廷薬師たちの面子を気にする余裕もあったようだし、そこまで深刻ではない口ぶりだったように思う。

しかしベッカーは眉を下げ、やや声を小さくして言った。

「症状自体はな。まあその辺りは現地で話そう」

「うん……？」

ひどくはないが、彼らにも治せない特別な病気。

それがどんなものかもわからず、私は目的地に着くまでしきりに首を傾げていた。

「ここには身分の高い者もいるのでな。くれぐれも粗相はするなよ」

注意するとベッカーは王宮に併設された、白い建物に足を踏み入れた。

宮内医療棟――どうやらここが宮廷薬師長である彼の職場であるようだ。

綺麗な建物であり、あんまりそういう比較をするのも失礼だとは思うんだけど……仕事目線で見るならば、セーウェルト王国の大聖堂よりもやや、使っている器材などは古めのものが多く感じられる。

「おや、ベッカー薬師長。もしかして、お隣にいるのは噂の聖女様ですか？　お会いできて光栄です」

「あはは、こんにちは。どーもどーも」

大勢の薬師たちに挨拶されながら奥に進んだ私たちは、問題の患者がいるという大きな扉の前に立つ。

「ここがそのミーミル様がいらっしゃる特別室だ。言葉遣いに注意せよ」

「大丈夫。謁見で少し慣れたから」

私がそう言うと彼はひとつ頷き、ノックの後扉の解放を待つ。ひとりの侍女が中から私たちを迎え入れると、部屋の大きなベッドの中央には十歳くらいの少女がぼんやりと座っていた。

「ミーミル様、失礼いたします。お加減はいかがですか？」

「ベッカー……？　まだね、ちょっと気分が悪いの」

ベッカーに尋ねられふるふると首を振ったのが、この魔族の国の王女、ミーミル様だ。

王妃の面影が見える、黒髪のかわいらしい少女。だが、熱っぽい表情でぐったりしているその姿は大変痛ましいものがある。

彼女の美しい紫の瞳がおずおずとこちらに向いた。

「その人は？」

「この者は、ミーミル様を診てもらうために連れてきたのですよ。セーウェルトの聖女という存在に聞き覚えはありますかな？」

「セーウェルト……っ人間なの⁉　やだ、怖い！」

（えぇ～……？　ショック～）

セーウェルト……その言葉を聞いたミーミル様は素早くベッカーにしがみつき、ぶるぶると震えた。

いくら敵対国の人間だとはいえ、幼女にそんな反応をされるとがっかりする。

そこでベッカーは彼らしくなく、彼女を柔らかい声で諭した。

「心配ありません、ミーミル様もご存じでしょうが、この者が陛下の御病気の治療を成し遂げたのですよ。彼女に我らを害する意思はありません」

「ほんとう……？」

するとミーミル様の私への警戒が少し和らいだ。

ベッカーは基本偉そうだけど、その実親切で細やかな気遣いを欠かさない人だ。殿下がセーウェルトに戻ろうとした時も、必死に止めている様子だったし。だからきっと王女も懐いているのだ。

戸惑いの表情を向ける彼女の側に私はゆっくり寄ると、目線を合わせて両手を広げ、微笑んでみせる。

「ほら御覧ください、ミーミル様。私はあなた様を傷つけるようなものはなんにも手にしておりませんわ。ベッカー薬師に頼まれて、あなた様の御病気がよくなるように遣わされただけなのですから。お好きなだけお調べくださって結構ですよ」

「……触っても怒らない？」

「怒りませんとも」

彼女はベッカーから離れると、ゆっくりと私の手を握った。

小さな手でひとしきり私の手をまさぐった後、立ち上がって今度は不思議そうに顔をぺたぺた触る。それがくすぐったくて、私は笑いをこらえるのに苦労する。

「本当になにもしないの？」

「どうして、なにかされると思われるのです？」

「だって昔のご本に書いてあったのよ。人間は私たちをはく害した、悪者なんだって。それに……」

なにか嫌な出来事でもあったのか、ミーミル様は言葉を詰めた。

「それは……大昔の事よね？　ベッカー」

「ああ、そうだな。彼女が優秀な薬師であることは、このベッカーが保証しましょう。ですから安心していただいて大丈夫ですよ」

「うん」

誤解を解きたい私の言葉にベッカーも同意してくれ、信用してくれたのかミーミル様は大人しくベッドの端に座り込む。そこを逃さず私は彼女の診察を始めた。

「ではミーミル様。少しだけお体を見せていただきますね」

「どうぞ」

額の熱は少し熱く、喉も腫れているが、そんなにひどい症状ではなさそうだ。服を脱いで見せてもらうと、いくつかぽつぽつと肌にうっすらと赤い点が見受けられる。

「これは？」

「発疹の跡のようだな。最近ミーミル様は定期的に体調が悪化し、そういう時には決まって高い熱と体中に小さな湿疹が出るのだ。いつも時間が経つと症状は治まるのだが原因がわからず、我々も手を

こまねいている。先日は呼吸困難まで陥ってな……」

「ふうん……」

ミーミル様の様子を心配そうに見つめつつ、ベッカーは隣から症状について聞かせてくれた。

そんな中、私は彼女の肩に小さいが深く残る傷痕を見つけてしまう。なにかで貫かれたような古いもので、こんな幼い子に似つかわしくない痛ましさに目を背けるようにして、服を着せ直した。過去に事故にでも遭ったのだろうか。

「ミーミル様、あ〜んしてくださいます？」

「んぁ……」

「安静にしていれば症状は治まるのだが、これでは安心してご公務にも励めまい。なにより、おつらそうでな。どうにかして差し上げることはできんか」

口の中を覗いた後、少しばかり私は考え込んだ。

確かに、セーウェルトの医療技術はこの国と比べてやや秀(ひい)でているのだろう。だが、未体験の国の未知の病気だ。この国に住む彼らが原因不明と判断した症状を、正直治せる自信はない。

でも、こんな幼い女の子が縋るような目でこちらを見ているのだ。

せめて、原因を探す努力はすべきだろうと思った。

「わかった。それじゃしばらく時間をもらえる？　彼女について、どんな生活を送っているのか見て、病気の原因を探してみたいの」

「ふむ、ならば陛下と王妃には我輩から話を通しておこう。ミーミル様、よかったですな。もう少ししたら退院ですが、その後もこやつが身の回りについていてくれます。なにかあっても心配は要りませんぞ」

「本当？　あなた、お名前は？」

「エルシアです。よろしくお願いしますね、ミーミル様」

「うん……」

ミーミル様は不安そうに私に抱き着いてくる。

そんな彼女はとても愛らしく、絶対になんとかしてあげたいと思った。

◇

それから数日後。私は陛下たちの許可を受け、退院したミーミル様におはようからお休みまでぴったり寄り添う生活を送っていた。

彼女にはふたりの侍女が常につき従い、しっかりとその身を守っている。毒見などもされており、食事になにかが仕込まれていたということもなさそう。

ミーミル様の一日のスケジュールはこうだ。

起床後身支度を整え、軽い散歩の後朝食をとる。

それから教師についてこの国の歴史や一般的な教養を学ぶ。

その後昼食と食事休憩。午後も舞踊や音楽、絵画など芸事を学びセンスを磨く。

しばし自由な時間を経て、王妃や陛下と一緒に夕食を楽しむ。

最後に沐浴と一日の復習をこなし、夜九時には眠りにつく。

たまに陛下や王妃様と外出されることもあるようだけど、大体毎日同じスケジュールの生活をこなしており、概ね健康的な生活といえるだろう。当たり前といえば当たり前だが、特に体に異常をきたすような習慣も見受けられなかった。

「ね、エルシア。セーウェルトのこと教えて？」

夕食後。自分の部屋に戻ったミーミル様に私はせがまれて話をしてあげる。

「はいはいミーミル様。私は王都のことしか知りませんが、建物は全部真っ白。東には王城、西には城と同じくらい大きな大聖堂があって。毎日多くの観光客と参拝者が訪れています。食事の後と夕方に皆お祈りを捧げるんですよ。街では犬や猫がよく飼われています」

「犬と猫……！　本で見たことある！」

彼女は目を輝かせている。

それもそのはず、なんと、ジュデットには犬や猫がいないのだ。信じられない。

代わりに街で、狼（おおかみ）や豹（ひょう）っぽい動物を飼っていたのを私は王宮の窓から見かけて驚いた。

馬もいないようで、馬車だって例の強面（こわもて）のでかトカゲが引いてるんだものね。

あの時は異国ってすごいなぁと感動してしまった。

ミーミル様も得意そうに、自分のイメージの中の犬や猫を画用紙に描いて見せてくれる。

「こういうのでしょ？　犬とか猫とかって」

「……まあ、大体そんなものです」

しかし彼女が書いたそれらは四つの耳がにゅっと突き出たり、尻尾が三本揺れていたりして、まあまあ事実とは異なる。でも私はあえて訂正しない。子供の夢を壊すのは罪なのだ。

「いつか私も本物を触ってみたいなぁ……」

「ミーミル様がセーウェルトに来られるようになれば、私はいつでも歓迎いたしますよ」

「本当⁉」

もちろん本当だと、私はミーミル様を後ろから抱えて頷く。

彼女が大きくなるまでに、両国の関係性が改善されていることを切に願う。

そんなことを思っていた時、小さな体がぶるっと震えた。

「……けほ」

「どうしましたか？」

苦しそうに息を詰まらせた彼女を後ろから覗き込もうとすると、その体が突然ぐらりと傾く。

「ミーミル様⁉　これは……ベッカーに連絡してください！」

「は、はいっ！」

急にぐったりしたミーミル様に驚き、私は側にいた侍女に連絡を頼むと彼女の容態を確かめる。

いつの間にか発疹も出て、ひどく汗をかいている。

沐浴後で体温が上がっていたため気付かなかったが、熱も高い。

まず間違いなく先日と同じ症状。

しかしこんなに早く再発するなんて……。

「げほ、げほっ……」

ひどく咳き込むミーミル様。時間が経っているが体は正直だ。異物を体外に出そうとしているのだと察し、私は彼女の喉に指を突っ込んだ。

こぽこぽと胃の中のものが吐き出された後、口をゆすがせ、背中に当てた手から聖女の力を注ぐ。

しばらくすると少しずつ顔色が改善し、呼吸が安らかになってきた。

「はぁ、はぁ……。エ、エルシアぁ、苦しかったよぉ……！」

「もう大丈夫です」

正常な状態を取り戻した彼女を抱え、あやしながら私ははっきりした確信を得ていた。

この反応には覚えがある。おそらくこの病気の正体は、食事に含まれたなんらかの成分による拒絶反応だ――。

◇

「そうじゃったか……体に合わない食べ物があったとはな」

「ごめんなさいね、気付いてあげられなくて……ミーミル」

「ううん。ちゃんとなにがダメかわかったから、もう大丈夫！」

陛下が膝の上に座った王女を撫で、王妃も気遣わしげに目を細める。

ここは、王族専用の食堂に併設されたテラス席。

今、私は光栄なことに彼らの朝食の席に招かれている。

そこでついさっき、ミーミル様の体調悪化の原因を報告したところなのだ。

「ご苦労じゃった、そなたにはまた救われたな、エルシア」

「いえいえ、とんでもありません。こちらに置いていただいている身としては、皆様をお助けするのは当然のことです！」

元気な娘の姿に目元を緩ませた陛下から感謝を告げられ、私は慌てて手を振った。

ミーミル様が倒れた後の流れはこうだ。

再度体調を崩した彼女の体を宮内医療棟へ移送し回復を待った後、私はベッカーに事情を説明してあることを試してもらった。

いくつかの食材から抽出した成分を彼女の皮膚に塗布し、反応を調べてみたのだ。

その中でひとつ強い反応があったのは、ジュデットでよく食物に使われているクアンダと言われる刺激の強い香辛料。外見はアーモンドによく似ているが、中は真っ赤で激辛。誤って口にするとひどいことになる。

その成分を肌に塗ってすぐ、ぽつぽつと赤い吹き出物が出だしたことで、ミーミル様の症状は食物に対する拒絶反応だと確定した。

ベッカーも話としては聞いたことがあったとしきりに反省していたが、そもそもそれが病気のひとつだと認められたのは薬学の発展したセーウェルトでも近年。医療棟に移った後は、刺激物を使わない病人食のおかげで症状が押さえられていたこともあるし、原因を見つけられなかったのも無理はない。

王宮の料理人にそれを伝えると、半信半疑ながらすぐに対応してくれ、以後症状はまったく出ていない。ひと安心といったところだろう。

王妃そっくりな顔立ちのミーミル様が両親を見上げて言う。

「お父様、お母様、頑張ってくれたエルシアになにかご褒美をあげて？」

すると愛情たっぷりの笑顔でふたりは頷いた。

「もちろんよ。エルシア、なにか希望があったら言ってちょうだい」

「そうじゃそうじゃ。儂らにできることがあればなんでも言ってみよ」

この言葉に私はまたしても困ってしまう。

陛下を助けた時もそうだが、別になにかが欲しくてやっていることではない。私が彼らを治療できたのはたまたま巡り合わせがよかっただけだ。

加えて私は働くとことで対価をもらうのに慣れていない。

向こうではずっと、ただただ務めをこなすだけで精一杯だったから。

さすがに自覚し始めているが、私は必要なもの以外に対する物欲が徹底的に低い。だから欲しいものを問われると非常に困惑する。金銭とか資産には興味がないし、でもミーミル様の手前なにもなしというわけにも……そうだ！

「なら、この城の外にひとりで出る許可をいただけませんか？」

私はもっとこの国について知りたい。だから外に出て、ジュデットの人たちがどんな生活をしているのかを見に行きたい。

しかし、そのお願いに陛下から返ってきたのは渋い返事だった。

「すまぬが、このことはあやつの希望もあってクリスに一任しておってな。本人からまた声がかかるのを少し待ってやってくれんか？」

そんな風に国王陛下に恐縮されてしまうと、私としてはもうなにも言えない。ちょっと窮屈だってだけで、住む場所も食事もなにもかもタダで用意してもらっているのだから。

「全然大丈夫です。気になさらないでください」

笑顔で頷く私の前で、陛下の膝から王女がぴょんと飛び降りる。

「私、お兄様嫌い！　いっつも私を除け者にするんだもの！」

彼女は殿下の話が出ると途端不機嫌になり、テラスから食堂の外に走って出ていった。侍女が慌ててそれを追う。

「あらあら、まったくあの子も困ったものだこと……」

「殿下はあまりミーミル様と仲がよろしくないのですか？」

苦笑する王妃に尋ねると、その答えは陛下の口からもたらされた。

「まあ、子供らしい嫉妬というか、愛情の裏返しじゃろう。クリスはある時からあまりミーミルをかまってやらなくなってな」

「寂しく思っている自分を認めたくないのでしょう……仕方のない子」

殿下は病に伏せる父のために単身敵国に赴くくらい家族思いのお方だ。妹をかわいく思っていないことはないのではと、不思議に思うのだが……。そんな疑問を察した王妃が、悲しそうに微笑む。

「クリスもこの国に尽くそうと……国民たちに自分を認めてもらおうと必死なのです。だからこの城に留まることも少なくて」

確かに私がここに来てから、殿下が一日を通して城にいることはほとんどなかったような気がする。今も国中を回って、人知れず国民のために働いているんじゃないかな。

「エルシア、もしあの子が弱音を吐くことがあったら、支えてあげてくれないかしら。私たちではそれができないのよ」

「殿下がですか？　もちろんです。私などでよければ」

殿下にはあわや野盗に攫われるところを助けられたし、ここに置いていただいている恩もある。もし彼につらいことがあるなら可能な限り力にはなるつもりだ。

でも、いつも余裕のあるあの殿下が苦しんでる場面なんて、なんとも想像しにくいんだけど……。

首を捻ってばかりの私に陛下と王妃はなんとも言えない顔を見合わせ、そのまま朝食の席はお開きとなった。

結局王妃から、王宮の衣装部屋にある衣服や装飾品をどれでもいただいてかまわないとのお言葉をちょうだいし、私はどうも消化不良のような気持ちを抱えたまま、場を後にする。

ふと脳裏にあの陰険なリリカの顔が浮かんだ。自分だって妹とろくな関係性を築けていなかったのだ。こんな私が心配するのもおこがましい話だよね……きっと。

◇

その頃、セーウェルト王国、大聖堂では。

「急患です‼」

「優先で処置するから、そこに寝かせて！」

「手分けして処置に当たるわよ、あなたは足の方を見て！」

（かったる～、まだ終わんないの？　これじゃ帰れないじゃん……）

列に並ぶ患者に加え、またしても急患が運び込まれてくる。

もう夜八時を超えたが、治療室の患者は一向に減る気配がない。

その様子を大聖女室の窓の上から見下ろし、リリカはひどく舌打ちした。

着実に異変の気配は強まっている。

患者の数が、治しても治しても減らない。

これまでは夕刻で大体の処置が終わっていた大聖堂での業務が、日ごとにどんどん長くなっている。

ここまでくれば、エルシアがいなくなったことが原因なのは明らかだった。治療の遅れは、陽炎草の栽培や薬品保管庫の整理などといった他の仕事にまで影響しており、聖女たちはいずれも青息吐息、表情も疲労の色が濃い。

しかし、リリカはそれを認めない。彼女としてはエルシアがいない分の穴くらい、聖女たちをこき使えば簡単に埋まるものだと思っている。

一方、現実は厳しい。おそらく診察が終わるまで、後三時間以上はかかるだろう。帰れないのは業腹だが、さすがにあの状態の治療室を堂々と横切って無事に済む保証は彼女にもない。

かといって、リリカは自分の力をお披露目するという気にもならなかった。切り札は取っておくものなのだ。

（この程度の事態で、崇高なる大聖女リリカ様の力を発揮するわけにいきますかって）

そんな風に愚痴を吐き捨て、ソファの上で優雅にワインを啜りながら、リリカはある書物のページをめくる。

それは元々大聖女室に保管されていたもので、本棚の隅で埃を被っていた。家から運んで来た恋愛小説も読み終わり、あんまりに暇すぎてこんなものに手を出すしかなかったのだ。

内容は、聖女の力について。聖女の力の修練法や、心構えなどは興味がなく読み飛ばしたが、その中に少し気になる記述もあってこうして暇つぶしに目を通している。

（ま、どうせこんなの一時的なものよ。どいつもこいつも必死なふりして怠けてるだけなんだから、切羽詰まれば本気出すわ。数か月もすりゃこの事態もどうせ収まるに決まってる。最悪わたしが全部片をつければいい話なんだし、次期王妃になるためにはこのくらい乗り越えてやるわよ）

自分の力の過大評価と、姉の力の過小評価。

それが今も真綿で首を締めるようにじわりじわりと……自分の背中を地獄へ追いやっていることを、リリカは考えもしない。

彼女はどこまでも傲慢で、傲慢だからこそリリカなのだ――。

第七話　満ち足りた日々

王女様の症状が落ち着いた後も、私は引き続きベッカーに請われる形で宮内医療棟での仕事をさせてもらっていた。

でも仕事といっても、そんなにたいそうなものじゃない。

彼らの手では治療がままならない緊急の大怪我を聖女の力によって癒したり、退院が遅れがちな患者の体力をちょこっと回復させたりするだけ。大聖堂に勤めていた頃とは比較にもならないほど楽させてもらっていて、その割に結構なお給金まで支払われる。

この間の王女の件の働きも認められ……たった今、手渡されたのがまさにその給料袋だ。

（えへへ～……なに買おっかな）

袋から金ぴかの、ジュデットで流通している高額通貨を取り出して眺めた私の顔に、大きな笑みが浮かぶ。

「なんだ？　金が欲しかったなら陛下に言えばいくらでも報奨として用意してくださるだろうに。ふわぁ……」

そんな私を眺め欠伸を出したのは、薬師長室の奥に座るベッカーだ。彼ってば、人づてに私を呼び出したくせに、机に突っ伏して寝こけていたんだよ。

ノックしても出てこないで困っている私を見かねて、他の薬師さんが扉を開けてくれたんだ。よくあることらしく、本人は悪びれもしない。

そんな態度に呆れた私は、当然言いたいことを言わせてもらう。

「わかってないね。そういうのじゃなくてさ、自分の働きの対価として直接渡してもらえるのが嬉しいんじゃない。向こうにいた頃は、家に必要に応じた費用だけを請求してて、自分のお金って感じじゃなかった。だからなんか新鮮なんだ」

「そんなものかね……」

いまだ眠そうな彼を尻目に私は嬉々として給料袋を懐に仕舞い込む。

しかし楽しい妄想はどんどん抑えきれずに膨らんだ。

次に殿下と王都に出られた時にはなにを買おうか。

物欲はさしてない私だけれど、ここは異国。

触ったことのないもの、したことのない経験が山ほどある。

それらから自分で自由にやりたいことを選べるのだ。

二度目の王都観光が待ち遠しくて仕方がなく、きらきらと目を輝かせる私にベッカーが釘を刺す。

「喜ぶのはかまわんが、外に出てもあんまり殿下のお手を煩わせるんじゃないぞ」

「わかってますって。そういえば、もうひとつの用事って？　またこないだみたいにやってほしいことでもあるの？」

仕事終わりにここに来るよう声をかけられたのだが、その時も他にもなにかあるような口振りをしており、ちょっと気になっていたのだ。すると彼は口ごもる。

「いや別に、そういうことではない」

「じゃあなんなの？　はっきり言えばいいじゃない」

煮えきらない様子に私が眉を顰めると、ベッカーは照れたように口元を尖らせた。

「その……薬草園に連れていってやろうと思っていたのだ」

「えっ、あるの⁉　薬草園！」

そんなことを聞いて黙っていられる私ではなく、途端に彼のもとに詰め寄った。

私は珍しい薬草に目がない。

治療薬の原料になるもの、見た目が個性的なものなど様々で、眺めているととっても面白いんだ。

加えてそれらが原料として作り出されるひとつの薬には、先人たちの膨大な努力が詰まっていて。

個々の素材の組み合わせを何年も研究した先に生み出される新薬はやがて、幾千、もしかしたら万をも超える人たちの希望になるかもしれない。

その素がここにあると聞いたら、薬を扱う者としては黙ってはいられない。

「お願い、連れてって！　今すぐ！　お義父様！」

「その呼び方はやめろと言っただろう！　わかったわかった！　その代わり、今後もしっかり働いてもらうからな」

お義父様……冗談とはいえなぜ私が彼をこのように呼んだのか。

それは話し合いの末私の身柄が、彼の生家ランバルダート家預かりとなったためだ。

ランバルダート家にはベッカー以外の子孫がおらず、元は伯爵家だったが領地も返上して後々絶える予定だったので、継承者でもめる必要がない。なので彼は、当家が私を迎え入れるのに非常に都合がよいと、殿下に申し出てくれたんだって。

私としても、こっちで下手に領地とか新しい爵位とかを用意していただいて、にわか領主扱いされるなんてもっての外だし。なのでご厚意に甘え、私はここでは元のアズリット姓ではなく、彼の義理の娘として、エルシア・ランダルバートと名乗ることにしたのであった。こないだ街で殿下にああ呼ばれたのも、そうした事情があったからだ。

「それじゃ行くぞ、無駄口叩かずついて来い」

「待ってよお義父さまぁ」

「やめんか！」

一喝し、きびきびと白衣を翻して医療棟から出てゆくベッカーを、私は浮き立つような足取りで追いかける。王宮の西側から中庭を通り過ぎ、南西の区域にたどりつくと、よく日の当たる一角があった。

確かにこの辺りには来たことがない。

ガラス張りの大きな温室の中には、働く人の姿が見える。

「こっちだ」

ベッカーは、隣に建てられた小さな小屋の扉を開けた。

すると、なんとも言えない雑多な草花の香りが漂ってくる。

（わぁ……すごい。こういうのって久しぶり）

小屋の中にはいろいろなものがあった。

収穫され天日干しになった薬草。

様々な色の粉末が入ったガラス瓶。

所狭しと置かれた古そうな台帳、使い込まれた薬品用の研究器材もいくつか置かれている。

近くにあった冊子を手に取ると、そこには見たことのない植物の絵や記録と、記入者であるベッカーの名前が記されていた。彼がここの管理者なのだろうか。

「ぼうっとするな。園内を見て回りたいんだろ?」

「あ、ごめん。すぐ行くわ」

園に続く扉から外に出て彼の背中を追うと、そこには素晴らしい光景が広がっていた。

私を迎えてくれる目にしたことのない草花たち。

翼を広げた蝙蝠（こうもり）のような形状の花弁。

菱形（ひしがた）をした水晶のごとき果実。

地面から張り出した根っこと枝が絡（から）まって籠みたいになってるあの木もなんて特徴的なんだろう……!

「そこの黄色い種は踏まないように気をつけろよ。うるさい音が出て皆を驚かせてしまうからな」

（こわっ……）

踏むと爆発したような音を出すという、レモン色の種を私は爪先でそっとどけた。園内では今も数人の魔族が仕事をしているが、それよりも私は知らない植物がありすぎて目移りする。

気になったものはベッカーからレクチャーを受けつつ歩いていると、黄色いペンキで塗られた縁石に囲まれ、小さなガラス張りの温室で隔離された区域が目に飛び込んできた。

「あれは……?」

私が尋ねると、彼はその近くまで連れていってくれる。

「これは竜木（りゅうぼく）という植物だ。みだりに触れると危険なので隔離している。ここでは火気厳禁だということは覚えておけよ。間違ってもあの中に入ろうなどとは考えるな」

温室の中に生えた一本の木。その幹の色は鮮やかな赤色で、明らかに異質な雰囲気を放っている。

隣で険しい目をするベッカーに、私は興味があったので詳細を聞いてみた。

「いったいなにが危険なの？」

「あの樹木は別名溶岩樹と言ってな。地中にとんでもなく長い根を伸ばし、そこから溶岩を吸い上げて成長するのだ。樹木自体も強い熱を発し、触れるものをすべて高温で燃やしてしまう。竜木という通称はその姿が、火炎を撒き散らす竜の姿に例えられたからだという」

よく見れば温室の上部は解放され、内部も陽炎に揺らいでいて暑そうだ。

ベッカーの講釈は続く。

「あの植物のせいでいくつもの森林で火災が起き、貴重な生態系が破壊されてしまった。けれど一方でうまく処理すれば貴重な薬品にもなる。ここにもいろいろな資料があるし、希望するなら後で見せてやろう」

「本当⁉」

「ああ、この間は陽炎草の貴重なサンプルももらったからな」

腕を組んで頷くベッカーの姿に私は思い出す。

そういえばだいぶ前、彼に私は手持ち分の陽炎草の乾燥葉と種を全部渡してあげていたのだ。またこちらの国で焦熱病の患者が出た時に役立ててほしいと願って。

本当は、セーウェルト王国の法律ではこれらを国外に持ち出すのは禁止されているんだけど……。

でも、殿下から聞いた話によると、セーウェルト側はそれをいいことに、陛下が焦熱病で臥せった際、陽炎草を送る代わりにジュデットの領土のいくつかを引き渡すよう要求して来たんだって。

そして病床の陛下はそれを拒んだ。きっと自分が命を落とそうと、ジュデットの国民の権利を守る覚悟だったんだろう。あげくの果てに交渉はこじれ、両国の関係性は大幅に悪化してしまった。

そんな話を聞くとさすがに私もセーウェルト側に正当性があるとは思えない。

だから罪滅ぼしのつもりで陽炎草と薬の精製法を委ねたのだ……彼はそれを大変喜んでくれた。

未知の植物を紹介してもらう道すがら、彼は少し落ち込んだ様子で言う。

「我が国の医療はやや遅れているだろう？」

「え……まあ、ほんの少しね」

「ごまかさなくていい。周辺国との交流が大きく進展せず、これまでなかなか技術の流入が進まなかったのだ。現にいまだ治療の目途の立たない病気も多い」

ひと通り薬草園の案内が終わったので小屋へと戻ろうとした時、彼が神妙な顔で尋ねてきたのは、またしても陽炎草についてである。

「なあエルシア。薬の方はある程度確保できたが、陽炎草をこの国で育てるといったことは不可能なのか？　陽炎草は様々な薬の効力を増加する効用もある万能薬だと聞く。もし少しでも研究が進めば、今は不治とされている病にも効く薬が作れるかもしれんのだ」

ベッカーの紅い瞳には医療に対する情熱の炎が滾(たぎ)っている。

「当然我々も悪用するつもりなどない。重要な機密とし、この王家の薬草園から外に出さぬことは約束する。ぜひ、栽培法を教えてもらえないか」

「うーんとね……」

「この先お前のような人間がここに来てくれる保証はない。手持ちの薬だって永久に保存できるわけではないからな。我々は将来のことも含め、可能な限りこの国の国益に適うように行動しなければならん。だから……頼む」

ベッカーに真剣に頭を下げて頼み込まれ、私は少しだけ考え込む。さっきも言った通り、陽炎草は本来ここにあってはならないものなのだ。

でもこれは、他ならぬ新しい友人の頼み。彼らの事情と、この植物がジュデットで自由に生産できないという確信があるため、私は少しだけ協力することにした。

「よしよし、そこまで言うなら教えようじゃありませんか」

「いいのか⁉　感謝する。お前には何度も助けられるな。……では、保管していた種を持ってくる」

ベッカーは珍しく表情を輝かせ小屋の中に入ると、瓶詰めされた小さな種と鉢植えを小脇に抱え戻ってきた。

「本当にいいのだな？」

「うん、知られて困ることでもないし」

「どういう意味だ……？」

首を傾げつつも、じっと鉢植えを見つめるベッカーの前で私はちょっともったいぶりつつ栽培方法を実演し出す。

「では、これより陽炎草の栽培の方法をお教えします」

「うむ、よろしく頼む」

わずかな行動も見逃すまいと私を凝視するベッカー。

その前で、私は人差し指を立てるとそのまま、ずぼっと鉢植えの中に突っ込む。

「まず土に指先で穴を開けます！　そしてぇ、穴に種を入れ、その上に土を被せる……！」

「そ、それから……？　いったいどうなるのだ……」

ごくり、と喉を動かす期待の音に応えるべく、得意げな私はしばらく鉢植えの上に手をかざした後、体を離す。

すると、ぴょこっと土の中から薄い橙色の新芽が飛び出た。

「おしまい」

「はぁぁぁぁぁぁっ!?」

ベッカーの抗議の叫びが大きく響く。もうわけがわからないといった感じだ。鉢植えと私の顔との間で彼は視線を何度も往復させる。そんなうろたえぶりに苦笑した後、私は種明かしをしてみせた。

「実はね……陽炎草を芽吹かせることができるのは、聖女の力だけなの」

「なんだと!?　いや……どうりでいくら十分な栄養価の土の下で育てようとうんともすんとも言わないわけだ」

そういうことです。

さっきしたことは手をかざした際、地中の種に小さく聖女の力を込めただけ。

傍（はた）から見ただけではなにが起きたのかわからなかっただろう。

「なるほどな。どこの国でも陽炎草の生育や栽培が行われていないのは、セーウェルト王国にしか聖女がいないせいだったか。しかしまさか、この目で陽炎草の発芽が見られるとはな」

納得したベッカーは感慨深そうに何度も頷いていた。

「後は毎日の水やりを欠かさなければ順調に育っていくはずよ。週に一度聖女の力を与えに来る必要はあるけどね。それは私がやるから、代わりにここで作られる薬の製法なんかを見せてもらってもいい？」

「ああ、いくらでも。ついに我が国でも、陽炎草の姿が見られるようになるのだな」

「期間限定だけどね」

ベッカーは安心した表情を見せ、発芽した鉢植えの置き場所を探し出した。

あくまで私がここにいる間だけだけど、彼らの心配を少しでも取り除いてあげることができてよかった。私がいなくなればこの陽炎草は萎れてしまうけれど、あまり大っぴらに育ててセーウェルトとの問題に発展することを考えれば、そのくらいがちょうどいい。

それよりも今はジュデット固有の草花について知識を深めたい。

この薬草園のよくわからない草花たちからいったいなんの薬ができるのか。想像するだけでわくわくしてしまう。

「明日からちょくちょくここにお世話になるね！」

「ああ。なるべくこの国の多くの者たちに、その貴重な知識を伝えてやってくれ。だが、あまり根を詰めすぎて、医療棟での仕事に支障をきたすなよ」

結局ベッカーは、小屋の窓際に取りつけた日当たりのよさそうな棚の上に鉢植えを置くことに決めたようだ。

それを見る視線はいつもの厳めしい表情と違って優しく、私はセーウェルトに戻る前にできる限り大きく育った陽炎草を見せてあげたいと思った。私も私でまた、この国に来られたこと……それから彼らに出会えたことをとても感謝しているのだ。

◇

ある日、私が城内を散歩していると、偶然クリスフェルト殿下の姿を見かけた。

どうやら、配下の方とちょっとした言い争いになっているらしい。

私は気軽に声がかけづらくて、なんとなくその辺の物陰に身を潜めてしまう。

「君もしつこいな。本日は危険な場所に赴くわけではないから、護衛は必要ないと言ってるだろう」

「ですがその……我々にも仕事がありますし、万が一ということもあり得ます！　せめて二、三人は周りを守る者をお連れください！」

「不要だ。自分の身くらいはひとりで守れる。それに……私の腕に劣るものを連れていっても仕方あるまい。せいぜい矢除(やよ)けにしかならないだろう。それとも君が今私と模擬戦でもして、自分の方が腕が上だと証明してみせるか？」

実力を見せつけるように陛下は剣の柄を叩き、その兵士は口ごもる。

「それは……」

「わかったら、隊長にも連絡しておいてくれ。私が必要だと判断したらその時にまた呼ぶ。ではな」

「お、お待ちください！」

殿下は美しい顔に冷淡な表情を浮かべると、追いすがる兵士と言い合いながら、城の外に向かって歩いていく。

（あんな一面もあるんだなぁ……）

私と接する時は温和で穏やかな印象が強いから、殿下が配下の人にあんな態度をとるなんて想像もできなかった。

そりゃやっぱり王太子として、毅然たる対応をしなければならない時もあるのだろうけど、それにしてはややきつい、人を遠ざけようとする物言いに感じられた。

（ま、ここに来てまだ日が浅い私が注意できるようなことじゃないわよね……。あれっ？）

あまり気にしないようにしてその場から立ち去ろうと思った私の視界に、同じように隠れた小さな人影が映る。

近づいても夢中なのかこちらには気付かず、ものすごい渋面で殿下の背中を睨み、爪を噛んでいる。側にいるお付きの侍女に頭を下げつつ、私はその人物に背後から声をかけた。

「どうされました？　ミーミル様」

「……うるさいのよ。お兄様ったら、またあんな嫌みな言い方して、皆勘違いしちゃうじゃない」

「ミーミル様？」

「ああもう、話しかけないでって言ってるでしょっ！」

苛立った表情で振り返った彼女は、私の顔を見て、目の玉が飛び出そうなくらいに驚いた。

「エ、エルシア!?　な、なんなの!?　いったいいつからそこにいたの！」

「ついさっきですけれど……。そんな物陰に隠れていないで、殿下にご挨拶されてきては？」

私がミーミル様にそう言うと、彼女はその小さな手足を振り回して慌てた。

「べ、別に……お兄様と話したかったわけじゃないし！　た、たまたまあそこにいたから、また配下の人を苛めてたって、お父様に報告してやろうと思ってただけよ！　きょ、興味なんてひとっかけもないんだから！」

その態度でもう、ミーミル様が殿下を気にされているのはバレバレだ。

真っ赤な顔で言い訳をする彼女を見ていると、ついついほっぺたがむずむずしてしまう。

「ふ～ん、そうですか」

「なんなのよ、その顔は……子供だと思って！　えい、えい！」

「おやめくださいミーミル様。そんなはしたない姿を見せられては、王妃様が悲しみますよ」

小さな両手でぺしぺしとこちらのお腹を叩いてくる彼女はたいそうかわいらしかったが、栄えある王女様の行動としてはあまり褒められたものではないのでたしなめておく。まあ、別に城の中からいいんだろうけどね。

「はぁはぁ。ところでエルシアこそなにしてたのよ」

「私も野次馬です。殿下が誰かと言い争うような声が聞こえたので……」

「ふぅん……」

ミーミル様は疑わしげな視線を向けた後、それを意味ありげなものに変え、私に尋ねた。

「エルシア、今日は時間は空いてる？」

「はあ……特に予定はありませんが」

今日はベッカーからお休みをいただいているので、特に用事はないけれど……。

そう伝えると、ミーミル様の口元がにまっと吊り上がる。

「それじゃ、私に付き合いなさいよ！　今日はお稽古がお休みで、退屈してたの！」

「私なんかでよいのですか？」

自分を指差し私がそう答えると、ミーミル様はぎゅっと抱き着いてきた。

「エルシアがいいの！　私、セーウェルトの面白い話、もっと聞きたい！」

なんだか病気が治って以来、ミーミル様は結構私に懐いてくれているみたい。悪い気はしないし、私も城内にいたって皆が働いているのを眺めているだけなのはなんだか申し訳ないし。ならせめて、王女様の退屈だけでもお慰めするとしましょうかね。

「では、今日はミーミル様のお付きのひとりとして、頑張ってみましょうか」

「わ～い！　それじゃこっちに来て！」

私は御側付きの侍女たちが申し訳なさそうに頭を下げたのに応じると、ミーミル様に手を引かれ後ろについていく。

そこからはいろいろな場所を巡った。

お城の中庭にて、色取り取りの花々でどちらが綺麗な花冠を作れるか競ったり。

音楽室に行って、年代物のピアノでセーウェルトに伝わる数々の曲を演奏してみせたり。

王妃様に許可を取って、城の衣装部屋でお互いをかわいく飾りつけたり。

続いて私たちは城を守る城壁の上で椅子に座り、王都の街並みを並んで写生する。

「エルシア、そこの建物の屋根、斜めに曲がってなぁい？」

「ええ～、そうですか？　でもミーミル様だって、大通りがふにゃふにゃで、トカゲの尻尾みたいになっちゃってるじゃないですか」

「私のはいいんだもん。見たものをそのまま写したって面白くもなんともないじゃない。芸術は心のままに描いてこそよ」

　なんだかませたことを言うミーミル様に苦笑しながら、私は眼下の街並みを写し取っていく。

　う～ん、しかしうまくいかない。私にどうやら芸術的分野の才能はないみたい。妃教育の時とか、さっきの演奏もそうだけど、結構練習したのに音は外すわ間は取れないわでミーミル様や他の侍女にもくすくす笑われてしまったし。

「ね……エルシアには、他の兄弟はいないの？」

　気付くと、飽きたのか画板を放り出してミーミル様がこちらに寄ってきていた。

　彼女はいそいそと私の膝の上に座り込み、私も少し絵を描く手を止める。

「妹がいましたけど、あんまり仲はよくなかったですね」

　なんとなく気を使ってそう答えた私に、ミーミル様は遠くを眺めながら小さく呟く。

「兄妹って、そういうものなのかな……」

　おそらく殿下との間柄を気にしているのだろう。そんな彼女の紫色の瞳は、なんだかぼんやりとして、つまらなそうな色が浮かんでいる。

　なんとも寂しそうな表情をした彼女に後ろから手を回すと、私はゆりかごのように体を小刻みに揺らした。

「そんなことないですよ。お互いが特別な存在だから、気を使って遠ざけてしまうこともあるでしょうし。ミーミル様は、殿下のことが苦手なのですか？　あ、無理に答えなくてもいいですけど……」

　すると彼女は、小首を傾げ、しばらく悩んでから答えてくれた。

「わからないの……。お兄様、ずっと前はもっと優しくしてくれてた。でも最近は、私の話を全然聞いてくれないし、会いに行っても、扉を開けてくれないの。私は……」

その先は言葉に出せず、ミーミル様はくるりとこちらに体を向け、私の胸に顔を埋めた。寂しいのか、すんすんと鼻を啜る音がする。

「大丈夫……その内また、笑って話せる日が来ますよ」

その時、私は彼女にこんな月並みな言葉をかけることしかできなかった。

しかしそれすら、妹との和解の糸口すら見つけられていない今の私にとって、ひどくおこがましくて、自分自身でそんな日はいつ来るのだと疑問に思ってしまう。

結局、その後安心したようにミーミル様は腕の中で眠ってしまい……その頭を撫でていた私はふうと、夕焼け空にささやかなため息を逃がしたのだった。

◇

王家のご家族やふたりの侍女とお話したり、医療棟に顔を出し治療のお手伝いをしたり、薬草園にてベッカーに預けていた陽炎草の種を発芽させ、お世話したりと……ほどよくメリハリのある楽しい生活を送れるようになってきた今日この頃。

ついに二度目のお出掛けの機会が私に訪れた。

本日は、私のリクエストに応えてくれるようで、竜車ではなくゆっくり歩いて目的地に向かう。

「足が痛くなったりしたら言ってね。いい喫茶店もいくらでもあるから。それで、今日はどこに行きたい？」

「ありがとうございます。実は、あの真っ赤な煙突の建物がなにを作っているかが気になっていて。後、時々王城に妙な楽の音が響いてくるでしょう？　その正体も教えてほしいんです。糸を弾くような綺麗でちょっと悲しい音のする」

「ああ、リュートのことだね。なら順番にゆっくり街を回りながら案内しようか」

「お願いします！　どんどん行きましょう！」

膨れ上がった知的好奇心は止まらず、大きな声が出てしまう。けれど時間は有限だから、できる限り多くのものに触れ、記憶に残したいと思うのだ。今回も隣を歩く殿下にジュデットならではの知識をいろいろと教えてもらい、面白がっていると……幸い今回の目的のひとつ、リュートという楽器についても道すがら奏者を発見し、話を聞くことができた。

『木』を意味するその楽器は南方の砂漠地帯から伝わったらしく、洋梨型の胴体に丸く空いた穴はロゼッタなんて呼ばれていて、その上を塞ぎきらないよう細工された網のような装飾板がとってもおしゃれ。弦楽器というと真っ先に浮かぶのはヴァイオリンだけど、それよりもずいぶん弦の数が多くて演奏が忙しそう。でもピンピンと弾く音は不思議と心地よい余韻があって心に響く。

殿下もいくつかの曲を弾けるらしく、簡単なフレーズを披露してみせてくれた。きっと静かな夜の下でそれを演奏する彼の姿はとても絵になるだろう。

そのままにしているといつまでもその場に留まってしまいそうだったので、殿下に促され、私たちはそのまますぐ近くにあった赤い煙突の建物へと向かった。

「あれだよね？　しかし、他の場所は見なくていいのかい？　服とかアクセサリーとかはあまり好きじゃないのかな？」

「そういうわけでもないんですけど、あまり積極的に触れてこなかったせいか、よし悪しがわからないので……」

思い返せば聖女としての修練が忙しく、あまりお父様やお母様と街へ出かけることもなかった。そのせいか私の中には貴金属や衣服に関して興味を抱く感性が育まれていないのだ。色が好みだな、とかはあるけど、どんな生地だとか仕立てとかになるともうとんちんかん。なにもわからず、そうなると余計足は遠のいてしまう。

「ははは、それはまあ仕方ない。でも私でよかったら今度教えるから、新しい知識も取り入れていくといいんじゃない？　さあ、着いたよ」

そんなことを話していると、彼が指差した方向ではもくもくと煙を噴き上げる建造物が。中を覗いてみると、多くの人が忙しそうに働いている。

「中に入ってみようか」

「大丈夫なんですか？」

「うん。入り口は販売所と繋がっているから」

なんの販売、というのは入ってみてのお楽しみということらしい。

煙突と同様、真っ赤な扉を潜って入った先を目にし、私は直ちにそこがどういう場所であるのかを理解した。

棚やテーブルに並ぶのは、目にも涼しげな透明の容器たち。

そう、この建物は……。

「ガラスだ！　ここは、ガラスの製造所だったんですね……」

ゆっくりと内部に足を踏み入れる私たち。殿下がそっと、店内にあった青ガラスのグラスを手に取る。

「ジュデットは高品質なガラス細工の生産地として知られていてね。王宮で使われているワイングラスや水差しなんかも、ここで作られているよ。ほら、これがジュデット産の印。医療棟なんかでも、薬瓶とか、研究器材なんかを卸している。綺麗でしょ？」

グラスの底を見せて指差し茶目っ気たっぷりに笑う殿下。

「ええ、本当に……！　確かに、いくつか見覚えがあるものもあります！」

それに激しく同意しながら私はぐるりと頭を動かす。

天井から伸びた吊り照明も、整然と並ぶ容器もそれぞれ違う色味のガラスで作られ……室内の光を反射し煌びやかに光り輝く商品群は、宝石よりも見ていて飽きない。

中央には売り物ではないのだろうが、巨大な獅子のオブジェが飾られていて、本当に大した技術力なのだと感心するばかりだ。店内を見回りながら私は精緻なガラス細工に完全に魅入ってしまった。

「ええと、少し買い物をしていってもいいですか？」

「かまわないよ。私が出そう」

「いえ、私に買わせてください。ここでの初めての買い物は、自分のお金でしようって決めてましたから」

私は小さな鞄から財布を取り出すと、そこからピッカピカの金貨を取り出す。

王宮で支給されたものだから真新しく、私のにんまり顔まではっきり映り込む。

「ならいいけど。張りきってるね？」

「そりゃもう！　こんな機会今度いつあるかわかりませんもの！」

「わかったわかった」

苦笑しながらも殿下は黙って私の買い物に付き合ってくれる。

身の回りのものはいらないけど、薬品の保存瓶とかフラスコとかはちょっと欲しいな。たまに薬草園の人たちにジュデットの薬草を分けてもらってコレクションしているから、手持ちがなくなりそう。

ミーヤやメイアにジャムの空き瓶でももらえないかなと思っていたのだ。

今日の支度をしてくれた彼女たちにもお土産を買っていこう。

他にも、ちょっとした小皿やレターナイフとして使えるペーパーウェイトなんかも魅力的だ。あ、色違いガラスのスプーンセットもかわいい。そんな感じで買い物用のバスケットが瞬く間にいっぱいになる。

会計時に殿下がもう一度確認をしてくれる。

「本当に私が払わなくていいのかい？」

「はい！　自由な買い物……これぞ旅の醍醐味のひとつでしょう？」

「……そうだな。すまない君、この品々を王宮のこちらの部屋まで送ってくれないか」

殿下は手際よく店員に指示し、荷物を配達してくれるよう頼んでくれる。割れ物を持って移動するのも大変だもんね。上流階級らしく、大変スマートな行動だ。

私は料金を支払うと、奥に品物を抱えていこうとする店員から、あるものをひとつだけ先に受け取った。ほどなくしてお店を後にし、殿下が私に尋ねる。

「なにか別に受け取っていたようだけど、特別なものなのかい？」

その質問に私は意を決し、包み紙から品物を取り出す。

「あの……殿下のような御身分の方には失礼に当たるかもしれませんが、よかったら感謝の印としてもらっていただけませんか？」

それは私の心からの贈り物。

純金で縁取られた、細いガラス製のブレスレット。

今日の王都案内のお礼にせめてなにか差し上げたいなと思っていた折、たまたま見かけたエメラルドグリーンの色ガラスの腕輪が彼に似合いそうな気がして、気付いたら手に取ってしまっていた。

きっと彼にとって今日のことは数ある日常のひとつでしかないだろう。

でも私にとってはとても新鮮で、自分の世界の広がりを感じられた大切な一日だった。だからその感謝を、どうしても彼に表したかった。

相手は本来私なんか歯牙にもかけないような身分の人だけど……それでもちゃんと、私が嬉しかったことだけは伝えておきたい。そんな気持ちを一心に込めて、殿下に差し出す。

しばし、彼は押し黙った。私もなんとなく顔が上げられずにいる。顔が熱い……。

両手で腕輪を捧げ持ったままの姿勢で耐えていると、殿下がポツリと言った。

「参ったな……」

そうして腕輪は私の手からひょいと持ち上げられ、すんなりと彼の腕に収まった。

「ありがとう。大切にするよ……君とこうして一緒に出掛けた記念に」

「え、いえいえ。受け取ってくださっただけで十分ですから」

「ううん、大切にする」

彼は口元を隠していた手を離すと、じっと視線を合わせて強調するように言う。そんな風に真剣に応じられると、いかに薬マニアで男性に興味がない私でもドキドキしてくる。

その場でしばし見つめ合う私たち。

しかし、その間を路地の合間から照らし出した夕日の光が裂くようにして遠ざけた。

眩しげに目を細めた私に殿下が表情を緩める。

「……もうこんな時間か。そろそろ城に戻らないとね」

「そ、そうですね。今日は本当にありがとうございました！」

「礼には及ばないよ。私だって……いや、私の方こそ楽しかった」

殿下はそう言うと、私の手を手繰り寄せるようにして、自分の腕に添えさせた。

「またいつか、一緒に遊びに来よう」

「……はい！」

夢のような一日がゆっくりと終わりに近付く。

でも、こちらを向いた殿下は、まるで子供のように無邪気で飾らない笑顔を浮かべていて……。

それは、これまで見たどんな表情よりも、素敵に見えたのだ。

第八話　妹、現実を知る

ここは王都、大聖堂。

姉が失踪して三か月が経つ。

その頃になって、わたしリリカはやっと大聖女室から治療室に姿を現してやった。

……というか、扉をぶち壊されて中から引きずり出されたとも言う。

どうやら、先日大教皇のマルケットに仕事に出てくれと泣いて頼まれたにもかかわらず、わたしが一歩もこの部屋から出なかったことが問題になったらしい。無残にも大聖女室は破壊され、今は瓦礫で埋まっている。

どうしてこうなったのか。

それは、日を追うごとにひどくなる王都の惨状に起因している。

姉が大聖堂から消えて以後、大聖堂での業務が目を疑うほど滞り始めたのだ。

これまで日が沈む頃には終えていた治療業務が、日を跨いでも終わらなくなってしまったのである。

今では治療を望む人の列が長く伸び、最後尾が王都の入り口からはみ出すほどになっている。

だから……わたしは言ってやった。その日で治療が終わらないなら、夜中も働けばいいじゃない――と。そうした考えの下、聖女たちの勤務形態を画期的な昼夜二交代制へと変更までした。

だというのに、聖女たちはありがたがるどころか文句を言い立ててばかりで、仕事は遅々として進まない。いやいや、姉ひとり消えたくらいでこんなことになるなんて、こいつらはどれだけポンコツなのだ。役立たずたちには本当にがっかりしている。

だが、それも今日で終わりだ。終わらせる……このわたしが――。

「はぁい、無能な皆。大聖女様が出てきてあげたわよ？　感謝の言葉は？」

久しぶりに見る治療室は、戦場の仮設医院のような有様で、まさに地獄絵図。

全員がわたしを無視する。

まあ、このくらいは想定内よね。

どうせ皆、自分の手際が悪いのを棚に上げ、楽してるように見えるわたしに嫉妬してるだけ。とっとと事態さえ解決すれば、こんな不満簡単に治められる。

数時間後にはすべての治療が終了し、足元に跪いている聖女たちの姿がわたしの頭に浮かぶ。

「さ～て、それじゃ本気出しちゃいますかぁ」

元々わたしは姉より全然才能があった。そんなわたしが動いちゃうと、他の聖女たちの仕事が少しもなくなっちゃうじゃない？

だから今までなにもやらずにいてあげたのに……。

わたしは治療する対象を定め、腕まくりをしながら患者に近づいていく。すると……。

「そっちはもう治療済みです！　なにやってんですか大聖女！」

「ぶばっ！」

年嵩（としかさ）の聖女にどすんと突き飛ばされ、わたしは地面に勢いよく倒れ込む。わたしの美しい鼻が白い床に押しつぶされる。

「なにすんだこのババ――」

「ちょっと大聖女邪魔！　急患通りま～す」

「ぎゃあぁぁぁぁぁ！」

背中側から担架で患者を担いできた聖女たちにゴリッゴリに踏みつけられ、わたしはまたも地面に這いつくばる。

「げほっ、ごほっ、はぁはぁ……くぅ～、あんたら大聖女をなんだと思ってんの⁉」

もう彼女たちはわたしのことを見てもいない。

人生でこんな恥辱を受けるなんて初めて。

（顔は覚えたからね。経理方に言いつけるから見てなさいよ……！　来月の給料はないと思え……ひっ⁉）

怨念を込めて視線を向けたわたしがどうにか立ち上がろうとしたその時、どしんと目の前に片足が踏みしめられる。

顔を上げれば、そこにいたのは据わった目をしたプリュムだ。目元の隈は濃く、何日も寝ていないのがわかる。

「ようこそ戦場へ。ようやく引きこもりからお出ましですか、大聖女？　仕事のできない聖女様なんていらないんですけどねぇ。忙しい私たちの邪魔しないでもらえます？」

目がイッている。

低い声で押さえ込むように言われ、わたしは身を竦めた。

だが、プリュムはただの上級聖女、こっちは大聖女。

楯突く（たてつ）ことはできても、こいつの命運はわたしが握っている。

すぐさま立ち上がり、顔に指を突きつけて言い放った。

「うるっさいのよ……！　わたしが本気出せばね、姉様のしてたことくらい余裕なんだっ！　治療してやるから患者を連れてこい！」

するとプリュムは目元を吊り上げ、わたしの首根っこをがしっと掴み引きずってゆく。

「あ・な・たが患者のもとに行くんですよっ！　そこまで言うんだったらやってみろっ！」

連行されたそこでは、重症患者が痛みで苦しんでいる。

高所から落ちたか、馬車にでも轢かれたか、片方の足の骨が折れ変な方向に曲がっている。うう、見るにたえない。

だがわたしも意地がある。

こうしてここに出て来たからには、大聖女としての手腕を発揮してみせるしかない。

「……やりゃぁいいんでしょ！　やってやるわよ！」

わたしは覚悟を決めて啖呵を切ると、患者の折れた足に手を添え、集中した。

治れ……治れ……そう念じる。

柔らかく温かい光が手に灯った感触がして、視界が白く輝く。

それを三分くらい続け、わたしは会心の表情で顔を上げた。

バッチリ快癒。そうに決まっている。

そして患者もこのプリュムもわたしの前にひれ伏すのだ！

「どうだ見たか！　これが大聖女、リリカ・アズリット様の実力だ‼」

……しかし。

「……ぷっ」

「「っふふふふふ……！」」

響いたのは、プリュムと周りから眺めていた聖女たちの、乾いた失笑だ。

わたしの口が愕然と開く。

「どう……して」

手元にはまったく状態の変わっていない折れたままの足がある。早く助けてくれと言わんばかりの患者の表情が恨めしくて超怖い。

ひどく動揺するわたしを周りの聖女たちはくすくす笑い、民衆の間で失望感が広がってゆく。

「おい、見ろよあの女、全然治せてねえじゃねえか。あんなのが本当に大聖女様だってのか？」

「あいつが就任してからだよ、この大聖堂がやばくなっちまったのは。いつも大体夕方までには患者のほとんどを元気にして送りだしてくれてたのに」

「前の大聖女様はとってもいい方だったのに、どうして交代させられたのかしら。きっとなにかひどい企み（たくら）に巻き込まれたんじゃないかしら」

「もしかして……あの人が無理やり追いやったんじゃないの？　かわいそう」

刺々（とげとげ）しい嫌悪の視線がそこら中から降り注ぐ。

そんな中、傍らに座り込んでいたプリュムが一分とかからず患者の足を治してみせ、わたしを鼻でせせら笑う。

「あなた、本当にあのエルシア様の妹なんですか？　信じられない。エルシア様は十秒もあればこのくらいの傷完璧に治してみせましたのに。まさかここまで」

や・く・た・た・ず、だなんて。耳の側でプリュムは唇をそう動かすと、呆然としていたわたしの首根っこを掴んで引きずり、一角に集められていた小児患者たちの前にどんと押し出した。

「使えないあなたはそこで子供たちに頑張ったご褒美の飴玉でも配っててください。はっきり言って邪魔なので。ちなみに逃げ出すなんて許しませんよ。ここを離れるようであれば大教皇様にもあなたを役職から解いていいという言質をいただいておりますので。王太子とご結婚されたいのであれば、せいぜいこれ以上心象を悪くしないよう気をつけることです……」

「――プリュム上級聖女！　軽傷患者を引き受けてくれた薬師たちから陽炎草が足りないと連絡が！」

「今採りに行きます！　ということなので、頑張ってくださいね、大聖女様？」

冷たい目をして微笑むと、プリュムはわたしに金のサッシュを斜め掛けにし、早足で去っていった。

このサッシュは大聖堂での階級を示すものだ。

一般の聖女は青、上級聖女は銀、大聖女は金色と決まっている。

とにかく目立つそれを肩にかけ、こんなところで飴玉をただ配るだなんて……もはや、晒されているに等しい。

そしてそんなわたしに子供たちすら容赦はしない。

「ねえねえ。どうしてお姉ちゃん、一番えらい人なのに飴玉配ってるの？　ちりょうは？　ちりょうして？」

「だめだよ、話しかけちゃ。きっと、《むのう》とか、《きゅうりょーどろぼう》とか言われてる人なんだから。かわいそうだろ」

「うちのお父さん言ってた。落ちこぼれだと《させん》とか言ってどこかに飛ばされちゃうんだって。

そうされないよう頑張ってるんだよ、きっと」

無能……無能……無能。

片手に吊るされた籠から子供たちがガサガサと勝手に飴を奪っていく中、周囲からもたらされる囁き声にわたしは髪を振り乱し必死に抗う。

（わたしは……無能じゃない。これはきっとなにかの間違いなんだ……。わたしは、無能なんかじゃないっ‼）

生まれた時から蝶よ花よと育てられ、表舞台に立つ人生を謳歌して来たわたしは——足元が崩れ暗闇に飲み込まれていく感触をそこで確かに味わっていた。

第九話　移ろう季節とすれ違い

「ねえ、どうして魔族と人間たちって、争い始めたんだっけ？」

　そんな問いを。

　殿下と楽しいひと時を過ごした翌朝、自室で私は青いシニョンの侍女ミーヤに尋ねていた。本日は片割れの赤髪、ダブルシニョンをこよなく愛す侍女メイアの方はまだ来ていない。

　現在、私たちはセーウェルトとジュデットを自由に行き来することができない。

　でももし今後争いの種が鎮（しず）まり、国交が樹立されれば、もしかしたら気軽にこの国を訪ねられる日も来るのかもしれないとふと、そう思ったのだ。

　とはいえ、私が聖女である限り、それは簡単なことではないのだろうけど。

　髪を整えてくれていたミーヤは、私の言葉を受けてうーんと考え込む。

「それが……ここジュデットでも、その核心に触れるような話は伝えられていないのです。いつの時代からか、突如人間たちが魔族を迫害し始めたのだとしか……」

「セーウェルトに伝わる話だと、魔族は、すべての生きとし生けるものを破滅に導くために生まれた、なんて言われてるけどさ。セーウェルト人の私が言うのもなんだけど、それって魔族を貶（おとし）めようと人間たちが勝手にでっち上げた嘘っぱちなんでしょう？」

「ええ。その伝承が史実と異なるというのは、ジュデットの歴史学者たちが粘り強い交渉を経て他の国々に協力をいただき、太古の文献などを徹底的に調査した結果判明した事実ですから、まず間違いないかと。もっともセーウェルトだけは、頑なにそれを認めようとしませんが」

「そうよねえ……ふふっ」

「まるで私たち、当事者でないような口振りで話していますね」

ついつい私は、ミーヤと顔を見合わせ笑ってしまった。だっておかしいんだもん。魔族の彼女とセーウェルト人の私がこうして話していると、そんな馬鹿げた話を誰が広めて、誰が信じたんだろうって思ってしまう。

ミーヤが扉の方を振り向いた。

「ああ、やっとメイアが帰ってきました。今日は少し起きるのが遅かったから、水汲みの長い列に並んでいたのでしょう」

音もしないのに見てきたようなことを言う彼女。するとしばらくしてメイアがカートを押しながら部屋を訪れ私に挨拶した。双子だからか、彼女たちは側にいなくても、相手の行動がわかっているようなところがある。

この子たちは私たちと同じように、家族や仲間を慈しむ心を持っている。理由なく誰かを傷つけたりしないし、こちらが誠意をもって接すれば、ちゃんと仲間として迎えてくれる人たちだ。でも、そんなことを大勢のセーウェルト人たちは知りもしない。それが悲しい。

国と国との間の問題だ。そんなにすんなり行かないことはわかっている。

でもジュデットの人々は、少なくとも殿下たちは人間たちに心を開こうとしている。

ならば、セーウェルト人は――私たちはもっと彼らの気持ちを受け入れる努力をすべきなんじゃないのかな……。

「どうしましたかエルシア様、このところ少し表情が優れませんが……。お疲れですの？　メイアが特別にマッサージでもいたしましょうか？　それとも私たちとお揃いになるよう、髪をお上げになります？」

顔を曇らせた私に、首に抱き着くようにして囁くメイア。彼女は初めて出会った時からずいぶんフレンドリーに接してくれる。おかげで私も肩肘張らずこの場所で過ごせていて、とてもありがたく感じている。

「う～ん、どうだろう。あんまりやったことないから、変に見られないかな」

「たまには髪をお上げになって、首元をお見せになるのもよろしいではありませんか。気分も上向きますし、色っぽさが増して殿方に好まれるかもしれませんよ。たとえば、殿下とか……」

「な、なんでそこで殿下の名前が出てくるのよ……！」

「さあ、どうしてですかしら？　ミーヤ」

「どうしてでしょうねぇ、メイア」

くっくっと喉を鳴らしつつ、双子の侍女は両側から一房ずつ髪を纏め上げてゆき……。

やがて、仏頂面の私の頭上にはふたつの髪玉が乗っかった。

「――あ～、エルシア。お団子だ！　触らせて！」

「ミーミル、お食事の後にしましょうね」

陛下は本日、他国との会談で早くに城を発ったらしく、恒例の朝食の場にいらっしゃらなかった。

席に着いたのは王妃とミーミル様のふたりだけだ。

慣れない髪型ですーすーする首筋が心許ない私に、ミーミル様を席に戻るようにたしなめた王妃がたおやかに笑いかけてくる。

「似合っていますよ、エルシア。なにか気分の変化でもあったのですか？」

「え、ええ……まあそんなところです」

まさか、殿下に見せるために強引に侍女たちに巻き上げられたなどと言えるはずもなく、私はとりあえずお茶で気持ちを落ち着けようとする。

「ところで、昨日クリスと出掛けたそうですが、あの子はちゃんとエスコートできたのかしら？」

「ぶふぅっ！」

そこで王妃の悪意のない笑顔からのひと言が、お腹を急激に圧迫した。

私の反射神経もなかなか捨てたものではない。幸い盛大に噴き出した紅茶は瞬時に後ろに向いたおかげで芝生の上に散布されるにとどまる。

「あ、あの、どうしてそれを……？」

「城下の出来事で私の耳に入らないことはないわよ？」

「ええっと……そ、それは、違うんです」

うふふ、と微笑む王妃様に、しどろもどろな私は体の前で手をぶんぶん振った。

「えっ、エルシアはお兄様が好きなの？　趣味悪～い」

「違うんですってば！」

さらにミーミル王女までが目を輝かせ、私は軽いパニックに陥った。それを取りなすように王妃は首を振る。

「落ち着いて。案内役を受けたのもあの子自身の意思だし、私は別にそれを悪いことなどとは思っていないの。あの子は、上辺はああして誰とでも気さくに話すけれど、その実変に人を遠ざけるところがあるから……。近しければ近しいほどに」

わずかに目線を落とした後、王妃はにっこりと目を細めた。

「あなたがどういう想いでここに留まってくれているのかは、私にはわからないけれど……できればここにいる間だけでも、クリスと仲良くしてあげてくれないかしら」

その優しい笑みからは、殿下への深い愛情が察せられる。もしかしたら王妃は、殿下があまり周りに人を置きたがらない理由を把握しているのではないか。その上で私に、彼の側にいることを望んでいる……？

「いいんでしょうか。私はセーウェルトの人間で、彼は、この国にとって大切な人ですし……」

私だって殿下や、王妃たちと仲良くしたい。でもやはり思うところも少しはある。

もし私がセーウェルト人だということが彼らの立場によくない影響を与えたらと思うと……それは、やっぱり怖い。

しかし、そんな心配に異を唱えたのがミーミル様だ。

「エルシアらしくない。セーウェルト人が悪い人ばかりじゃないって教えてくれたのは、エルシアじゃない！　馬鹿なお兄様なんて、せいぜい振り回してやればいいのよ！」

ミーミル様は口を挟んだのをいいことに椅子に座る私の上によじ登ると、団子にした髪の毛をぐいぐいと弄(いじ)り出す。食物の拒否反応から来る症状が治まってから、本当に元気になったものである。

「こらミーミル。あなたも王女なのですから、はしたないことをいつまでもしていてはいけませんよ。

いつか然るべき殿方との婚姻を結ばねばならないのですから」

「それよりも先にお兄様じゃない。あの人いっつもどっかに行ったきりだもの、捕まえておいてくれる人が必要だわ。エルシアはどうかしら！」

「ミーミル様っ!?　大人をからかうのはよしてください！」

私はとんでもないことを言い出すミーミル様を下ろすと、血が上った自分の顔を押さえる。そんな風に他人から言われると、たとえ冗談だとわかっていても変な意識が頭をもたげる。

（ないないない！　私がクリスフェルト殿下と？　あーないない、絶対ないから！）

「ねえ、お母様ダメなの？　もしお兄様がエルシアと結婚すれば、セーウェルト王国と仲良くなるかもしれないじゃない。そうしたら、私向こうの国に行ってみたいの……彼らが飼っている変な動物をたくさん見に行きたい！」

「そうねぇ……」

「ねぇエルシア、お兄様と結婚して！　私をセーウェルトに連れてって！　ねーえ！」

（無理だと思いますぅ……いろいろな意味で）

必死に妄想をかき消す私を自分の欲望に忠実なミーミル様が揺らす。

王妃はそんな姿に気怠（けだる）そうに、しかしどこか楽しそうにため息を吐く。

そこでしばらくこの騒ぎは収まらないと見たか、給仕の方々がいそいそと食器を置き始めるが、本日はどうも胃にもたれる朝食になりそうだ。

お転婆王女の無体の要求はなお、朝食の席が解散されるまで続いた。

「エルシア先生、ありがと～っ！」

「どういたしまして！　気をつけてね～！」

診療を終えた魔族の少年が、笑顔で手を振って部屋から出ていった。

ここはジュデット王都内にある国立の治療所。訪れたのは、本日が初めてではない。

当初はベッカーや殿下にこの国の医療の状況を見て適切な忠告をしてほしいと言われたためだった。

だが、施設の案内や院長さんとの話も終わり、宮内医療棟で魔族についての理解を少しずつ深めていた私は、せっかくだから診療の経験も積んでおきたいと思った。なのでこうして臨時の職員としてベッカーに後ろについてもらい、幾人かの患者を受け持つ機会を与えてもらったのである。

幸い魔族たちの体の構造は私たち人間と酷似しており、ほとんどが見覚えのある症状で苦しむ人ばかり。私は彼らを診断しつつ、セーウェルト王国で培った知識を基に、現在ジュデットで処方されている薬より効果が高い代替品があるものについては変更を提案し、材料や製法についての知識を伝えていった。ベッカーが興味深そうに患者に渡した処方箋の内容を検める。

「なるほど……。材料だけではなく、我が国では伝わっておらん精製の方法もあるのだな」

「うん……混ぜることで特定の成分だけを抽出してくれる薬品とかもあるしね。ここや医療棟の薬師さんたちにも、作り方を教えておくよ」

「感謝する」

診療も終わり、律義に頭を下げるベッカーに首を振っていると、診察室の扉が開いて殿下が顔を見せた。

「お疲れ様。もうすっかり、この国の立派な薬師様だね、エルシア」

「いいえそんな。私もここに来てたくさんのことを学ばせてもらってる最中ですし」

「謙遜(けんそん)は美徳だが、すぎると嫌みだぞ？　こうなにからなにまで世話になると、年長者の威厳も保てんな。しかし、よく聖女たる立場に奢らず、薬師としてこれほどの知識を蓄えたものだ」

「ベッカーの言う通り、もっと自慢していいんだよ？　医療体制の充実は国が発展していく上で欠かせない。君が来てくれたことでジュデットの薬学は飛躍的に進歩し、それは救えなかった多くの人たちの命を守るはずだ。国民たちに代わって、礼を言わせてくれ」

「そんな大袈裟な……」

人前で殿下にまで頭を下げられそうになり、さすがに私は慌てて止めた。明確に信頼を寄せてくれているその瞳に、先日の件を思い出して私はつい顔を逸らす。

彼らの役に立てたのは嬉しいし、今はこうしてこの国での滞在を楽しめている。でも……いつまでここにいられるかは不透明なままなのだ。

(困ったな……向こうに戻りたくない気持ちがどんどん強くなってる)

「できれば――」

「殿下」

「……すまない、なんでもない」

なにかを察したベッカーが殿下の発言を遮り、私は沈んだ空気を変えようと笑顔で椅子から立つ。

「安心してください。できる限りのことを、ベッカーや皆さんにはお伝えしますから。それでここの人たちがもっと元気にこの国で生きていけるのなら、私だってここに来た価値もあったって喜べるものでしょう？」

「……そうだね」

するとと殿下もすぐに表情を改めた。私の気持ちを尊重してくれたのだ。

ここに来てはや三か月以上が経ち、なんの不足もない最高の毎日を送らせてもらっている。しかしこのところ、私の心に芽生えた小さな引っ掛かりが時々胸をちくちく刺してくる。

せっかくの、一生に一度になるかもしれない異国旅行。どんな終わり方になるにしても素敵な記憶を残したい。なら、周りを不安にさせるような顔をしてちゃダメだ。

私はできる限り明るい気持ちを保とうと、隣を歩く殿下に珍しく自分からご褒美の提案をしてみた。

「あの、実は図々しくもお願いがありまして。私、街の外に行くのを楽しみにしていたんです。一度思いっきり広い自然の中で羽を伸ばしたいので、今度どこかに連れていってもらえませんか⁉」

「……わかった。なんとか都合をつけて、早い内に実現するよ。ベッカー、どこがいいかな？」

彼はいつものように華やかに笑い、ベッカーに候補地について相談を持ちかける。

「はしゃぐのはいいですがふたりとも、くれぐれも変な植物を持ち帰らないことですぞ。そのせいでデリケートな薬草園の植物を枯らしたりしたら責任問題として、我輩が陛下に咎められるのですからな」

「あはは、気をつけますってば」

確かにあの大柄なベルケンド陛下に詰め寄られたら腰を抜かしてしまうかもと、私たちは笑いながら院を後にしてゆく。

陽射（ひざ）しは徐々に和らいで、じきに実りの季節へと移り変わる。あれから園の一画に数を増やした陽炎草たちも収穫は間近で、終われば冬を待つばかり。しかし、私の想像はそこで途切れた。

悲しくもこの時……私にはどうしても、彼らと共に春の訪れを待つ自分の姿を頭に思い浮かべることができなかったのだ。

◇

車窓から見える景色を眺めつつ、王都から竜車での移動を約二時間。この日私たちが訪れたのは王都近郊の森林である。着いてきた数名の護衛たちは車に待たせ、今回は殿下とふたりだけの散策だ。

（わあぁ……綺麗な森）

「エルシア、どうしたの立ち止まって。なにか心配事でもあるのかい？」

「い、いえ！　ちょっと大自然に圧倒されちゃって……」

一面の緑に、束の間私は言葉を失くしていた。王宮の薬草園も素晴らしいものだけど、こうしてジュデットの雄大な自然環境に相対してみると、大きな感慨が湧き上がる。はてさて、セーウェルトといったいどのような違いがあるのか楽しみだ。

「木の根に足を取られないよう気をつけるんだよ」

優しく殿下が注意してくださった通り、そこかしこで土が盛り上がり、林道は結構歩きづらい。少々不格好だけど、薬草園で借りておいた長靴が役に立ちそう。

落として失くすとよくないので装飾品の類は纏めて手荷物に入れてある。なので今の私は人間の姿なのだが、ほとんど人も見当たらないし、セーウェルト人だとバレることはないだろう。

さすがに遠くから見た限りではそこまで違いを感じることはなかったけれど、近づいてよくよく見渡せば本当に宝の宝庫。これはなんだろうという植物がいくつも発見できる。

（ベッカーがいたらなぁ……）

彼がいれば逐一、知らない植物の説明を子細にしてくれたことだろう。でもそうそう薬師長に医療棟を空けさせることはできないし、ここは以前もらった薬草辞典を活用する時。

色や形状ごとに分かれた項目から薬草を特定……特徴を頭に入れてゆき、危険がないものはいくつか持ち帰ってみることにする。

特に気になるのは菌類……キノコたち。薬草園でもいくつかの品種を育ててはいるが、森にはもっと膨大な種類が根付いている。

向こうの国では見なかった特徴的な形状の配色のものが多いこと。

素手で触るのは危険なので手袋必須だ。

「これ、なんだろ。殿下、ご存知です？」

殿下もこの国の人間なのでいくばくかの知識はある。

私が見つけた青く尖ったキノコについて尋ねてみると、快く答えてくれた。

「それはアイスノーズ。ひんやりする成分が含まれてるから熱さましの材料なんかに使われるんだ」

「なるほど……それじゃあっちは？」

「ああ、あれは触らない方がいい。ブラッドニードルという、表面に生えた細かい針で血を吸う危険な種類なんだ」

「ひぃっ⁉」

そんなキノコある⁉　と、目の前の真っ赤なキノコから思わず手を引っ込める私。その仕草がおかしかったのか、殿下はくすりと笑う。

「土地自体が特殊なのか、他では見ないようなものも多いね。キノコだけじゃなくあんなのもあるよ、ベルクローブ」

指差す殿下の頭上の枝には黄色い果実……または蕾のようなものがさくらんぼのように密集している。風が吹く度にシャラシャラ鳴って音が楽しい。

「乾燥させると香料の原料になるんだ。料理によく使われる。よっと……はい」

「ありがとうございます。へ～……」

殿下が手を伸ばして取ってくれたそれを指で潰してみる。

異国的な、独特の甘い香りがした。

その後も、新しい発見に目を輝かせながら殿下との森の探検は続く。たまに野生動物の姿も見かけたり、食用の果実をその場でもいで食べたり……私たちはなんだか、子供の頃に戻ったような楽しい時を過ごせた。

そこそこいい時間が経って歩き疲れてきた頃、少し開けた場所に出た私たちは、昼食をとることに決めた。側には花畑、右も左も木が生い茂るこんな自然の中で食事ができる機会なんてなかなかない。

「それじゃ、いただこうか」

「はい！」

大きなランチシートを広げ、ミーヤとメイアが用意してくれた、王宮のシェフ手製のサンドイッチをふたり並んでいただく。周りの景色と空気が違うだけで、こんなにも食事が美味しくなるなんて！

「ん～、格別ですね！」

「本当にね。いつも堅苦しい食事ばかりだから、久しぶりに肩の力が抜けたよ」

殿下も満足そうに息を吐き出すと、後ろに手をついて足を伸ばし、空を見上げた。

「久しぶりだな。こんな風に自由な時間を過ごすのは……」

「いつもお仕事ご苦労様です」

「ありがとう。仕事が苦なわけじゃないんだ。王太子として……次期国王としてジュデットの民のために働くことはとても光栄に思ってる。でもね、なんだか少し疲れたなって思う時があるんだ。悪いが、少し横になっていいかな？」

「どうぞどうぞ、ご遠慮なく」

殿下は私に断りを入れると、頭を腕にのせて寝転ぶ。エメラルド色のその瞳は今は空が映り込み、やや青みを増している。私はなんとなくその顔を見ながら、常々思っていた疑問を口に出した。

「その、あまりこういう事を聞くのは失礼かもしれませんけど……。殿下はどうして、ご家族と一緒にお食事をとられないのですか？」

「ああ……気にさせたならすまない。ミーミルは私を嫌っているだろ？」

軽く笑った殿下に、私はどう答えたらいいのかわからず、彼の顔をじっと見る。

殿下は変わらず空を向いたまま言った。

「勘違いしないでほしいのは、決して別に仲違いしてるわけじゃないんだ。私は私なりに家族を大切に思ってる。だから、このことで君に余計な心配をかけたくはないな」

触れてくれるな、といわんばかりの柔らかい拒絶に私はどうしたものかと迷い、殿下と同じようにその場に寝転んだ。

シート越しに草のふかふかした感触が背中に当たり、意外と気持ちがよい。大聖堂にあった仮眠用のベッドよりかは寝心地がよさそうである。

隣にひとり分の距離を空けて殿下がいるけれど、どうしてか今は気恥ずかしいとかそういう気持ちは抱いていない。自然の中だから気分が落ち着いているのだろうか。

「私が、妹の方だったらミーミル様の気持ちももっとわかったかもしれませんが……なんとなく、殿下にもっとかまってほしいんじゃないかなと思ったんです。彼女は」

「どうしてそう思うの？」

「なんでだろう。うんと昔、まだ小さかった頃のリリカ……妹がそんな感じだったから、でしょうか。嫌いって言うくせ、いつも纏わりついてこっちの真似や邪魔ばかりして。でもいつしかそんなのもなくなって、話すことすらしなくなってしまった……」

どうしてこんなことが浮かぶんだろうと私は思いながら、空に揺蕩（たゆた）う雲を見続ける。

それは時間と同じで、とてもゆっくりだけれど、どこかに向かって着実に流れていく。幸せな時も悲しい時も、決して止まってはくれない。

「ごめんなさい、私は誰かに聞いてもらいたかっただけなのかもしれません。妹を嫌ってしまったことの後悔を」

「つらいのかい？」

「いいえ、でも少しだけ寂しい。不思議ですね、今まで姉妹なんて、厄介なだけに感じてたのに。他の家族を見ると、なんだか特別に思えるんです。私はそんな関係を失ったんだなって」

「……そうか」

それきり殿下も私も黙りこくってしまった。空は相変わらず澄んでいて綺麗だけれど……なぜだかその青さが、心にじんわりと突き刺さるようだった。

それからどのくらいの時が経ったか……。

「……ルシア。……エルシア！」

「ふぁい？」

小さいけれど鋭い声に、私は目を開ける。

隣に殿下がいたというのに、どうやら心地よすぎてあのまま寝入ってしまったようだ。大自然のパワー、恐るべし。

そしてしょぼしょぼした目をこすり、草原の上で体を起こそうとした私の目に入ったのは。

「……っ!?　あだっ！」

上に被さるようにして私の肩を揺すっていた殿下の、大写しのお顔であった。

美形ってすごいわ。間近で見ても粗が見えないどころか、より美しさが強調されて魅力が五割増しで見えるんだもの。こんな人の隣でなにも感じず、ぐーすか寝息を立ててたんだから、私は女として失格ではないだろうか。

思わず心臓が止まりそうになり、つっかえにしていた腕が滑って後頭部を地面にしたたかにぶつける。

「あぅぅ……！」

「驚かせてすまないが、動く準備を。嫌な気配がするんだ」

呻く間抜けな私に取り合わず、殿下は真剣な顔で周りに目を走らせた。なんのことか私にはちっともわからないが、とりあえず荷物を手早く纏め、動ける準備だけはする。

「よし、走れるね？」

「ええ……」

いったいなにが起こったのかと荷物に指をかけ、私が殿下の手を握って立ち上がろうとした時。

――ヒュ！

空気を切り裂く高い音がして、彼が私を思いきり引っ張った。どすっと重い音がしたと同時に、手荷物に突き刺さったのは……矢⁉

それらは再度飛来するも、殿下が腰に佩いた剣を抜いてすべて切り払う。

「わわわ……！」

「行くよ、こっちだ！」

連続する風切り音。

私はとりあえず足を動かすことに専念する。

殿下は器用に後ろを見ながらガードしつつ私の手を引いていく。

「いったい誰が……」

「わからない。とりあえず身を隠そう！」

梢の中に入ると、目の前に剣を抜いた人間が立ちはだかった。

そう、人間だ……どうして彼らが王都周辺の、こんな人気のないところに。

「その命、もらい受ける！」

「ふざけたことを！」

殿下は私の手を離すと前に立ち塞がり、男の攻撃を受け流すとその腕を斬りつける。悲鳴と共に、手から離れた剣が地に突き立った。

その時すでに殿下は呻く男を見てはおらず、私を連れて林の中を右へ左へ駆けまわる。

背中側から、何本も梢に矢がつき立つ音が響く。

私はわけもわからず、殿下の指示に従うしかなかった。

（いったい、あいつらは何者なの……⁉）


……少し大きめの茂みの中。

私は今、ひとりで息を殺して様子を窺っている。

遠くからは時々、木を叩くような音と木の葉が舞い散る音、そして悲鳴のような声が聞こえてくる。

ついさっきのこと……殿下は私ひとりをここに隠し、「じっとしていても仕方がない、安全を確保してくる」と言ってどこかへと消えてしまった。

止めようとはしたが、彼はひどく怖い顔をしていてなんだか口が挟めなかった。心細く思いながら、私は状況を考える。

相手が誰かは知らないけど、確実に命を狙われている。

対象は私か、それとも殿下か……。

どこの国の人間かはわからないけれど、こんな魔族たちのお膝元で行動を起こすなんて、よっぽど自信があるのか。それとも追い詰められていたのか？

はっきりした答えは出ないまま、殿下の安否ばかりが気にかかる。

自分の軽率さが身に染みてつらい。

平和ボケした私が街の外に出たいと望んだせいで、殿下をこんな危険に立ち会わせてしまうなんて。

この国は安全だと勝手に思い込んで、彼が必要最低限の護衛しかつけて動かないのを知りながら、警護の手薄な場所に連れ出してしまった。

「どうしよう……どうにかしなきゃ」

今から走って竜車で待つ護衛を呼びに行くというのは現実的ではない。

殿下頼りで私はここまでの道をあまり覚えていないし、よしんばうまくたどりつけても小一時間はかかる。その間に殿下が捕まったり……傷つけられたりしたら！

「このままここで座ってちゃダメだ……！」

私は意を決して立ち上がり、茂みを飛び出す。

幸い、相手の人数はきっとそれほど多くはない。

セーウェルト以外との国交が開かれ始めているとはいえ、まだ他国からジュデットを訪れようという人間は王都でもほとんど見かけなかった。大勢で固まって動いていればすぐに怪しまれるだろうから、纏まった軍隊などが来ていることはあり得ないはずだ。

射かけられた矢も一度に数本程度。となるとせいぜい十人やそこらの部隊だと思われる。ならば、あの時ほとんど野盗を単独で倒してしまった殿下ならひとりでも、と思わなくもないが……それでも不安はある。

今私にできることは、なるべく敵の注意をこちらに引きつけ、殿下を動きやすくすること。

そう考えた私は、手持ちの道具を検めた。

なにがある……短剣程度ならあるけれど、私の護身術など本格的な刺客であれば通用するわけがない。直接手出しはできない。だったら……？

（罠……かな）

先日の野盗の時とは違い、少しばかり時間に余裕がある。それに罠なら、自分が手を下さずとも大勢を相手どれる。

ちょうどよい大きさの茂みが見つかった。

ここに隠れたふりをして、やつらをおびき出そう。

付近の地面に烈火草の種と、強烈な眠剤、痺れ薬の混合粉末を入れた袋を設置。

もし誰かが警戒もせずにこの場所に踏み込めば、烈火草の種が爆発する。

それにより薬が一帯に飛散し、うまく敵がかかれば一網打尽にできるはず。

さあ、作業開始だ。

その辺りから何者かが現れないか怖くて気が気ではない。でもいったん集中し始めるともう必死だ。体の震えも忘れ、私は脇目も振らず薬をばら撒き、落ち葉や土で覆い隠す。

「殿下！　こっちです、こっちに逃げましょう！　誰か、誰か助けて――！」

そして敵をおびき寄せるためわざと大声を出し、茂みをガサガサ揺らして殿下と一緒にいるさまを装う。ついでにもうひとつ仕掛けを手早く済ませた後、少し離れた木陰に移動し罠の様子を見守る。

そうしていると、周りから数名の男たちがわらわらと出現した。

ぱっと見ではどの国の出身かわかるような装備はつけていない。だが、その言葉に特徴があった。

「おい、声がしたのはこの辺りか？」

「周囲を徹底的に探せ！　王太子はいるかわからんが、女はいる！　交渉に使えるぞ！」

「女は銀髪のセーウェルト人だった！　本国からの連絡にあった、姿を消した聖女の可能性が高いぞ！　捜せ！」

（私が聖女だと知っている？　しかもこのしゃべり方……）

息を潜めて観察していた私はひとつの失敗を悟った。魔族に変身できる腕輪を外したのが仇となり、私の正体がバレてしまっている。

けれどそれは同時に私にやつらの出身を知らせた。共通語でややわかりづらく、顔も隠してはいるが、彼らの発音は特徴があるセーウェルト訛り。ここまでくればセーウェルト王国に属するものとして間違いないだろう。

ふと私がこちらにいることをどうして知ったのか気になったが、今はそれを考えてる場合じゃない。

「む……？　隠れているのはそこかっ！」

鋭い声と共に男のひとりがなにかを見つけ、得意げな声をあげた。

「見えているぞ！　命が惜しくば、大人しく出てくるのだな！」

やつらは包囲するかのように連携をとると、確信をもってじりじりと茂みに近付いていく。

だがそこに、もちろん私はいない。茂みから覗いているのは、私が着ていたドレスの裾だけ。

こうなるように前もって私は服を脱いでおいたのだ。

隠れた際、一部だけが枝に引っかかったまま、あたかもその場にしゃがみ込んでいるかのように。

そしてそろそろ……あの薬が効果を発揮してくれるはず。

「なんか、いい匂いがしねぇらぁ……？」

「おま、しゃべり方がおかしいろ……」

よし、目に見えて様子がおかしくなって来た。

ふにゃふにゃと妙なしゃべり方をしながら、千鳥足でドレスの方へと向かってゆく男たち。

生地に吸わせておいた幻覚剤の効果がばっちり出たみたい。近付くにつれ、気化した薬品が呼吸で体内に入り込み、今や彼らは夢うつつの状態のはず。そこで仕上げだ。

――パンパンパン！

「あっ、なんだっ⁉」

「げほっ、い、意識がぁ……」

ダメ押しのように彼らが踏んだ辺りの地面がところどころ爆ぜ、黄色い粉末が飛び散る。うまく罠が発動し、茂みを取り囲んでいた男たちが次々と倒れ込んでゆく。

異変を感じ引き返そうとした者もいたが、幻覚剤でふらつく足元を御せず木にもたれかかると、そのままましゃがみ込んで眠り始めてしまう。

（やった……）

男たちが動かなくなったことを確認しても、私はしばらくそのままましゃがみ込んだままでいた。背筋を冷たい汗が流れ、まだ夏場だというのに寒気すら感じる。そこで、後方で土を踏みしめる音がして身を竦めた。

（殿下が……戻って来た？）

「女、ここに隠れていたか！」

「きゃっ⁉」

どん、と背中を突き飛ばされ私は地面に倒れ込む。

見上げると、ひとりの敵兵が血走った瞳でこちらを見下ろしている。

どうやら別行動していた仲間がいたらしく、絶体絶命……！

「薬学に明るいとは聞いたがここまでやるとはな……さすがは元大聖女、ただの聖女ではないというわけか。しかしこれで、お前を人質にして王太子をおびき寄せることができる！」

逃れようとした私の手を敵ががっちり掴む。短剣は使うつもりがなかったから荷物の中だ。まずい……。

「わ、私なんかを人質にしたって殿下は戻って来ません！」

「だとしても、どうせお前の身柄はセーウェルト王国のものなのだ。このまま本国へ連れ帰るのになんの躊躇（ちゅうちょ）があろう」

「は、離して！」

抵抗しようにも、女の細腕では鍛え上げられた兵士に敵うはずはない。自分の無力さを思い知りながら、後ろ手と両足を縄で括（くく）られ、地面に跪かされる。

そして男は私の首筋に剣を突きつけた。

「あれほど大きな仕掛けを施したのだ。解毒剤も持っているのだろう？　どこにある。それと王太子はどこへ行った？」

「そ、そんなこと……」

「貴様は聖女なのだろう？　なら少しぐらいは傷をつけてもよいかもしれんな。自力で直せるかどうか、試してみるか？」

致命的な怪我になる首筋は避け、男の剣が太腿の部分に向けられる。尖った剣先が針のように肌をちくりと刺した。

「うっ……」

覚悟していても、耐えがたい痛みが私を襲う。確かに解毒剤はある。でもここでその存在を話せば殿下が危険だ……。

少しずつ男の剣が私の肌に沈んでいく。

「さあどうする？」

「うぅ、言いません……っ」

「強情な……ならば、足の一本程度は覚悟してもらおう！」

「…………っ！」

脅しか本気か、男が剣を振り上げ、私は唇を噛んで目を瞑る。

しかし、男がそれを振り下ろすことはなかった。

「ぐぁっ……」

ずん、という鈍い音がして、目の前の兵士の体がぐらりと揺れ、地面に倒れ込む。

「…………？」

目を開くと男の背中からは一本の剣が生えていた。木々の奥からひとりの青年が姿を現す。

「エルシア……」

気配もなく歩み寄り、投擲した剣を兵士の背中から抜いたのは、まさしく殿下その人だった。彼はすぐに私を縄から解放してくれる。

剣は貫通していたのか、血を噴き出している兵士の体に、私は慌てて聖女の力を使う。命を取り留められるかはわからないが……反射的に治療を始めた私を殿下は黙って見ていた。

それが終わった後、ようやく私は彼の方に顔を向ける。

「で、殿下、ご無事でしたか……」

無事だった――安堵が私の胸を包み込む。

殿下の姿にほっとして立ち上がったはいいが、私は今の自分の姿を思い出し、両腕で体を抱えた。なにせ、着ていたドレスを罠に使ったおかげで、薄いシュミーズしか纏っておらず、足は垂れた血で汚れている。それを見た殿下はすぐに自分が纏っていたマントの留め具を外すと私に被せ、裂いた絹のハンカチを包帯代わりに太腿に巻きつけた。

「す、すみません……」

その紳士的な行為に礼を言おうとしたのだが、殿下はマントの襟元を掴むとぐっと引き寄せ、間近で私を強く睨みつけた。

「どうしてあのまま隠れていなかった？」

鋭い殿下の咎めが、私を大きく動揺させた。

彼から、こんな気持ちが私に向けられたのは初めてだ。

いつもの殿下とは似ても似つかない、厳しい怒り――。

「あ、あなたのことが心配になって……」

「それが余計だと言っているんだ。あのくらいの人数なら私はひとりで切り抜けられた。やつらを誘導しながら護衛たちを呼びに行き、事を収めた後隠れていた君を回収する算段だった」

移動中に異変に気付き、すぐ戻って来ると案の定、倒れた兵士たちと私を見つけたと彼は言う。

「君を危険に晒すつもりはなかったのに。もし一歩間違えばどうなっていたのか、わかっているのか‼」

痛いほどに強く肩を掴まれ、私は言葉に詰まる。

彼の怒りはわかる。もしあそこで殿下が現れなければ、もっとひどい目に遭っていた。

でも、それでも私は素直にその言葉に従えなかった。

私だって、殿下の安否が心配だった。少しでも彼の助けになろうと、勇気を振り絞って動いたつもりなのに……。

声が震える。

「そ、そんな風に言わなくても……いいじゃないですか！　わ、私だって殿下をお助けしたくて、ちゃんと自分の安全も考えながら、少しでも敵の数を減らせればと思ってやったんです！」

「その結果がさっきのような事態を生んだんだ！　私はそんなこと望んでいなかった！　それに相手も全員が馬鹿じゃない。頭の回るやつも中にはいる！　私が間に合わなかったら、君は……」

「痛っ……」

指が肩に食い込み私の口から悲鳴が漏れる。

ひどく苦しそうに表情を歪めていた殿下は、そこでやっと我に返ったように手を離し、背を向けた。

「あんなことはもう二度とするな。今度やったら、私は君を許さない」

（……どうしてよ。どうしてそんなこと言うのよ）

殿下は乱暴に私の手を取ると、林の中を引っ張ってゆく。

私としても彼が喜んでくれると思っていたわけではない……けど、そこまで怒られる理由がわからなくて。私はその手を振り払うこともせず、ただ黙って鼻を啜りながらとぼとぼと後に続いた。

……そしてそのまま、私たちは気付かなかった。

ふたりの姿を木の影から窺っていた人影が、その場からそっと姿を消していったのを。

◇

私たちが何者かに襲われてから一週間。

結局、あの後彼らがどうなったのかはわからないままだ。そして、殿下にも最近はずっと会えていない。私は落ち込んだ気分を隠しきれないまま、今日も宮内医療棟で働いていた。

「あっ！　あ～あ……」

――カシャン。

手元から滑らせた薬瓶が地面に落ちて割れる。私はそれを見てなおさらがっかりする。

こんな失敗、大聖堂で働いていた頃はしたことがない。貴重な薬を無駄にするなんて、薬師の端くれとしてあってはならないことだ。

すぐにちりとりと箒（ほうき）を持ってきて割れた破片を片付けた後、床を濡らした薬を拭いていると、上から声がかかる。

「薬瓶でも落としたのか？　馬鹿め、気を抜いているからだ」

その偉そうな態度はベッカー、と思いつつも、今の私は口答えする気力もない。

「返す言葉もないわ」

「ふんっ、らしくないな……。ところで、最近殿下の御機嫌があまり優れなくてな。なにか心当たりはないか」

「……知らない」

一瞬私の手がピタリと止まり、その後すぐ掃除を続け出す。

そして集めたガラス片を捨てに行こうとした私だったが、それを彼は引き留め、またひとつ鼻を鳴らして告げる。

「ついてこい。どうせそんな体たらくでは仕事にならん」

「ちょ、ちょっと……どこへ？」

掃除用具をその場に置き、腕を引かれた私はベッカーに誘われるまま、そこから移動する。

どうやら城から出るらしく、彼はそのまま門衛に挨拶すると、正面の大門を潜っていく。勝手に城から出て大丈夫かという不安はあったが、目的地は存外近くにあった……。墓地だ。

ベッカーは入り口にある花屋を訪ねて大きな花束を買うと、なにも言わずにその中を進んでゆく。

「すまんな。事のついでに墓参りをさせてもらう。我輩も暇ではないのでな」

「いいけど……お友達の？」

「ああ、昔のな。長く生きたせいで、多くの仲間の死に立ち会った。陽炎草を手に入れ、不治の病を治したいというのはこいつらの悲願でもあるのだよ」

ベッカーは束の中から花を一本ずつ抜き出してお墓に捧げ、目を閉じることを繰り返した。きっと故人とのやり取りを思い出しているのだろう。

それがひとしきり終わった後、彼はお城を一望できる高台に移動し、そこで片眼鏡を外して手入れをし出す。

「年々目が見えづらくなってかなわん。体自体はまだ若いはずなのだがな。さて、人気のないここならいいだろ。なにがあったか話してみろ」

「……やだ」

「お前が話すなら、殿下について聞きたいことがあれば教えてやってもいい」

「う……」

その言葉は、今の私にとっては非常に魅惑的だ。私は観念すると、重い口を開き始める。

「殿下と、言い争いになったの」

「ほう？　あの殿下とか。それでどうなった」

ベッカーは、意外そうに声のトーンを上げる。どこかその唇も綻んでいるように見える。

「どうもこうも、あれから一度も話してないし、顔も合わせられないし」

「なるほどな……」

「私、殿下に嫌われたかな？」

私はついその場にしゃがみ込むと、両腕で膝に頬杖を突いた。

ここに来てから数か月が経つけれど、いまだ私は観光気分のままだ。

視線の先にある、あの大きな城に今私が住んでいるって考えると、すごくおかしな気分になる。

「そうか、あの方を怒らせたか。お前もなかなかやるではないか」

「どういう意味よ？」

こっちは真面目に相談してるのに……。

返ってきた面白がるような物言いに、さすがに私の唇も尖る。でも、その後に続いたのは、予想外の言葉だった。

「褒めているんだ。殿下が他人に本気で怒るなど、滅多にないのだぞ」

「……？」

「そうだな、お前には話しておくか」

話が噛み合わず混乱する私に、ベッカーは静かな声で殿下の昔の話をしてくれた。


――まだクリスフェルト殿下が十とふたつくらいの少年だった頃だ。

彼は幼いミーミル様をとてもかわいがっており、いろんな場所に連れ回していた。

その頃もジュデットは平和で、ベルケンド国王陛下の統治の下に治世も安定しており、誰もがこのまま殿下たちがなんの障害もなくすくすくと育ち、国を立派に引き継いでいくのだと毛筋ほども疑っておらなんだ。

しかしある日、凶刃（きょうじん）が殿下たちを襲った。

不穏分子は確かに国内に存在し、まだ幼かった殿下たちを狙っていたのだ。

『き、貴様ら何者だっ！　誰か、殿下たちをお助け……うぐっ！』

『王太子と王女は連れていけ。護衛たちはここで始末しろ！』

まった。

『や、やめろぉーーっ‼』

少数の護衛を引き連れ王都を散策していた殿下と王女はある日、不穏分子に街中で拉致されてし

顔を隠していた何者かが、魔族だったのか人間だったのかは知らされていない。だが、その者たちは殿下たちの身柄を盾に、陛下の退位を迫ろうとした。そのためにやつらは殿下の目の前で、幼かったミーミル様の体を傷つけて脅し、彼に直筆で陛下への手紙を書かせたという。

幸い、そのことに対する王家の対応は迅速で、烈火のごとく激怒したベルケンド陛下と国民たちにより瞬く間に不穏分子は取り押さえられた。しかし助け出された殿下の顔はひどくやつれ、しばらくの間ミーミル様の側を決して離れなかったのだ。

それから殿下は、極端に人を遠ざけるようになってしまわれた。いつも気さくで下々のものにも分け隔てなく触れ合えど、公務を除き決して城外には誰も連れ歩かないし、家族とも必要以上に言葉を交わさなくなった。そしてそれは今も続いている……。

ベッカーの、血の色を感じさせる紅い瞳がこちらを捉えた。

「殿下はあの日、大切な者を失う恐怖を胸の中に刻み込まれてしまったのだ。事件から数年経とうとその傷はいまだ癒えてはいない。だから我輩はお前を褒めたのだよ。お前は殿下に素直な感情をぶつけられるほど心を開かれているのだ」

「わ、私が……⁉」

昔語りから戻ると急にそんなことを言われ、私の頭はパニックに陥る。どうにか引っ張り出せたの

は言い訳めいた言葉だけだ。

「ち、違うでしょ！　殿下はたまたま私が彼を庇ったり陛下を助けたことで恩を感じてて、それを律義に返そうとしてくれてるだけで……」

「まあ、それもあるがな。しかしそれを差し引いても、気に食わぬやつならわざわざ側に置いて連れ歩くような御方ではないさ、あの方は」

「そ、そうなのかな」

どうしてか、街を巡った時の殿下の笑顔が蘇って、私の顔に血が上る。確かにあれは作り物の笑顔ではないのでは、と私だって思うし……思いたいけど。

「きっと、お前のことだから殿下を助けようと無茶でもしたのではないか？　おそらくだが、それが彼にとっては恐ろしかったのだろうな。お前は図らずも、殿下の過去の傷を刺激してしまったわけだ」

「んぐ～……」

思わず言葉に詰まった私に、ベッカーは楽しそうに笑いかけた。

「はっはっは、これでわかったであろ？　殿下の御怒りは、お前を大切に思えばこそなのだ、よかったではないか。……おやどうした？　顔が赤いぞ」

「からかうのはよしてよ！」

「からかう？　我輩は落ち込んだ部下……もとい、義娘の心のケアに努めているだけなのだがな？」

「も～、急に変なところで父親面して……」

いつも弄っていた分、ここで一気に返されてしまった。

殿下のことを少し理解し、心を開いてくれたと聞いて嬉しかったり、冷やかされて悔しかったりと感情が目まぐるしく変わる中……私はなんとなくベッカーに、彼自身について問いかけていた。

「ねえ、あなたはどうして薬師になったの？」

自分も他とは少し違う立場に生まれたから、魔族の中でも特殊な彼が今、自分自身をどう思っているのか聞きたかったのかもしれない。

そんな私の唐突な質問は彼を迷わせたのか、いくらか間を置いて答えは返る。

「我輩は人より長い命を託された。多くの者の死を見届け、事実を知った時……そのことについてよく考えろと、ある人に諭されてな」

彼の視線の先には、小さなお墓があった。その名前はここからでは読み取ることができない。私は一瞬無神経な質問をしてしまったことを悔いた。

つらかった過去を思い返させてしまったこと詫びなければ思ったが、でも彼はそんなこと気にしていないかのように、まっすぐ前を向いて言う。

「我輩はこの国を、魔族たちを愛している。しかし所詮いくら生き永らえようと、この国を守り通すことなどできん。だが……お前も知っているだろう。命には多くの可能性が含まれている。これまでジュデットの民は、それを次の世代に託すことでこうして自分たちの未来を拡げてきたのだ」

多分彼はいくつもの季節が巡る間、国の移り変わりを眺めて来たのだろう。街を一望できるこの場所から。

「この国を形作っているのは民とそして、彼らの希望だ。おのおのは小さくとも、それらはやがてこの国の新たな未来を育む。それをわずかでも支えられたなら、この長い人生にも意味があった――いつか冥府で仲間たちと会う時、そう我輩は胸を張れる気がしてな。ようはささやかな自己満足、というわけだ」

守りたい人たちと、そして自身の誇りのため……彼はできることを探し、ずっとそれを続けている。

（すごいなぁ……）

薬学の発展が遅れたこの地で長く生き、大切な人たちがこの世を去ってゆくのを見つめ続けるのは、とてもつらいことだっただろう。いつ同じように命を落とすかわからない中、人との関わりを断ち、目を背けたいと思うこともあったはずだ。それでも彼は希望を失わず、人々を支えしなやかに生きている。いくつもあった別れを飲み込んで、誰かを助ける力に変えてくれている。

そこで私は妹を思い出す時に感じた胸のつかえに、やっと思い至った。

ベッカーと比べて私はどうか。王太子と妹から受けた仕打ちや、大聖堂の激務に嫌気が差して旅に出た。その先で殿下と出会い、偶然魔族の国へと送られてきた。

新しい場所でたくさんの人たちが温かく迎え入れてくれる中、私は嫌なことから区切りもつけず、流されるままこの国で過ごしていられればと考えていなかっただろうか。

こうして自分の境遇を受け入れ、苦しみを乗り越えて進み続ける彼の姿を前に、私は勇気をもらい……。

同時に、このままこの国でずっといることをしてはいけないと――そう、思ってしまった。

「……そうだよね。うん」

ジュデットで出会った大切な人たち。殿下やベッカー、ミーミル王女や陸下たち、他にも多くの人たちとこの先も笑い合いたいなら、私にはすべきことがあるはずだ。

彼らに協力し、陽炎草をこの魔族の国のために役立てる。そうしたいならば、私はセーウェルト王国の人々と、彼らを結びつける努力をしなければ。

（ううん。やりたいんだ、私が……！）

　決意できた私は膝を掴んで立ち上がると、ベッカーの隣に立って笑いかけた。

「思い出した。私も聖女になって大変だったけど、悪いことばかりじゃなかったんだ！　聖女の仲間もいたし、いろんな人から感謝の言葉だってもらえた。なにより魔族の皆とこうして会えて力に成ることもできたしね。……よし、元気出た。今度殿下と会えたら、これからのこと、ちゃんと話してみる」

「そうするといい」

「エルシア様～！」

「「ん？」」

　私たちは同時に後ろを振り向いた。すると……。

「こーらっ、メイア！　ドレスで走るなどはしたないですよ！」

　こちらに向かって駆けてきたのは双子の侍女の片割れメイア。そして後ろからお冠のミーヤが、仕草だけは楚々として歩く速度を速める。

「どうしてここがわかったの？」

「門衛に聞いたのですわ。もう、ベッカー薬師、エルシア様をお連れになるのなら私どもにもお声掛けをいただきませんと」

　心配してくれていたのか、子供っぽく頬を膨らませたメイアに、ベッカーは手のひらを上に上げ、軽く応じる。

「すまんすまん、少し込み入った話をしたくてな」

「こちらこそすみません、妹が失礼を。でもさすがベッカー薬師、エルシア様も少しばかり元気が戻られたようですね。いったい、どんな話を？」

「単なる世間話さ」

照れ隠しか……ベッカーは瞳を弧の形に緩めたメイアから顔を逸らし、用は済んだというように城への帰り道をたどり出す。

「ちょっとベッカー待ってよ、せっかくだからどこかでお茶でもしていきましょうよ」

「断る。我輩の仮眠時間を削って貴重な話をしてやったのだから、機嫌が直ったなら素直に戻ってキリキリ働け！」

「ミーヤぁ、私もゆっくりお茶したいですわ。南街区の新しい喫茶店が今とっても評判で、ふわっとろの生クリームと香ばしカラメルソースを添えた絶品プディングが私を誘って仕方ないんですの！」

「メイア……？　あなたはもう少し侍女としての自覚をねぇ……」

くどくどと説教くさいミーヤに耳を塞ぐメイア。ベッカーは肩を竦めて首を鳴らし、私は皆を見て笑う。

私はセーウェルト人だ、どうあがこうとその事実は変わらない。

でも、もしこの腕輪がなくとも、未来の私はきっと堂々とこの街を歩けるようになる。彼らを見ていると、そんな確かな予感が胸の中で膨らむのだ。

第十話　魔族の王子、懊悩する

私、魔族の国ジュデット王太子クリスフェルトの私室は、王宮の北の外れにあった。父母である国王夫妻や妹ミーミルの住居と大きく離れているのは、私がそう希望したためだ。

本日は、ある件について事後報告のためベッカーを呼んでおり、執務用の席で待つ。だが、表情が優れないのが自分でもわかる。いまだにエルシアとの件が後を引いていた。

「殿下、失礼いたしますぞ」

「ああ、入ってくれ」

私は額に当てた手を外し、顔を上げた。

入室を許可し部屋の中へ招き入れると、扉の奥から顔を出したベッカーがこちらに一礼する。外見は若々しいが、実際にはずいぶん老齢であるためその仕草は洗練され、気品が漂う。

ベッカーと親しくなったのは、十年近く前の誘拐事件の折だ。それから彼にはいろいろな物事を教わり、事あるごとに相談相手になってくれた。しかし、そんな彼にもエルシアのことだけは話す気にはなれない。

本来の要件を差し置いて悩む私に配慮したか、ベッカーが口火を切った。

「あの件の調査が完了したのですか？」

「……ああ。陛下が先だって罹患(りかん)された病の感染経路が発覚した。先日捕らえた刺客が、感染源となった蜘蛛(くも)をこの城に持ち込ませたのだと吐いたよ」

淡々と話しながらも私の頭にはその生物の姿が浮かんでいた。

アカマダラオニビクモ——焦熱病の媒体(ばいたい)となる生き物。それは本来この国に生息しない種族だ。もっと南の国の密林に生息する、指先ほどの大きさの赤い蜘蛛。

「やつらはそれを、他国から友好の証にと献上された衣装のいくつかに忍ばせたらしい。陛下が派手好きなのも知っていたのだろうな。服から蜘蛛の死骸もいくつか見つかった」

「適した気候の下でないとすぐに弱る種のようですからな。おそらくもう生きてはいないでしょう」

褒められた行動ではなかったが、今回エルシアの判断により、私の命を狙った多くの刺客を捕らえることができた。これにより得た情報は今後セーウェルト王国となんらかの交渉する際に大きな材料となる。

そのはずだったのというのに……。

「我々も手を尽くしたのですが、力及ばず……」

頭を下げるベッカーに、私は眉間の皺(しわ)をさらに深くした。

「いや、身体検査の時に見つけられなかった我々の手落ちでもある。やつらも、相応の覚悟があったということだな」

刺客たちは、なんと尋問の途中で全員が服毒して命を絶ってしまった。医療棟に運ばれてきた時にはもう手遅れだったのだ。焦熱病の件に関し……彼らの身柄を証拠としてセーウェルトに罪を問い、牽制(けんせい)する機会は失われた。

「今後、どうされるおつもりですか？」

「我々としては、セーウェルトと敵対したいわけではない。今しばらくは静観する。しかしこうもあからさまに手を出してこられて、いつまでも黙っているわけにはいかないだろうな」

今までセーウェルト寄りだったいくつかの国は、水面下で対応を改め始めている。我が国と同盟を結ぼうと持ちかける国もあり、もし戦争が本格的になろうとも、十分に対抗できるだけの準備は整っている。

そうなれば、私は陣頭に立って戦うつもりだ。

自らの力を過信するわけではないが、魔族の民は、私にとって家族も同然。その命が戦で散らされていくことを考えれば、なにもせずに後ろで見ていることなどできないだろう。だが、そうなる前にひとつだけやらなければならないことがあった。

「……エルシアを帰すべきか迷っている」

証拠はないが、エルシアがジュデットにいることはおそらくセーウェルト側も掴んでいる。その事実を声高にセーウェルトが主張し、私たちが彼女を隠し通そうとすれば、両国の関係は徹底的に拗れてしまう。

そして戦争が始まれば、エルシアはセーウェルトに戻る機会を失う。場合によっては二度と家族や知り合いの顔を見ることが叶わなくなる。

「本人がどうしたいのかは聞いたのですかな？」

「聞いていない。あれから……ひと言も話していない」

私は彼の視線に耐えきれず、俯いてため息を吐く。

あの時私は、彼女をひどく悲しませてしまった。ミーミルの件があったからとはいえ、本来二度も命を救われて、感謝すべきだったはずなのに。乱れた自分の感情を制御できないなど、幼少の頃の事件以来、ほぼ一度もなかったのだが……。

――今から数年前、不穏分子による拉致から救出された後のこと。一時私は精神的に不安定になり、医療棟に預けられた。

一日中ベッドの隅に蹲り、毛布を被って父上たちが会いにきてもひと言も話さず、ろくに食事もとらずにいた。ただ自分が、こんな身分であることを疎んじていた。

胸の奥から去らない暗い感情。その中でも一際強かったのは恐怖だ。ミーミルが賊に傷付けられた時、私は自身の心に生来の弱さを垣間見た。次期国王となるべく、これまでの努力で培った自信など簡単に吹き飛ばされ、己がこれほど取るに足らない脆弱な存在だということに、完全に打ちのめされてしまった。

偉大な父の背中がいっそう遠く大きく見え、未来にただただ不安しか感じられない。

いっそ継承権など捨ててしまえれば。

皆がこんな自分を見て諦めてくれれば。

今まで国の皆に支えられ、守られて生きてきたのに、そんな恥知らずなことを私は考えたのだ……。

そんな風に内に閉じこもり心を閉ざした私だったが、いつの間にか部屋に入って来た誰かの声に耳を傾けていた。それができたのは、彼の語る物語が自身と同じように悩み苦しむ人物の姿を描いたものだったからかもしれない。

境遇は違えど、主人公は悲痛な出来事に一時心を閉ざしかける。しかし彼は周りの助けを借りてなんとか立ち上がり、諦めずに努力を続け、やがて日の当たる場所に出て人々を導く存在となる。そんな物語は、苛立ちと憧れを同時に私に植えつけた。誰もがそんなに見事に生きられれば苦労はしない……。でももし、こんな私でもなにかをきっかけに変わることができたなら……。

縋るように……そこで初めて私は、物語を口にする声の主に話しかけた。

『ベッカー……』

『はい』

彼は本を閉じると、穏やかにこちらを向く。

その視線にへつらいはなく、あくまで患者のひとりとして労わってくれる態度に、私は彼にならこの悩みを打ち明けられると感じた。

『ずっと考えていた。けれどやはり、僕には王たる者の資質がないみたいだ』

『ふむ。どういう意味です？』

予想外の質問だというように眉を動かし、ベッカーは私の側に寄る。そんな彼に、幼い私は胸に溢れる思いの丈を打ち明けた。

『僕は臆病だ。妹を失いかけただけでこんなにも心が弱くなってしまう。だけど、王様は強くなければ……身内のひとりやふたりの命で動揺していては務まらないだろう？　願わくば、他の誰かに任せられればと思うけど、代わりがいないなら僕がやらなきゃ。この国の王に相応しい者になるには、いったいどうすればっ……！』

誰もに頼られ、この国を守り通せる立派な王様になりたい。でも、どうすればそれが叶うのか、ほんの糸口すら見つけられない。悔し涙がひとつ、手の甲にこぼれた。

『そんなことをずっと考えておられたのですか……』

　ベッカーは私の問いかけを子供の戯言（ざれごと）だと馬鹿にしたりせず、真剣に答えを探してくれた。そして彼は元気づけるように背中をさすると、こんな話をしてくれた。

『王様とは、仮面を被るものなのですよ』

『仮面？』

『ええ。どんなに強い王様も、もうひとつの顔を持つのです。あなたの心の中の自分とは別の、もうひとりの自分を』

『もうひとりの……自分』

『お父上の真似でも、物語の中の英雄を演じてもかまいません。もうひとりの自分を持たれませ。心の中では泣いていても、外では胸を張りなされ。そうした振る舞いを覚えることです』

『上っ面だけでいいのか？』

『簡単なことではありませんぞ。大勢の人の前でそれをするには大きな度胸と自信が必要です。毛布にくるまってばかりで怖がりの殿下にできますかな？』

『そんなの、わからないよ……でも』

　一転、焚（た）きつけるようなその口調に私はむっとする。しかし、彼の目は今の私を見ても、変わらぬ期待と信頼を寄せてくれているように思えた。それがとても嬉しくて。

『ありがとうベッカー……。そうだよね、いつまでもこうしていてはいけないや。クリスフェルトではなく、僕は王太子に戻らなければ』

　そうだと認めてくれている人がいるなら、僕もそれを信じよう――幼い私は気持ちを奮い立たせて無理やり笑み浮かべ、ベッドを降りて扉へと走り、振り返る。

『またここに来たら、僕の話を聞いてもらえるか？』

『仕事が暇な時であれば』

『よろしく頼む』

そうして私は……また私なりの努力をしてみようと病室を出た。

以降私は家族を遠ざけ、もうひとりの自分を作り上げていく。心を殺し、弱みを隠して強い人間のふりをした。そしていつかは本当の自分など忘れ、二度とあの時のような思いはしなくて済むことを願っていたのに――。


「いったい、外出した日になにがあったのです？」

それとなくベッカーが尋ねたことで、私の意識が現実に引き戻される。

「……言いたくない」

「なれば、会って話してみればよろしいではありませんか」

「それができれば苦労はしないよ」

まるで今の私は、幼い頃に戻ってしまったかのようだ。エルシアと会って話す、そんなすぐにでもできるようなことに、どうしても向き合えない。

「では仕方ありませんな。今のうちにエルシアを向こうに戻してやらねば」

「それは……！」

私は思わず立ち上がる。するとベッカーは面白がるような目をこちらに向け、正論を放った。

「もし、セーウェルトが確実な証拠を基に、聖女を盗んだとジュデットを糾弾してくれれば、殿下がセーウェルトに侵入していたことも含め、我が国の非となりましょう。それを掴まれる前に、エルシアを帰さねば他国からも非難を受けかねない。我が国がセーウェルトと誼みを結び、人間たちに魔族の存在を認めてもらおうとするならば、それは大きな回り道となる」

「ああ……そうだな。それは、そうだ」

納得しつつも、私の言葉には苦々しい感情が混ざっていた。

このままエルシアがこの国に留まってくれたなら、どんなに嬉しいことだろう。両親や妹、そしてこの城にも心強く思う人がたくさんいるはずだ。彼女を大切にする思いは、日増しに強くなっている。

しかしそれはやがて、争いの火種を生む。

エルシアが誰かと結ばれ、子を為したいと願う時。誰かのために陽炎草を欲した時。必ずいつかそれは、ジュデットとセーウェルト王国の開戦の狼煙となる。それをあの心優しい聖女は決して望まない。

「エルシアを国に戻すのが嫌なのですか？」

「そういう話ではない……」

「ならばいいではありませんか。殿下の御心を騒がせるじゃやじゃや馬など、とっととリボンでもかけて送り返してやれば」

「ベッカー！」

だからこそベッカーは明確な問いを私に突きつけたのだ。国とエルシアの二択を。そしてジュデットの王太子として許される答えがわかりきっているのに、私はその発言に対して怒りを抑えられない。

「そういうことを言わないでくれ……！　彼女は私たちを何度も助けてくれただろう！」

「確かにあやつは陛下の御命をお救いし、ミーミル王女の御病気を和らげた。しかしそれはもう過ぎたことです。彼女をここに留め置くことが、我が国の国益に適うのですかな？　戦で失われる多くの国民の命と比してまで、守ろうとすべきものだとお思いなのか？」

彼の言う通り、あの時私は決めた。王に相応しい人間になるため……この国を守るため、自分の弱さと共に、家族を始めとした親しい人々との関わりを断つと。なのにどうして今の私は、少し前に出会っただけのエルシアを黙って見送れない……！

私は無言で拳を握り、手首に嵌めた緑ガラスの腕輪を、反対の手で触った。

こうしていると、記憶に浮かぶエルシアの笑顔と共に、離れたくないという気持ちがなによりも確かなものなのだと実感させてくる。私は糸が切れたように背中から椅子に崩れた。

「彼女が刺客に襲われた時、本当に身も凍る思いだったんだ。私は安全な場所に隠れていてほしいと言ったのに……。エルシアがもし危険な目に遭ったらと思うと、もし二度と会えなくなったらと思うと昔を思い出して、ただ恐ろしかった……！」

私は目を閉じ、ベッカーに懇願する。

「ベッカー、頼む。あの時のように、私を導いてくれないか。自分でもどうすればいいのか……もうわからないんだ」

叶うならばエルシアをこの国に留め、私がこの手で守り、幸せにしたい。しかしそれは今までの自分と魔族への裏切りで、彼らを長い苦しみの中へ追いやる選択だ。

ふと、小さな笑みの気配がした。こんな情けない態度にベッカーも失望したのだと、私は思った。

でも、そうではなく……。

「もう殿下は、幼い頃のままではありません。誰もが認める立派な王太子になられた。今ならば、ご自身の心と向き合うことができるはず。どうかエルシアとお話しください。今回のことはジュデットを左右する重要な決断となり得る。ですがそれ以前に、彼女にとっても殿下にとっても、この先の未来を決める大きな岐路となることでしょう。よくよく話し合い、後悔のないようになさいませ」

彼はあの時と同じように背中に手を添え、ゆっくりと諭してくれた。その眼差しも昔から変わらず、ずっと疑うことなく信じ続けてくれている。私にとってはそれがなによりの答えに思えた。

「ありがとうベッカー……明日、エルシアと話してみる」

「我輩こそ、こうしてお役に立てたこと、嬉しく存じておりますよ」

迷いながらも決断した私に、ベッカーは一礼をすると部屋を出てゆく。

ひとりきりになると灯り(あか)を消し、静かな闇の中で私は考えた。どちらを選ぼうと大切なものを失うという重たい選択に、私は彼女と顔を合わすことでどのような答えを導き出せるのだろう……。

そうしていると自然と時は刻まれ、気付けばカーテンの隙間から伸びた朝日が、薄く私の顔に触れていた。

第十一話　欠けたものが埋まる時

「それじゃ、また後でね」

「行ってらっしゃいませ、エルシア様」

（さぁて、今日はどうしようかな。いっそ外から帰って来るのを城門で待ち受けようかしら）

この広い王宮で人ひとりを捜そうというのは、なかなか難しいものだ。

あれからどうにかして殿下の姿を見つけようと苦心しているものの、結局会えないまま数日が経つ。

陛下たちに許可を受け、殿下の私室を訪ねても見たけど、あいにく不在の時ばかり。

今日はどこを捜そうかと思い悩みながら、ミーヤとメイアに見送られて部屋を出た私は、そこで驚くべき光景を目にした。

「や、おはようエルシア」

「で、ででで殿下⁉　どうしてここに……」

廊下の壁に寄りかかった殿下が片手を上げる。

気まずい状態も忘れて走り寄る私。

すると彼はぎこちなく微笑み、ゆっくりと腰を折り許しを乞う。

「謝らせてほしくて来た。この間はすまなかったね。君を失うかと思って気が動転してしまったんだ」

「い、いえ……私こそすみません。ええと……」

同じように頭を下げつつも、私はベッカーとの会話を思い出していた。

問題はこの後だ。私は彼に伝えたいことがある。

せっかくこうしてわざわざ謝りに来てくれたのに、顔を合わせて早々こんなことを口に出しては失礼だとか、仲がより気まずくなるかもとか、いろいろな不安が頭をよぎる。でも、この機会に言えなければ、なんとなく永遠に胸の中で持て余したままになりそうな気がして……私は踏ん切りをつけるように姿勢を戻すと、最初のひと言を絞り出した。

「あの、ベッカーから殿下の小さい頃のお話を聞いたんです」

「む……」

そんな前置きに殿下は固い反応を示したが、私はかまわず続ける。

「側にいた人が失われるのは、誰だって怖いですよね……。あの時、殿下が少しでも私の身を案じてくださったのなら、それはとても嬉しい。でも、それは私も同じなんです」

殿下が自分の身を危険に晒してまで助けてくれたように……私だって、あなたを守りたかったのだと、それをちゃんと彼に分かってもらいたくて。でもそんな言葉はなかなか上手く形になってくれない。

「この国に、私を連れてきてくれたのはあなたですよね？　あなたは私にとって暮らす場所を与えてくれて、多くの大切な出会いと経験をさせてくれた人で……。私は、あなたのことを本当に大切に思ってるんです！」

無理に引き出した大袈裟な言葉は自分でも恥ずかしく、喉が干上がるような感覚を覚える。けれど私はかまわず思うがままに言葉を紡ぐ。

「身分がある立場だからとか、決してそういうことじゃなくて。あなたがどこの誰だろうと……どんな人だって、もう私にとってはかけがえのない人だから！　私がそんな人を守りたいと思うのは、そんなに愚かなことなのでしょうか？」

王宮の廊下であることも忘れ、私は殿下に掠れた大きな声を発した。

彼はそれを聞くと難しい顔をして俯く。答えは返らず、気まずい緊張がふたりの間にわだかまる。

責めるようなことを言って、殿下を傷つけてしまったかもしれない。

でも、彼ならわかってくれるとそう思った。

今その腕には私が贈ったブレスレットがある。あんなことがあった後なのに。

だから信じて待とう――そう決めた私に殿下はしばらく固まった後、表情をふと緩めて言った。

「すまなかった……いや、これはもう言ったんだったな。ありがとうエルシア。私はいつしか思い上がっていたんだ。自分が強く、正しくなって人を導けば、誰にもつらい思いをさせずに済むなどと。でも、君たちには君たちの願いがあって、どうしても譲れない想いもあるものな……」

「完璧な人なんて……完璧な答えなんて、ないと思うんです。誰かにとって正しいことが、他の誰かにとって受け入れ難いこともあると思うから。だから私たちは、ちゃんと話し合ってわかり合う努力をしないといけないんじゃないでしょうか。大切な人が関わることなら、なおさら」

「うん……そうだな」

ここへ来て、少しずつ私にもわかってきた。殿下は決して強い人ではないのだ。過去に囚われ、いつだってあの日の臆病な気持ちがどこかから顔を出すのではないかと怯えている。だからこそ必要とした……本来の彼を隠すための仮初の自分を。

もしかすると、次期国王になる立場としては不適格の烙印を押されてしまうようなそんな弱さを、彼は胸の奥に押し込めたまま消えてしまうことを願っていたのかもしれない。

けれど、弱くたっていいんじゃないかと私は思う。

たとえ弱くとも、彼は努力を惜しまない。諦めない。

自分が苦しくても、周りの人のことを想ってなにかができる人だから。

だから皆、彼が弱くたって支えたくなる。この人の後ろを歩むんじゃなくて、一緒に歩いていきたいとそう思える。

「殿下、皆は……私たちは、あなたを支えたいんです！　強い王様になって進む道を示してくれなくてもいいから、私たちと同じ目線であの方向に行ってみないかって……手を差し出してほしいんです。だってここは皆の国じゃないですか！　ジュデットの皆はいい人ばっかりだって殿下は言ってたじゃないですか。だったら……皆をもっと信じてください！」

この先嬉しいことだけじゃなく、いろんな悲しいことだってあるだろう。なのに、ひとりで未来を背負うだなんて寂しいこと、しないでほしい。

そんな気持ちは伝わったのかわからないが……彼は、やがて表情を大きく崩した。

「は、ははっ……すごいな君は。君の方がよっぽど王様に向いているような気がするよ。はははははっ」

殿下は明るい顔で体を折って笑い、私はのぼせたように顔を赤くして縮こまる。

「す、すみません。私夢中で……とても偉そうなことを言って」

「違うんだよ、素直にそう思っただけさ。でも、そうか……向いてなくても、いいのかもしれないな。魔族の皆なら、こんな私が王になっても……きっと」

彼の中でなにかの折り合いがついたのか……殿下は大きく息を吸い込んで吐き出すと、晴れ晴れとした顔で私に手を差し出した。

「エルシア。私は強がっていた自分を捨てるよ。今から家族に会いに行こうと思うけど……その、弱い私が逃げ出さないように勇気をくれないか？」

「……ええ、喜んで！」

眉を下げ、すまなそうに笑う殿下の願いに答えないわけにはいかず、私は深呼吸すると反対側の手を差し出しちょんとのせる。

そして振り向くと、ドアの隙間から覗いていたふたつの視線の主に呼びかけた。

「そんなところで盗み聞きしてたんだから、あなたたちも一緒についてきてくれたっていいわよね？　ミーヤ、メイア」

「ぬ、盗み聞きなんてとんでも……わ、私ははしたない妹に注意をしていただけで」

「自分だけずるいですわミーヤ！　そっちこそ興味津々（しんしん）だったくせに！」

「どうでもいいから！　ミーヤは前、メイアは後ろ！　しっかりガードしてちょうだいよ！」

「ふふっ、ふたりともよろしく」

どたばたと部屋から出てきた侍女ふたりが前後を挟むと、私は殿下を見つめ手を引く。

あんな事件が招いた仲違いだって、互いを理解し前へと進むきっかけへと変わるんだ。だから大丈夫——そんな意志を強く込めて。

それを受け、頷くと殿下は足を踏み出した。数年ぶりとなる、家族が集うあの食卓へと。

「懐かしいな、ここに来るのは……」

その食堂は王宮に設けられた庭園の脇に面していて、よく陽が当たる。

私は人目につかないようガードしてくれたミーヤとメイアに礼を言うと、声に緊張と懐かしさを滲ませた殿下を連れ、入り口の扉を静かに開けた。

晴れた日はいつもそうするように、本日も陛下たちは外のテラス席に座って談笑をしており、その姿を殿下はじっと眺める。

「私は……いいのかな、あの中に混ざっても」

「今頃なにを言ってるんですか？　行きますよ！」

「ま、待ってくれよ……」

埒が明かないと殿下を引っ張っていく中、私たちの姿を一番に気付いたのは陛下だ。しかし驚いたりすることはなく、自然に迎え入れてくれる。

「おお、クリスよ、お前がこの場を訪れるとは珍しい。じゃがよいことじゃ。早く座るがいい」

「待っていましたよ、クリス。エルシア、よく連れてきてくれましたね」

次いで王妃が軽く目を見開き、穏やかに微笑む。けれどその頬は緩み、嬉しさを隠しきれずにいるのがわかる。そして……。

「どうして……」

この場で唯一、刺々しい反応をしたのがミーミル様だった。

彼女は唇をぎゅっとすぼめ、殿下を睨みつけている。

「今さらどうして、お兄様がここへ来たの？」

私は一歩下がる。その冷たい声は殿下を傷つけるだろう。

でもここは私なんかが口を出していい場面ではないと悟った。

「ミーミル、落ち着いて座りなさい。クリスにもこの子の考えがあったのよ」

そんな風に王妃が宥めても、ミーミル様は従わない。

「嫌よ！　だってお兄様は勝手じゃない！　私、何度もお兄様と一緒にご飯が食べたいって言ったのに！　いっつも忙しいふりして！　お部屋に行っても、怖い顔して帰れって言って！　なのに、どうして今さらここに来るの⁉」

「すまない……ミーミル、話を」

「聞かない、聞きたくない！　もうお兄様なんかいいいんだもん！　エルシアがいてくれるからいらないんだもん！　あっちへ行って！」

声はどんどんうわずり、ミーミル様の瞳に涙が溜まる。

しばらく殿下はつらそうにそれを見ていた。しかし……。

「ミーミルッ！」

彼はミーミル様の前に進み出ると、大きな声で叱った。

我を忘れた彼女も思わず体を竦めるほどの音量で。

「な、なによ。そんな風に怒ったって、怖くないもん！　勝手なお兄様なんて、嫌いだもん！　出ていってよっ！」

「ちゃんと話を聞いてくれ、お願いだから！」

反発するミーミル様は、目線を合わせその肩を掴む殿下に懇願されても、いやいやと首を振る。そんなふたりに私は近づいていった。

「ミーミル様、殿下はあなたと大切なお話がしたくて来たんです。私からもお願いします、どうか……席に着いてください」

「エルシアまで、お兄様の味方をするの？」

眉を不安そうに寄せて私を見るミーミル様に、私は一生懸命この話の大事さを説いた。

「そうではありません。でも、私にとってはミーミル様も、殿下も大切な方だから仲良くしてほしくて。彼は今までのことを悔やみ、心を開くためにここに姿を現しました。その気持ちに免じて、少しだけでも言葉に耳を傾けてあげてくれませんか？」

「……お願いだ、ミーミル」

ミーミル様の王妃譲りの紫の瞳が、私と殿下を交互に見る。そして彼女はなにも言わず、王妃の隣の席へと戻った。話していいという意思表示だろう。

それを受けた私たちは各々の席に腰を下ろし、まずは殿下の口から、彼らに謝罪の言葉が述べられた。

「父上、母上、そしてミーミルも。あなたたちの気持ちも考えないで、今までろくに顔を合わさず避けてしまっていたことを謝らせてほしいのです。本当に申し訳ありませんでした」

「うむ」

「ええ……」

「ふんっ」

陛下と王妃は重々しく頷き、ミーミル様は顔を背ける。

「すべては、弱さを押し隠そうとする、私の未熟さが招いたことです。私が側にいることでまた、あなたたちや、親しい誰かが危険な目に遭うことを恐れた。そして父上、安易に答えを求め、あなたに失望されるのも……」

そんな風に告白する殿下に、唯一、公務などで接する機会の多かったはずの陛下が理解を示した。

「儂はわかっておったよ。じゃがすまぬな。お前が自身の弱い部分に気付き、どうにかせねばならぬと焦り、もがいていたことはな。儂は自分なりの王としての姿を見せることでしか、それに対する答えを示してやれなんだ」

「私だって気付いていましたとも。ええ、我が子のことです……気付かないはずはありません。あんなにかわいがっていたミーミルを、あの日を境に極端に遠ざけて……」

そのことについては、朝食の席でミーミル様からよく聞いていた。

子供なりに、穏便なやり方などがわからず必死だったのだろう。

纏わりついてきたミーミル様を突き飛ばし、面と向かって彼女を嫌いだと言ったこともあるらしく、それを話す度にミーミル様は殿下をひどい兄だと言い、怒りを見せた。まるで過去の自分を打ち消そうとするかのように。

「そんなこと、今さら聞きたくない！　だって、理由があったらなにをしてもいいの？　私、とっても苦しかったもの！　お兄様が嫌いって言うから、どうしてなのかいっぱい悩んでいっぱい泣いて……諦めるまでとっても長い時間がかかったのに！　どうして今になって……そんなの、勝手すぎるじゃない！」

「すまない……！」

「聞きたくないっ！　そんなに簡単には、許せないよ……！」

「ミーミル様っ！」

椅子から飛び降り走り去ろうとしたミーミル様を、私は抱きしめるようにして引き留めた。

「いや、離して！　私はお兄様のことを許したくない！」

彼女の手が私の体を何度も打つ。でも我慢していると、それは少しずつ弱々しくなってくる。

「やだよう、エルシア……」

ミーミル様が私の胸にぎゅっと顔を埋め、小さくしゃくり上げた。

人の感情というものは本当にままならない。

ミーミル様はきっと心の奥底では殿下の影を追っていた。なのにいざ本人を目の前にすると、これまでの苦しみがこうして、手を伸ばすことを拒ませてしまう。

力になってあげたいと思うけど……私だって家族とちゃんとした関係が築けているとは言い難い。でなければ、こんな風にして旅に出ることもなかっただろうし。

時が経てば、この問題は自然に解決してゆくのかもしれない。だから今ここでどうにかしようというのは私の我儘の気もするし、逆効果になるかもしれないけど。

私はいずれ話そうと思っていた事実を、告げた。

「ミーミル様、私……もうすぐ自分の国に帰るんです」

「え……？」

彼女の涙塗れの瞳を見つめながら、私は眉尻を下げた。後ろで軽く息を呑んだ気配がする。

「どうしてなの……？　ご飯が美味しくなかったから？　誰かに虐められたの？　ねえ、どうして？」

彼女はぐいぐいとこちらの体を揺すり、私は首を振る。

「違うんですよ。ご飯は美味しかったたし、ジュデットの皆も私にとても温かく接してくださって……私はこの国が大好きになりました。本当だったらずっとここにいたい。そう思えるくらいに」

「だったら！　ねえお父様、お母様……エルシアをここに置いてあげてよ！　私の本当のお姉ちゃんにして！　私、勉強もお稽古もいっぱいして、立派な王女になるから！　お願い……エルシアをセーウェルトなんかに帰さないで！」

「むう、それは……」

「ミーミル……」

ミーミル様は陛下たちに縋りつき、ふたりは困った顔をする。

突然混乱させるようなことを言ってしまい、私は詫びた。

「申し訳ありません。たくさんお世話になったのに、勝手にひとりで決めてしまって」

「……いや、どの道いつかは、儂らの方から言い出さなくてはならなかったであろう。セーウェルトはそなたが望もうと、決してその身柄を手放そうとはせぬはずじゃからな。お主が聖女でなければ、もっとしてやれることもあったじゃろうが……」

「あなたは私の家族を幾度も救ってくれました。もしあなたが望むなら…………。いえ、やめておきましょう。でも、残念です……本当に」

「なんで引き留めないの！　ねえ、エルシアがいなくなったらやだぁ！　私は、エルシアとずっと一緒に！」

「いい加減になさい、ミーミル」

王妃がミーミル様を優しく、しかし厳しく諭した。

「エルシアはあなたにとって大切なお友達でしょう？　そんな人が生まれた場所に帰ろうという時に、自分勝手に泣き喚いて、心配をかけるのが誇り高きジュデット王家の娘のすることですか？　エルシアはあなたにとてもよくしてくれたはずよ？　その彼女の気持ちを考えてあげられないのですか？」

「でも……でも……」

「ミーミル様、今までありがとうございました。私、向こうに妹がいるんです。ミーミル様ほど年が離れてはいませんし、生意気な妹で仲も悪いですけど。でも、あなたを見ていると、時々そんなことも思い出して……ミーミル様と過ごしているととても楽しかった」

「やだぁ……」

胸にぶつかるように飛び込んできた彼女の黒髪を撫でながら、私は温かい思いに満たされていた。私なんかをこんなに必要としてくれる彼女の側にいてあげられないのは、やっぱりつらい。けれど、こうして別れなければならないとしても、この出会いが意味のないものだったなんて、そんなはず、きっとないんだ。

「ミーミル様、人はこうやって、出会ったり離れたりを繰り返すんです。皆、それぞれの生き方があるから。でも、お互いがちゃんと相手のことを想えば、遠く離れてもいつかまた触れ合うことはできます。私、向こうに戻ってもあなたのこと、ずっと覚えています。そしてまたいつか、ここに会いに来ます。セーウェルト王国とジュデットがちゃんと互いを認め合える日は絶対に来るはずだから」

「エルシアっ！」

ミーミル様は私にしがみついたまま離れない。そして後ろから、私にか細い声がかけられる。

「……いつ決めたんだい、エルシア」

「自分でもわかりません。元々は、いつ向こうに帰るかなんて考えもしていなかったから。でも、長くここにいて居心地がいいほど、区切りをつけていないことが重荷になるのを感じてしまって」

「だとしても、急すぎやしないか！　せっかくこうして私は、これからもっと君とも家族とも仲良く、できるとっ……」

「ありがとうございます、殿下」

顔を見なくても殿下が、悲しんでくれていることはわかった。

旅に出る前は、こんな鮮やかで、心に残る出会いがあるなんて欠片も考えていなかった。

私はミーミル様のおでこに、そっと自分のものを合わせる。

「ミーミル様、あなたのお兄様はとても素敵な方ですよ。きっとあなたのことも大切にしてくれる。だから、これからまた、少しずつ仲良くしていけませんか？」

「エルシアがいてくれないと……」

「私がいなくてもそうしてください。そしていつか……ふたりでセーウェルト王国に来てほしい。そうしたら私、精一杯こちらを案内しますから。セーウェルトだって住みやすくていい国なんですよ」

私は立ち上がり殿下を手招きすると、その手を取り、泣きじゃくっていたミーミル様の手と重ね合わせた。最初ミーミル様は嫌がっていたが、しばらくそのままでいると、諦めたように力を抜く。

「これで、仲直り。長い時間が離れていても、きっと話をすればその内時間は埋まっていきます。さあ、美味しいご飯をいただきましょう。久しぶりにこうして皆で揃うことができたんですから」

私は殿下に頷きかけると、ミーミル様の背中を押し、椅子に落ち着かせた。

これで、欠けていた席は埋まった。

まだしばらくはぎこちない日が続くだろうけど、きっとすぐ、彼らは元通りの関係に戻れる。すべての心残りが消えたわけではないけれど、これで、ひとつ大きな役目を果たすことができたと思う。

私は満足した気持ちで、食卓に座る彼らの顔を眺めていた。

◇

一方……ここはセーウェルト王国。領地内を西に向かって突き進む馬車の中。

もう少しで国境が見えてこようという地点の景色を、同国の王太子ギーツは眺めていた。

隣には、ひとりの女性の姿がある。

「リリカ、大丈夫か？」

「ええ……」

言葉少なに返すリリカはやつれており、表情は暗い。

顔を隠すように長いケープを頭から被り、視線を手の上に俯けている。

「……許さない許さない、許さない、許さないから」

（いったいなにを……）

時々発作のようになにかを呟くのが恐ろしく、ギーツは聞かなかったことにしてまた車外へ意識を逸らす。その鼻を、微(かす)かに焦げるような匂いがくすぐる。本日も魔族と人間との小競り合いは続いているらしい。

そう、この馬車は魔族の国ジュデットに赴く。

ギーツは父、セーウェルト国王の命により、彼の国に対し抗議するために派遣されたのだ。先代の大聖女にして元婚約者、エルシア・アズリットが国法を破りジュデットにその身を置いているとの知らせを受けて……。


つい数日前、ギーツの配下のひとりが城に帰還した。

傷こそ負っていないものの、ひどく消耗した兵士の報告を受け、ギーツはリリカを連れて国王に謁見を申し込んだ。

『陛下、ジュデットに潜入させていた私の配下が帰還いたしました。その御報告を』

『申せ』

目の前の玉座に、セーウェルト王国の国王ライソン・セーウェルトがどっかりと座る。その体は樽(たる)のように肥え太っており見苦しい。

ギーツの金髪と青い瞳は国王から受け継いだものだが、彼にはこの男の血を引いているという実感はあまりない。

だがもしかすると、将来この男のようになることも――そんな想像に彼はぞっとした。

『残念ではありますが、御下命は完遂できず、報告に戻った者以外は捕縛されたようです』

大っぴらには言うことはできないが、配下たちに下されていた命令は、敵国ジュデットの国王及び世継ぎの暗殺。それが成れば彼の国は大きく混乱し、セーウェルト王国がその領土を奪い取るための大きな助けとなったことだろう。

一時期向こうの国王が病にかかっているという噂が流れ、ギーツたちは半分以上謀殺の成功を期待していた。だが、なぜかその後容態は回復し、ジュデット国王は最近他国との会談で元気な姿を見せているという。

そして、今回の王太子の暗殺も失敗した。

それを知ったセーウェルト王の機嫌が優れるはずもない。

『ふん、役立たずが。そやつは始末したのであろうな？』

『い、いえ。今しばらくお待ちください。ジュデットへの次回の潜入経路を纏めさせていますので』

ギーツは吐き捨てた王の冷酷な瞳に心が寒くなった。氷のような冷たさで彼を射抜く国王の目には肉親の情など皆無だ。国王の子は他に何人もおり、王太子ですら替えの効く駒にすぎない。

『それだけか？』

鼻を鳴らした国王の視線から逃れようと、次いでギーツはもうひとつ判明した事実を明かした。

『い、いえ！　調べさせていたエルシア・アズリットの行方が確定しました。ジュデットの王都にて、王太子と共に行動していたとのことです』

『ほう……』

これは彼らにとって重要な知らせだ。

リリカが大聖女に就任してより、王都の状態は日増しに悪化している。治療を求む人は後を絶たず、順番待ちの列は街中に収まりきらず外まで溢れ出て、勝手に周辺で野営をし始める始末。

深刻な治安と衛生状況の劣化に国民たちからも苦情が出ている。そのため、エルシアを連れ戻そうと、彼女が王都を発って割と早い時期にセーウェルト王は調査の手を放たせていた。

だが彼女の、実家宛ての手紙の発送元となっていた街を訪ねても、そこに彼女はいなかった。あげく手紙を送らせた者の足取りをたどれば、ジュデット方面に消えていったというのだ。そのことはジュデット国内に潜入させていた刺客たちにも共有させ、今回の事が起きた。

『あの国に聖女がいたとなれば、聖女自身の重大な法律違反もだが、滞在を許しているジュデット側の手引きがあったとしてやつらに抗議する大義名分になる。……が、万が一にでもその血筋がジュデット側にて継がれることあらば、聖女を独占している我が国の優位性が大きく失われるのはわかっておろう。此度(こたび)の失策の責任は……重いぞ！』

『ひっ……！』

セーウェルト王はおもむろに立ち上がると手にしていた錫杖(しゃくじょう)を振りかぶり、ギーツの目前に叩きつけた。通り過ぎた金属塊に前髪が風で揺らぎ、舞い上がる絨毯の埃を吸って彼は大きくむせる。

『ギーツよ、どうする。大聖女の資質を見誤ったことに加え今回のことを考えれば、王太子の資格はそちにないものとも考えられるが？』

『お、お待ちください！』

継承権を剥奪しようとするセーウェルト王をギーツは必死に引き留める。

『わ、私自らジュデットに赴いてやつらを糾弾し、必ずや聖女の身柄を取り戻して参ります！　ですから今一度……機会をお与えください！』

『策は？』

『今代の大聖女は元大聖女の妹なのです！　彼女から聖女たる資格を剥奪すると言えば、エルシアは同情しこの国に舞い戻るでしょう！　元婚約者の事でありますから、確信しております！』

そう言い募り、必死に頭を下げるギーツにセーウェルト王は冷徹に告げた。

『手温いな。エルシアとやらに伝えよ。貴様が戻らぬ場合、アズリット伯爵家を廃し、貴様の一族郎党公開処刑の上、斬首に処すとな』

『そ、それは厳しすぎるのでは……』

『なにか言ったのか？』

ガン、ともう一度錫杖が床を殴りつけ、ギーツが口を噤む。これ以上言い立てれば我が身も危ういと感じ、彼はそのまま深く頭を垂れようとした。

『いえ……御意に』

『お待ちください……！』

ギーツは驚愕する。

そこで、なんとリリカが立ち上がり自分の前に進み出てきたのだ。

『馬鹿者！　王の御前であるぞ……跪け！』

無礼打ちにされかねないと、ギーツは彼女をひれ伏させるべく必死に肩を掴む。しかしそれでもリリカは言い放った。

『陛下に進言させていただきたいことが御座います……！』

『フン。無能者の大聖女が、この期に及んでなにを囀る？　まあよい、聞かせてみよ。つまらん話であれば貴様の命をもらうぞ』

『ならば、国に関わる重要な話ですので……最低限の方を残してお人払いを』

そうして一時、護衛兵だけを残し、他の臣下と共にギーツまでもが謁見の間から出された。

数十分後……。

『――ではギーツ、こやつと共に愚かな元大聖女エルシアを取り戻して参れ。次はよい報告を期待しておる』

それだけを言い、やや機嫌を直したセーウェルト王はギーツに一瞥もくれず謁見の間から立ち去った。それを訝しみながらもギーツはリリカと共にすぐさま城で支度を済ませ、馬車により出立したのである……。

（とにかくエルシアを、なんとしてでも連れ戻さなければ……）

数日前の謁見を振り返ったギーツは、後がない思いで拳を握る。命令を果たせなければ、彼は王位継承権を奪われ、よくても隠居、悪くすればエルシアの一族と共になんらかの刑に処される可能性すらある。リリカも命はないだろう。

（はあ、くそっ。権力者というのは、業が深いな。しかし……）

車内でいまだ収まらない動悸を抑えながら、彼はリリカに尋ねた。

「リリカ、あの時、いったい父上になにを話した？」

「申し訳ありませんが、陛下からこの件については口外無用とされておりますの。大丈夫ですわ、ギーツ様は、ご自分の役割を果たすことだけに集中してくださいまし」

「そ、そうか……」

だが、見慣れたはずのリリカの笑みは今、どこか感情のない人形のようで、ギーツは心臓を冷たい手で鷲掴みにされた気分になった。

それ以上言葉を交わすのは憚られ、彼は眠ったふりをする。

「姉様、見てなさい。今度こそあんたのすべてを奪ってやる……」

隣からは、ぶつぶつとリリカの恨み言が聞こえてくる。そこに籠められるのは家族の生存に対する安堵などではなく、本気の嫉妬と恨みの感情だ。婚約者など眼中にないその様子には、出会った頃の面影すらない。

（私は、間違いを犯してしまったのか……？）

あれほど優しかったリリカの豹変ぶりに、ギーツは浅はかさを思い知り……胸には後悔の気持ちが山ほど湧くが、もはや後戻りなど許されない。

せめて交渉をつつがなく終え、無事祖国へ帰らんことを……。

しくしくと痛む胃を抑え、ギーツは普段、存在すら信じていない神にひたすら祈るのだった。

第十二話　元大聖女の帰還

ジュデットの象徴である王宮の城壁上部からは、魔族の民が元気よく生活する姿を眺めることができる。

そんな眼下の街並みを、今日の私は風に髪をなぶられながらも真剣に目に焼きつけようとしていた。

「エルシア、来てやったぞ！　我輩も殿下も忙しいのだから、こうして時間を作ってやったのを感謝してほしいものだ、まったく」

「そう言うなよ、ベッカー。他ならぬエルシアの頼みなんだから」

「わかっておりますよ」

城壁脇にある階段から近づいた数人の足音と声に、私は振り向く。

後ろから姿を現したのはベッカーとクリスフェルト殿下、それと……。

「エルシアー！」

握られていた殿下の手を振り解（ほど）き、一目散に私に飛びついたのはミーミル様だ。

「ミーミル様。よかった、ちゃんと殿下と一緒に来てくれたんですね」

「ふん。エルシアの頼みだから着いてきてあげたんだもん」

舌をべーっと出し睨む小さな妹に、殿下は困った様子で頭をかいた。まだ少しぎこちないが、こうして会話ができるなら、ふたりの関係はもう大丈夫だろう。

「それで、わざわざ改まって話とは、いったいなんだ？」

せっかちなベッカーが話を切り出すと、抱き合っていたミーミル様から離れ、私はベッカーにあるものを手渡した。

「これを、あなたに渡しておこうと思って」

「これは……薬のレシピか？」

私が手渡したのは一冊の冊子だ。

そこには、この国にはまだ伝わっていないセーウェルトで生み出された薬の配合や、知る限りの陽炎草の使い道について書いてある。つい先日、ここの薬草園で育てた陽炎草たちも収穫の時期を迎え、ある程度の備蓄もできた。彼ならばこれを見て、それらを有効に役立ててくれることだろう。

「これを使って、少しでも苦しんでいる人の力になってあげて」

「ああ、約束する」

ベッカーはそれをひとしきり眺めると、私と固く握手してくれた。彼の瞳をまっすぐに見つめながら、私も誓う。

「ベッカー、私ね。向こうに戻ったらきっと伝えるから……あなたたちがどれだけ私のこと大切にしてくれたのかを。これからは、セーウェルトの人たちに魔族は敵じゃないんだってわかってもらうために精一杯頑張るよ。いつか、ふたつの国が仲良くなって、苦しむ人々のところに陽炎草がちゃんと行き渡るように」

「長い道のりになるだろうな。多くの人に憎しみを向けられるかもしれないぞ」

「わかってる。でも決めたんだ……！　私も、大好きな皆がいるこの国にまた来たいから！」

ベッカーは頷くと握っていた手を離し、その紅くくっきりとした瞳でこちらを見た。私は引き結ばれたその唇が動くのを待つ。だが――それよりも早く彼の両腕が私の体を包んだ。

「べ、ベッカー!?」

「ありがとう。これは大切に使わせてもらう。お前のお陰で、先に逝った仲間たちにも自慢できる。我輩にはジュデットの未来を明るくしてくれた、こんなにも素晴らしい友人ができたのだとな……」

その抱擁から伝わる温かい気持ちについ瞳が潤むが、それをごまかすように私は元気に言う。

「……こちらこそね、世話焼きの宮廷薬師長様！　頼りになるお義父様でいてくれて、ありがとう」

この人がいてくれたから、私はここでも、自分がなにをしたいのかということを見失わずにいられたのだ……。私も彼の背中に腕を回し、しばらくの間そうしていた。

その抱擁に区切りをつけたのは、小さな咳払いの音。

「こほん、それくらいでいいんじゃないか？」

仏頂面になった殿下がちらちらとこちらを見ており、私たちはゆっくりと体を離す。

「ですね。今生の別れでもあるまいし」

「ちっ、親子の関わりに水を差すものではありませんぞ、殿下」

「そんなのは義理の話だろう！　さあ、離れた離れた」

間に殿下が入ったことで強引に距離を取らされ、私たちは苦笑いする。そこでミーミル様が殿下に意地悪を言った。

「お兄様かっこわる～い。嫉妬する男は嫌われるのよ？」

「やめないかミーミル。そういうませた知識はどこから仕入れてくるんだ……」

愛する妹に糾弾され、げんなりした殿下の姿が私の忍び笑いを誘う。

本当に私は、王女が小耳に挟んだ侍女たちの話を笑い話にできるような、このジュデットの開放的な宮廷が大好きだった。そうした飾らない雰囲気があったからこそ、私はこの国で息苦しさを感じることなく羽を伸ばせたんだ。

「はっはっ、やはり殿下はエルシアのこととなるとずいぶん素直でいらっしゃいますなぁ！」

「怒るぞベッカー！　私はもう、わざわざ誰かとの間に壁を作って接したりはしないと決めたんだ！　妙な言い草はやめてくれよ！」

ベッカーからの冷やかしで口喧嘩に発展するふたりを見て、たまらず私と王女は小さく吹き出す。

「あーぁ。お兄様もベッカーも、あなたが来てから皆おかしくなっちゃった」

「そうかなぁ？　……でも、あれでいいんじゃないでしょうか」

言い争いながらも、彼らの肩からはどこか力が抜けていた。それは周りにいる私たちもで、抱えていた感情のしこりがなくなって、自然とお互いを信じありのままの気持ちを口に出せている。ならそれできっといいのだ。

(ねえねえ)

(はい？)

袖を引かれた私がしゃがみ込むと、こしょこしょとミーミル様が囁いてきた。

(エルシアは……お兄様のことが好きなんでしょ？)

(えっ……ど、どうして！)

(見てたらわかるもの)

ミーミル様の嬉しそうな笑顔に、私の心臓がきゅっと縮む。

そのまま彼女は抱き着くようにして、自分の顔をこちらに寄せた。

（私、エルシアにお姉ちゃんになってもらうこと、諦めてないんだから）

軽いキスが……ミーミル様より私のほっぺたに送られ、口を開く暇もなく彼女はベッカーのもとへ駆けてゆくと、彼の手を引っ張る。

「ベッカー、あなたにはお仕事があるんでしょ。ここでじゃれてる場合じゃないじゃない！　お兄様と子供みたいな喧嘩してないで、ほら行った行った！」

「ミーミル様、お元気になられたのはよいですが、その言葉遣いは改めねばなりませんぞ……。さてエルシア、我らはもう行く。だが……そうだな。いつかまた」

ベッカーは最後に、いつもの厳めしさを取り払った清々しい表情で口元を綻ばせた。ミーミル様も満面の笑顔で元気に手を振ってくれる。

「またね、エルシア！」

「はい……またここに帰ってきます！　いつの日か……」

そんな私の答えに満足し、連れだって去ってゆくふたり。そして、この場には殿下と私だけが残された。

「……隣に行ってかまわないかな？」

「ええ、どうぞ」

ミーミル様があんなことを言うから、ちょっぴり意識してしまった私。

なんとはなしに真下に広がる王都の街並みを眺めていると、殿下も同じようにそうした。

夏が終わりかけ、吹く風はすでに涼しく、まるで旅立つ前に戻ってしまったかのようだ。思えば、半年近くもこの場所に留まっていたことに、驚きを抱く。

「あっという間だったね」

「ええ……本当に」

ルーティーンと化していた大聖女としての激務の毎日から、こちらに来て一転自由な生活を送らせてもらった。目まぐるしく、新鮮で、なにもかもが記憶に深く刻み込まれる特別な日々はあっという間に終わってしまって……。

「帰ってしまうんだな」

「はい……」

名残惜しいけれど、明日私はこの場所を発つ。馬車で国境の付近に送ってもらった後、セーウェルト側には知られていない秘密の侵入路をたどり、近くの街まで送ってもらう。それで、長かった私のジュデット旅行は終わりを告げるのだ。

殿下が、耳にかかる黒髪をかき上げて微笑む。

「不思議だよ。話せば話すほど帰った後、つらくなるのがわかっているのに、私は君の側から離れられない。魔性の女だな、君は」

「ぷっ、殿下でも冗談をおっしゃるんですね」

《魔性の女》だなんて、私にこれほど似合わない言葉もないだろう。

場の雰囲気も相まって、それがツボに入った私はけらけらと笑う。

殿下はそれを見て不満そうにこちらを睨んだ。

「君は、時々わざとかっていうくらい鈍感だよな。でもそれなら私ももう遠慮しない」

「えっ⁉」

次の瞬間私の体は強く引き寄せられた。

お互いが触れ合う位置まで近づいた私は、殿下の顔を驚愕の表情で見上げる。

深い、緑の双眸が私の視線をぐっと引き寄せて――なんて、綺麗な……。

「やっぱり、直接言わないとダメだな。私は君が好きだ」

「――――ッ！」

緊急信号……その言葉はいかに鈍ちんな私の神経にも鋭く刺さり、視線と顔を目一杯横に逸らさせた。首がひどい音を立てた気がするが、気にしている場合ではない。

ああ、くらくらする。直前に言われた言葉なのに、頭が受け入れを拒絶している。誰が、誰を、なんて……？

「伝わるまで何度も言うよ。君が好きだ。叶うならすべてを捨てて、君についていきたいくらいに」

「じょ、冗談はやめてください！」

彼を押しやろうとするが、殿下の鍛えられた体はびくともせず、動揺のせいか私の腕にも全然力が入らない。

繋がれた手から彼の熱い体温と脈が伝わり、目を閉じてもそれはうるさく私を刺激する。いや、うるさいのは私の心臓の方なのか。もうなにがなんだか、わからない。

「落ち着いて」

「こんな体勢じゃ落ち着けません！　と、とにかく離してください！」

「嫌だ」

「勘違いでしょう！　どうして私なんかを、わざわざ選ぼうとするんです！」

「そうだよ。私が君を選んだんだ」

殿下の精緻な顔が再び私に近付き、囁く。

「他の誰に言われるでもなく、私自身が君を好きになった。誰かのために無茶をする、そんな温かい心も……一見冷たそうな綺麗な顔をしてるくせに、いざ話すと、とても無邪気でかわいいところも。私からすれば君に惹かれたのは不思議でもなんでもないよ」

私は瞑っていた目を半分だけ開けた。

その褐色の肌の色はいつもと変わらない。でも目元だけが薄っすら熱を帯びていて、どうにも蠱惑的だ。殿下はそんな情熱的な瞳を外さぬまま薄く笑う。

「ベッカーとの会話で感じたんだ。君はここに来て、私に大きな影響を与えてくれたって。ならばきっと今のこの状態は君のせいだ。そのことに少しでも責任を感じるなら、こんな私を素直に受け入れてくれてもいいんじゃない？」

「ちょ、ちょっと待ってください！」

収まらない動悸のまま、懸命に体の間に挟んだ腕を突っ張る私。

けれどびくともしない。そして気付けば背中には城壁の感触がある。上手く体の位置をずらされ、追い詰められている。

「待たない。だって私たちがこうして一緒に過ごせる時間はもうほとんどないんだから」

「お、お願いですから、そういうのは私が向こうから戻ってきた後にしてください！　後でなら……」

「後でならいいんだね？」

「う――……」

私は目線を足元に落としつつ、胸を押さえた。殿下には立場がある。そして……私がいつここに戻ってこられるかなんて、わからない。そんな中、お互いを想い合うのはとても寂しくつらいことだろう。

しかしおずおずと顔を上げてみると、殿下は力強く頷いて微笑んでくれた。

私の考えなどお見通しして、なんの心配もないと言ってくれているかのように。

「はい……私も殿下のことが、好きです」

そして私は、生まれて初めての告白をした。

殿下の体が私をぎゅっと抱きしめ、包み込む。

「ありがとう……。離れ離れになるのはつらいけれど、ずっと君のことを想ってる。そうだ、あのブレスレットは今持ってる？」

「は、はい」

私は懐に隠したポーチから、お守り代わりに入れていた金のブレスレットを取り出した。殿下はそこについていた小さな宝玉を取り外すと、私に返す。

「これで魔族の姿にはならないから、身に着けていてくれると嬉しい。私には君にもらったこれがあるからね」

殿下は自分の右腕に嵌まった緑ガラスの腕輪を掲げた。

それを見た私は照れて言う。

「ごめんなさい。こんなことなら、街に行った時一緒にアクセサリーも見て回ればよかった……」

「ううん。いいんだこれで……君がくれたものだから」

そこでようやく殿下は私を開放してくれた。

私はその場にへたりそうな体を城壁に寄せて彼と肩を並べ、街から流れてくる魔族たちの声に耳を澄ます。

喧噪に混じって、どこからか弦を弾く高い音がする。

その音色は心地よくこの街に溶け込み、きっと何十年先も変わらず奏で続けられるのだろう。

それをこの場所でまた聞ける日が、なるべく早く来ますようにと、目を閉じ私は祈る。そうしていると、ふと柔らかい感触が額をくすぐった。

（なにか当たった……？）

それを訝しがり、額を指でなぞる私。殿下は口元を押さえておかしそうに笑っている。

「さあ、それじゃ最後にふたりで城をゆっくり回ろう」

「……はい」

少しだけ疑問に思いつつ、私は彼の突き出した腕に掴まるのが恋人だと主張するようで急に恥ずかしくなった。

でも、これで最後になるんだから勇気を出そうと、手をかけたタイミングで――。

カンカンと、甲高い足音が下から響いた。

それは石床を叩いてどんどん近付いてくる。

誰だろう……もしかしてベッカーたちが戻ってきたのかとも思ったけれど、すぐにそれは物々しい軍靴の奏でる音だとわかった。

「クリスフェルト殿下、ご報告が……！」

息を切らしながら階段を駆け上がってきたのはひとりの兵士だ。声は非常に切羽詰まっており、殿下と私は思わず彼に駆け寄る。

「いったいなにがあった、教えてくれ」

息を整えた後兵士は顔を上げ、緊張の面持ちで告げた。

「……ハッ！　今しがた西部国境を治めるローバー伯からの早馬が到着し……セーウェルト王国より交渉の使者が参ったと連絡がありました！　今現在兵をつけて監視させ、こちらへ護送している途中のようです」

それだけで、背筋に嫌なものがピリリと走る。

「ずいぶんといきなりだな。交渉の内容は明らかか？」

「いえ……ただ、後三日もすればここ王都までたどりつく予定だということです。急な訪問でしたが、武装などは特に用意しておらず身体検査も素直に応じたため、なによりセーウェルトの王太子が直々にということでしたので速やかにお通ししたと」

「ギ、ギーツ様が⁉」

その意外な内容に私はつい口を挟んでしまう。

あのプライドの高いセーウェルト王太子が部下を寄越すわけではなく、自ら訪ねて来るなんて……明らかに不自然だ。

（重大ななにかが向こうの国で起きたのか……もしくは、私のことを知られた？）

殿下が険しい顔で話を聞く間、隣で硬直する私の胸にすっとなにか、気持ちの悪い感覚が入り込んでくる。

それは――不穏だ。

胸中で渦巻く小さな不安が急に形を持ったかのような、あまりにもくっきりとした予感に私は思わず自分の胸元をぎゅっと掴んだ……。そんなことで、この焦りにも怯えにも似た感情が、決して収まることはないとわかっていて――。


翌日に控えていた私の帰還は、急遽取り止めになり……。

知らせの後私たちは陛下のもとを訪れ、セーウェルト王太子ギーツ様訪問の対策を練った。

そして兵士の報告には続きがあり、一文だけの言伝を彼は復唱していた。『エルシア嬢の身柄はそのまま留め置き、交渉の席に出席させよ』と……。

つまり、私がこちらにいることが、完全にバレてしまったらしい。

王太子訪問の目的はいくつか予測がついた。

私がここにいることによるジュデットへの糾弾、聖女としての私の身柄の返還と賠償の要求……他にも、私たちが及びもつかないことを考えている可能性もある。

ただ、公式に声明を発表した上での訪問でないことを考えると、向こうもなにかしらの事態で急ぐ必要があってのことだと思われた。それに、どうやってこちらに私が来たかを彼らは関知していないはずだ。その辺り、必ずしもジュデット側が不利なばかりではないとの結論に至る……。

そして、交渉当日。

ジュデット王城の最高級の応接室に私たちは顔を揃えていた。立派な衣装を纏った陛下と殿下の顔には、まるで戦地に赴くかのような張り詰めた表情が表れている。

私もミーヤたちに頼み、用意してもらったジュデット国の正装を身に纏う。

「おふたりとも、申し訳ありません……私のせいで」

何度目かもわからない私の謝罪に、陛下と殿下は表情を和らげる。

「なにを言う。そなたは我が国に幸福をもたらしこそすれ、迷惑をかけたことなど一度もない。今日は我々に任せ、なんの心配もせず胸を張っておればよい」

「そうだよエルシア。こんな形で君を帰すことになるのは不本意だが、彼らには必ず君に危害を加えないことを約束させる。我が国の名誉にかけて」

「ありがとうございます……」

おふたりの心遣いには頭が下がるばかりで、とても心強い。

ギーツ様と会うのは久しぶりだけど、これで気後れせず話し合いに臨むことができそうだ。

時計の針が進み、定刻に近付く中、ひとりの近衛兵が扉を開け敬礼する。

「失礼いたします。陛下、予定通りセーウェルト王国からの御一行が到着されたようです。間もなくこちらに移られるかと」

「うむ、わかった」

場合によってはこの会談でジュデットとセーウェルトとの関係が大きく動くかもしれない。そんな緊張感の中、少しずつ大勢の足音と話し声が近づいてきた。そして……扉が開かれ聞き覚えのある声が響く。

「失礼する！　あなたがたがジュデットの国王と王太子か、お初にお目にかかる！　私が聖女を有する大陸一の富裕国、セーウェルト王国の王太子であるギーツ・セーウェルトだ！」

　自信満々の態度で乗り込んできた王太子ギーツ様。そして護衛の兵士が数人、ザッと足音を立てて彼の後ろに並んだ。

「うむ、遠路はるばるよく来なされた。儂がこの魔族の国ジュデットの王、ベルケンド・アルヴェ・ナムス・ジュデットである」

「私はその第一子、王太子クリスフェルト・アルヴェ・ナムス・ジュデットだ。どうぞお見知り置きいただきたい。エルシア嬢については説明はいりますまいが……しかし、そちらは？」

（まさか……）

　私の視線はギーツ様の隣のひとりの女性に釘付けになっていた。ベールを頭にかけ、顔を隠した彼女がゆっくりとそれを外す。そして、私と同じ色味の銀髪が露わになる。

「こちらは我が国の大聖女、リリカ・アズリット伯爵令嬢だ。そちらのエルシア嬢の妹君にあたる」

「初めまして、ジュデットの高貴な方々。わたくし、リリカ・アズリットと申します。この度は姉が大変お世話になったようで……」

　リリカはやつれた顔を上げ、陛下、殿下、そして私の顔を順々に見た。

　その瞳はどこか暗く、息を呑ませるものがあり、奇しくもここに来る前の疲労した私自身の姿に重なるものがあった。

　しかし、どうして彼女がここへ……？

「ふむ。リリカ殿、よく参られた……彼女を同席させた理由は聞くまい。ではそちらの席に着かれよ。話を始めよう」

陛下も疑問に思ったようだが、ここはあえて彼らをそのまま交渉の卓につけるようだ。ギーツ様も部下たちを控えさせ、素直にそれに従う。

妹を連れてきた意図を気にして私はリリカをちらりと見るが、彼女は冷たい笑みを浮かべただけでなにも言わず、そうして交渉は速やかに始められた。

「ではまず、ギーツ殿からセーウェルト王国から参った理由をお聞きしようか」

重々しい口調で、話を切り出したのは陛下だ。

これが、本当の王族の迫力なのだと、私は側にいるだけで肩を押さえつけられたように感じる。

それはギーツ様にも伝わったようで、ぐっと表情が硬くなり、頬が強張ったのがわかる。だが彼は抗うように高々と声をあげた。

「り、理由など……そこにエルシアがいるというだけで、ジュデットに咎があるのは明白ではないか！　我が国の資産である聖女を自国へと拐かした罪として、我々は、三つの賠償を請求しよう！　ひとつ、エルシアの身柄を即刻我が国へ返還すること！　ふたつ、長きに渡り聖女を留め置いたことを全面的に謝罪し、こちらへ相応の貸出料を支払うと確約すること！　三つ、我が国の国土付近に駐留している兵を即刻退かせ、現在ジュデットの有する領土の三分の一を譲り渡すこと！　これらを我々は断固として要求するッ！」

ずいぶんと勝手な言い草を、ギーツ様は立ち上がってひと息に言い放つ。

彼が私たちを見回し、異様な沈黙が場を包んだ。

「ふ、ふふ。どうやら異存はないようだな。ではすぐにでも、これらを確約する書類を調えてもらおうか」

それにも臆さず話を続けるギーツ様の度胸もなかなか大したものだが、その表情はすぐに凍りつくこととなった。

「ふざけておるのか」

――ズム。

と、目の前の卓に拳が叩きつけられ、部屋全体が揺らいだような感覚がして……。

「自国の多くの民の命を救った聖女を資産呼ばわりするにとどまらず、それを丁重に保護した我が国に対してのその振る舞い……。セーウェルトは戦にでも勝ったつもりでおるのか？」

「な……なんっ……」

獣の唸り声を何倍も低くしたような……地底から這い上るような陛下の声がギーツ様に放たれ、彼の表情は目に見えて青くなる。

そして、隣にいる殿下も刃のような冷たさを宿した声でギーツ様を責めたてた。

「領土の三割を寄越せだと？　他国の民とはいえ、いったいどれだけの魔族が住む場所を失い、飢えや貧困で苦しむと思っている？　次期国王となる者……為政者が軽々しく放っていい言葉ではないぞ。自分の領地に住む者たちの顔をまともに見たことがあれば、そんなことは言えないはずだがな」

「ぐうっ……たかが数が多いだけの野蛮な民族の頭目風情が……」

その圧力に屈しそうになりながらも、言い返すギーツ様。

「き、貴様らこそ……わかっているのか⁉　我々セーウェルト王国に叛けば、当国のみならず周辺諸国が黙っておらんのだぞ！　今まで貴様らが統治を存続できていたのは我らが温情をかけてやっていただけで、各国と協調しジュデットを本格的に攻撃すれば、蛮族どもの文明など三日で滅ぼして……」

「ギーツ様、いい加減になさってください！」

それを聞いていた私は途中で頭が痛くなり、つい叫んでしまった。

この人はこの国に喧嘩を売りに来たのだろうか。

仮にも王太子たる身分の方が自国と比肩する勢力を、あまつさえその国の王の前で蛮族呼ばわりするなんて。陛下や殿下がどんな表情をしているのか怖くて見られない。流血沙汰になったらどうするつもりなのだ。

「あなた様は私がここに来た事情をご存知ないからそんなことが言えるのです！　彼らは、旅先で矢傷に倒れた私を治療するため、この世にふたつとない秘宝を使って私をこの国に送り届けてくださったのですよ！　容態が安定するのが長引いてこの国に長く留まることになりましたが、私は数日後書状を携えて、ちゃんと国に帰還する予定でした。本来なら感謝こそすれ、糾弾するなどもっての外！　ましてやそれを盾に無茶な要求を通そうとするなど……お言葉を改め、おふたりに謝罪してください！」

私のそんな釈明を聞き、ギーツ様は舌打ちしながら呟く。

「ふん、すっかり魔族に毒されおって。それに……知っておるのだぞ、貴様はこの国では別姓を名乗り、そちらの王太子と仲睦まじく過ごしていたそうではないか！　聖女の誇りも忘れたか！」

「そ、そんなことっ！」

私はつい過剰に反応してしまう。まさかクリスフェルト殿下との行動まで知られていて、こんな場で暴露されるとは思いもよらない。

しかしその発言を殿下がすかさず冷静に突いた。

「仮にそれが真実だったとして、どうしてそんなことを知っておられる？　現在、セーウェルトとジュデットの国境は封鎖しており、互いの民はおいそれと出入りできないはずだが」

「そそ、それは……か、風の噂に聞いたのだ！　魔族の王太子とセーウェルト人の女らしき人物が、現在恋仲にあるのだとな！」

言葉に詰まり言い訳するギーツ様。しかしそれはやや苦しい。

「ほう……？　しかしそれでは、その女性がエルシア嬢だとは特定できますまい。ああ、もしや先日我が国に潜入していた何者かが、自らがセーウェルトより送られた刺客であるという妄言を吐いていたのですが、まさかそれは真実だったとか……？　もしそうであるとすれば、我々としても各国にこうした事実があったことを広め、警戒するようにお知らせせねばならんでしょうな」

「――しし、知らん知らん知らん！　それこそ事実無根だ！」

刺客たちがほとんどなにも明かさずに命を絶ったのは私もベッカーから聞かされているし、これは殿下の完全な鎌掛けだ。しかしギーツ様はたいそう動揺し、汗をだらだら流しながら声を荒らげている。

「ならば、このような場で我が国を蔑む不用意な発言をしたこと、そして根拠もなしに我々やエルシア嬢を貶める発言をなさったことを謝罪いただけますか？　それで我らもいったん矛を収めましょう」

「ぐ、ぐううっ……ぬぐぐぐぐ。わっ、わかった……。貴国やあなたがたに対する無礼な発言をッ、お詫び、しよう！　これでよいかッ！」

「結構」

自分の不明で周辺国にセーウェルトの黒い噂をばら撒かれては敵わないと思ったのだろう。ギーツ様は歯ぎしりしつつ、そのまま腰を直角に折ってヤケクソみたいに叫んだ。その性格に反し、作法だけはきっちり身についているのがなんだかおかしかった。

それで陛下の怒りもやっと少しだけ和らいだのか、彼はギーツ様に対して丁寧に語りかける。

「ギーツ殿よ、現実を見よ。もはや周辺諸国と魔族との敵対は過去のもの。多くの国が我が国との交易を求め、人の行き来もわずかではあるが始まりつつある。それでも貴国が頑なに魔族との敵対関係を続けようとすれば、時代の波に取り残されるのはそなたたちの方かもしれんのだぞ」

「ぐうっ……我が国の運営に余計な口出しは無用！　それよりも、我々の提示した条件を呑むのか呑まんのかはっきりさせていただこう！」

しかしそんなありがたい気遣いにも聞く耳持たず、さっさと話を終えてしまいたいのかギーツ様はまたも偉そうな口調に戻り、陛下が渋い顔でジュデット側の対応を述べる。

「いい加減にしてもらいたい。我が国として応じられるのは、エルシアの返還という一点だけだ。元々彼女も望んだことであったからな。しかし、これ以上我が国からなにかを奪おうというのであれば、それすら考え直さねばならんぞ。そんな強欲な国にエルシアを帰せば、再び彼女が意に染まぬ扱われ方をされかねん！」

「ぐうっ、足元を見よって……」

握り拳を震わせ、なおも言い募ろうとするギーツ様。

そこで今まで黙っていたリリカが何事かを彼の耳元で呟き、その腰を下げさせる。

次いで彼女は立ち上がると、深く礼をした。

「ジュデットの皆様……今、わたしたちの王都では非常に多くの病が流行っております。わたしの実力不足もさることながら、姉という存在が大聖堂を離れたことの影響は予想以上に大きく、このままでは多くの民が命を落とすことになりましょう。他の条件は置くとしても、どうか姉の身柄だけはこちらにお返し願えませんでしょうか」

「先ほども言った通り、それだけであれば応じよう。しかし、こちらも条件をつけさせてもらう……。我らが友であるエルシアは、かつてそちらで不当な扱いを受けていたと聞いておる。国に戻した途端、またそなたらによって苦い思いをさせられるやもしれん。よってこちらからも彼女に護衛をつけさせていただく」

陛下はこちらに目配せをし、私は少しほっとしてしまった。今はこうして大人しいふりをしているけれど、妹がなにを考えているかが不気味で、不安に思えて仕方なかったからだ。

「かまいませんわ、ねえギーツ様……」

「ふん、そのくらい好きにするがよい。ならば、書面は明朝用意し、エルシアの引き渡しと同時に署名していただく！　本日はこれで失礼する。リリカ、ゆくぞ！」

「お会いできて光栄でした。失礼いたします魔族の皆様……それと、お姉様も」

ギーツ様は席を立ち慇懃(いんぎん)に一礼すると、憤然とした態度で扉を勝手に開けて出てゆく。それに従いリリカも微笑んで礼をすると、彼の後に続いていった……。

交渉は終わりを告げ、立席しそれを見送った陛下が重たい息を吐き出す。

「まったく、無礼な小僧めが……あれが世継ぎとは、セーウェルト王国は厳しい時代を迎えることになるぞ」

「周りを固める者が賢くあることを願うばかりですね。エルシアのためにも……」

「おふたりとも申し訳ありませんでした。セーウェルトの一国民として恥ずかしい限りです」

私はふたりの間で縮こまる。まああのギーツ様が他人に遜(へりくだ)ってるところなんて想像はできなかったし、きちんと話し合いが着地しただけでも、ありがたいというところなのかもしれないけれど。

あんな姿を見ると、つい次の王になるのは彼でない方がいいのではと思ってしまう。

私がもしそれを選ぶ立場にあったなら、間違いなくギーツ様ではなくその下の第二王子レセル様を推しただろう。

薬学博士号の取得をきっかけに、彼には昔病弱な御体の調子を整えるために、いくつかの薬の継続的な服薬や食事指導、聖女の力による体力回復の手助けなどを行ったことがある。女性的な顔立ちの、穏やかで誰にでも礼節を尽くす聡明(そうめい)な少年だった。今はあまり噂は聞かないけど、お元気にはされているようなので、また機会があればご挨拶させていただきたいものだ。

「そなたの妹君が宥めなければ、あの様子ではしばらくは話し合いは纏まらなかったじゃろうな。ふむ……しかしあの娘も、腹の底ではなにを考えているのやら」

不審そうな陛下の呟きが私の意識を回想から戻し、それには殿下も同意する。

「元々ギーツ殿はエルシアの婚約者だったのだろう？　それを君が必死に働いている裏で隠れて通じ合っていたというんだから、おおよそ信用できる人物ではないだろうね。なにを企んでいるのかはわからないが、向こうに戻った後もちゃんと身の回りには気をつけないとダメだよ？」

「ええ……そうですね」

妹のやつれた姿を見て……もしかして大聖女として働く傍ら、少しは仕事の大変さが身に染みて、捻くれた人格が矯正されたのかと期待してしまう私は甘いのだろうか。

ともあれ、私は当初の予定と変わらず、セーウェルトへと帰還することが決まった。リリカが言っていたことが本当ならば、王都にいる人々や、プリュムたち聖女の状態が気がかりだ。

「どうかした？　エルシア」

「……いえ。私、向こうでも頑張りますから！」

「ああ。きっとすぐ、また会えるさ」

彼らをこれ以上困らせるわけにはいかないと、私は浮かない表情をもとに戻した。

自分の国に戻る不安もそうだけど、もしかしたら交渉が上手くいかずに、まだ殿下たちの側にいられるんじゃないか――少しだけそんな浅ましい願いを抱いてしまったことは、秘密にしておかなきゃ。

部屋に送ってくれると差し伸べられた殿下の手を、私は強く握る。

そうして、この感触を忘れないようにしようと、なるべくゆっくりとした足取りで応接室を後にするのだった。

◇

地面に埋め込まれたぼろぼろの石碑群――境界標というやつだ――それらの残骸を後ろに遠ざけながら何台もの馬車が、荒れ地を進んでゆく。

交渉から数日が経ち……つい今しがた私たちは王太子ギーツ様の配下たちと共に、ジュデットに来る時は越えることのなかった国境付近を馬車で通行していったところだ。

ひとつだけよかったのは、今回の事に伴い、いったん、セーウェルト王国とジュデット側との戦争が停戦に入るということ。セーウェルト本国から急に連絡が来たと王太子が告げ、ベルケンド陛下も快くそれを受け入れた。

王太子ギーツ様の性格はあるとしても、これで少しだけ両国の関係が改善する期待が持て、私は車内で顔を綻ばせている。

「はあ、馬車というのはなかなか快適なものですのね～。速さは竜車に劣りますが、揺れはずいぶんと少なく感じます」

「そりゃね。竜は多分片足で立つ時に体が左右にぶれちゃうから、不安定になるんじゃないかな？」

今私の隣にいる、陛下が護衛として指名した人物は、なんとあのメイアだ。赤髪をふたつのシニョン型に括りつけたおなじみの侍女の片割れである。

いつぞやの外出時に聞いたんだけど、メイアとミーヤは王城に勤める侍女の嗜みとして宮廷剣術を修めた優れた剣士でもあるんだって。しかも若いながらかなりの腕前らしく、そういうこともあって殿下は私にふたりをつけていてくれたのかなと、今になって感激する。

そんな彼女は王国の所有品である立派な馬車の内装――分厚い本革張りのシートや中央に据えつけられた古木製の円形のテーブルなどを撫でさすり、あちらへ行ったりこちらへ行ったり楽しんでいる。揺れる車内でもしっかりと立てるそのバランス感覚は大したものだけど、ミーヤがいたらきつく叱られていたことだろう……。その内彼女は金箔で飾られた窓枠に手をかけ、隣を並走する馬車を見てうっとりと言った。

「それにやっぱり馬ですわ。あのつぶらな瞳を見てくださいまし。品があって優しそうで……あのがっつき屋の騎竜どもとは全然違いますわ」

「いいじゃない、竜は竜で……その、強そうだし。目だってこう、野生って感じでさ。元気が有り余ってそうな感じするもの」

私が目元の端を吊り上げて顔真似をして見せると、メイアはキッと振り返って言う。

「やつらは、噛んでくるんですのよ！　ガブッと！」

「そんなの馬だって噛むわよ、多分……」

メイアはなにか騎竜に嫌な思い出でもあるのかもしれなかった。

それはそうと、車窓から見える風景に対してあーだのこーだの言っている内にあっという間に時間は過ぎ、抗争地帯を抜けてセーウェルトらしい風景が見えてくる。ジュデットと比べると、皆そこまで奇抜な姿はしておらず、故郷だというのになんだが少し物足りなさを感じてしまう。

たちまち退屈になった私は、隣でそれを物珍しげに眺めていたメイアに話を振った。

「でもよかったの？　ミーヤを置いて、私なんかについてきて」

「元々エルシア様の話を聞いてセーウェルトには行きたいと思ってましたし、それにこれはミーヤからの頼みでもあるのですよ？　お人よしで自分を犠牲にしがちなエルシア様には誰かがついていないと、ということです」

「そ、そんなことないんだけどな」

ぱちりと片目を瞑ったメイアの言葉に、同じようなことを最近誰かさんにも言われたばかりな私は、なんだかちょっと照れてしまった。

でも、こうやってセーウェルトに帰ってきたことを実感していると、大地と大地が国境線で区切られていることに、変な感触を覚える。

いったい人々はいつから誰の許しを得て、こうして大地を分かち、自分たちのものなのだと主張して疑わなくなったんだろう。きっと生きていくために必要だったんだろうけど、今の時代にそれって、必要なことなのかな。

(私たちは……平和に生きてさえいられたらそれでいいのにな)

「セーウェルトの大地は海と繋がっていますのよね？　私、海産物にぜひ挑戦してみたいのですわ！　セーウェルトの王都に着けば食べられますかしら⁉」

「そーねぇ……専門のお店も確かにあるわよ。今度連れてってあげましょう」

はしゃぐメイアの隣でこうしていると、どうしても虫のいい考えが浮かぶ。このままジュデットとセーウェルトがなし崩し的に譲歩し合い、互いを認めてなんの気兼ねもなく国と国とを行き来できるようなってくれればと……。

しかし現状ではそれも夢のまた夢。私が真剣に魔族とセーウェルト人の友好を願うなら、もっと具体的な行動に移さないと始まらない。

(少なくとも……今の私自身を最大限に利用しないと)

王都への帰還を前に、馬車に揺られながら私はひとつの思惑を胸に宿す。遠ざかるあの国にいつか、再び戻ってこられるように……。

◇

道中それなりに息苦しい思いもしたけれど、一週間も経てば自然と私たちの身柄はセーウェルトに送り届けられた。旅の時間が少し長引いたのは、行く先々で怪我や病気の人たちを治療したりしていたせいだ。それでギーツ様たちにはずいぶん渋い顔をされてしまった。

しかし、久しぶりに目にした王都では、以前とは似ても似つかない光景が広がっていた。リリカからなにか異変が起きたのは聞いていたけれど、ここまでとは予想外だ。

「これは……」

「いったい、どうなっているの？」

王都の壁を囲うようにして大勢の国民が野営する姿に、私たちはごくりと唾を飲み込む。その説明を、隣の馬車から降りてきたギーツ様がしてくれた。

「数か月前から患者の数が後を絶たなくてな。街の中の宿もすべて埋まり、聖女の癒しを待つために押しかけた患者たちが成す術もなく街中に取り残されている。さあエルシア、大聖堂に向かいお前の力を発揮するのだ！　緊急時に都を離れていた罪は重いぞ！」

「なんですって！　あなたがたがエルシア様を冷遇して……むぐー！」

そこで私は、怒りを見せたメイアを押さえ込むと、ひとつの提案を持ちかけた。

「待って、その前に条件があります……。ギーツ様、直接セーウェルト王とお話をさせてください」

「なんだと⁉　貴様、罪を犯した分際でしゃあしゃあと……そのような勝手が許されると思うか！」

ギーツ様が腰の剣を抜いて白刃を突きつける。だが、一度刺客に殺されかけたこともあって私の覚悟は決まっており、怯まずに彼を見返す。

「こうなった以上、ここで私を殺すことはセーウェルト王の意にも反することでしょう？　お願いです、一度だけでよいですから」

剣の平たい部分を手で押し退け、私は彼に頭を下げる。するとギーツ様は不愉快そうに剣を納め、強く舌打ちした。

「くっ……どうなっても知らんからな。おい、馬車を開けろ！　城へ一度戻る！」

ここで私を殺せば、王都の復旧により多くの時間が掛かるとわかっているのだろう。ギーツ様はそれ以上なにも言わずせかせかと馬車へ乗り込み、私たちも同じようにした。


そして数時間後、私たちの姿は城の謁見の間にあった。メイアのみを別室にて待たせた後、その場に参じたギーツ様、私とリリカを玉座に座るセーウェルト王が見下ろす。

「戻ってきたか、愚かな聖女よ。殊勝にも、自ら申し開きにでも参ったのか？」

「セーウェルト王国に属する聖女でありながら国の規範を乱し、お心を乱させたこと、誠に申し訳なく思います。ここに謝罪を」

私は神妙な顔で、冷たい目をしたセーウェルト王を見つめた。

「フン。なれば、早く聖女としての務めを果たし、王都の騒乱を鎮めて参るのだな」

「……それはまだ、できません」

「なにを言う、貴様！」

目をひん剝いて立ち上がったギーツ様が抜剣しかけ、ここが宮中であることでなんとか思いとどまる。その間に私は素早く望みを願い出る。

「どうか御約束を。私が事態の収拾に寄与し王都を元通りの状態に戻した暁には、魔族の国ジュデットと友好を結んでください。そして、願わくば陽炎草の公正な取引と、聖女をこの国から解放することを宣言していただきたいのです」

セーウェルト王は表情を変えぬまま玉座の肘掛けを叩くと、立ち上がって威圧した。

「ずいぶんと大きく出たものだな」

「どうかお聞きください。彼の国はすでにセーウェルトと和平を結ぶ準備はできています！　二国の間にそれが成れば、陛下の御名は永きに渡る禍根を除き、民に平穏を与えた賢王と後世まで必ず語り継がれることでしょう！　それに、ジュデットの産業は立派なものです。あちらの技術をもし我が国が吸収することができれば、陽炎草の利権どころではなく国庫を大きく潤すことになるはず！　お願いいたします、陛下……！」

「もう貴様は黙れ！」

ギーツ様に後ろから羽交い絞めにされ、私は無理やり地面に頭を擦りつけられた。

セーウェルト王の重たい足音が、一歩一歩近づく。私の頭を押さえつけるギーツ様の手が震えに震えた。錫杖がぶんぶんと振られ、近くで風を切る。

「ギーツ、手を離せ。エルシアとやら、言い残すことはないな？」

「はい。私の胸の内にある思いは、すべて明かしました」

私はそれだけ言うと、セーウェルト王の顔をまっすぐに見た。鉄塊付きの錫杖が私を目掛け振りかぶられる。

「よくぞ言ったわ。一介の聖女ごときが王に意見する不遜を、その身をもって償うがいい！」

ごうっと風を巻くような音がして、死の気配が私の頭に迫る。

……しかしそれは、わずかな隙間を残し、顔の前でぴたっと止まった。

「と、言いたいところだが……貴様のその死をも恐れぬ意思に免じて、機会を与えてやる。もしひと月以内に王都をもとの有様に復興できたなら、その望み叶えてやろう」

「あ、ありがとうございます！」

「な、なんと……」

そのお言葉に私はもう一度平伏する。ギーツ様は唖然とし、リリカは静かに状況を見守っている。

「話はここまでだ。せいぜいあがいてみるがよいわ」

セーウェルト王は最後にそう吐き捨てると、絨毯を太った体で踏みしめ去っていった。謁見の間は他の臣下たちの交わす声でざわついている。

口約束ではあるが、大勢の臣下の前で宣言したことだ。果たしてもらえると今は信じるしかない。

背中を濡らす汗もそのままに、私はげっそりとやつれたギーツ様たちと共に、謁見の間を退出した。

「では、私は大聖堂に……。あ、その前にリリカ、お父様とお母様は元気にしてる？　帰ってきた報告だけでもしたいのだけど」

するとリリカからはこんな言葉が返ってくる。

「父上と母上は旅行に行ってらして今はご不在なの。帰ったらわたしからきちんと伝えておきますから、今は治療に集中していただけないかしら？」

彼女は再会してからまるで人が変わったように丁寧な口を聞く。これも大聖堂の激務と妃教育による結果なのか。だとしたら、姉としては歓迎すべきことなのだろうと思わなくもないけど……。

「そ、そう？　なら今すぐにでも大聖堂に向かうわ」

「ということですので、ギーツ様。一時的にですが、姉にわたしの代行を任せてもかまいませんね？」

「ああ、お前が言うのなら……」

どこかギーツ様も、妹の様子に腰が引けている。ふたりの間の関係性もこれまでとは変わってしまった様子。

ともかく方針は決まったし、ここで立ち止まっていても仕方ない。私は待たせていたメイアを拾い大聖堂へ向かう。ジュデットとの和平の糸口となる交渉を終えた今、後はひたすら頑張るだけだ。リリカとギーツ様はまだ用事があるのか、城に残るという。しかし……道中どうしても私の背中に残った嫌な気配が離れてくれない。

それはきっと、妹の口元があの丁重な態度を裏切るように冷たく歪んでいたからなのだけど……そんなことに私が気付いたのはずっと後。これから大事なものを失おうという、もはや手遅れになった時のことだったのだ。

◇

半年ぶりに大聖堂にたどりついた私は、その惨状に目を見開く。

私はかつてこの建物がここまで荒れ果てたところを見たことがない。

入り口から伸びる長蛇の列。周囲に伸び放題の雑草。今までぴかぴかだった大理石の床は汚れに汚れ、そこら中に呻く患者が寝かされている。

「ひどいわね……」

「世界有数の大国の王都とは思えませんね。これはいったい、なにが……？」

私とメイアはその間を縫って内側に入り込み、なんとか治療室への扉を開ける。

するとそこには、鬼気迫る表情で働く聖女たちの姿があった。

「そっちが終わったら次はあっち！　血だけでもとりあえず止めといて！」

「誰か鎮静剤！　それと包帯持ってきて、箱で！」

「この患者処置終わったけどどこへ置いてくればいいのよ！」

この世の地獄……。まさにそんな中で私は、ひと際必死に声を張り上げる小柄な聖女のもとに寄っていく。

「プリュム、ただいま」

「触るな、あんたを相手してる暇はない！　役立たずの大聖女様はせめて場所を取らないよう床にでも貼っついて……て？」

私を誰かと見間違えたか、伸ばした手は叩かれ鋭い叱責が飛ぶ。

でもそれは途中から尻すぼみになり、涙声に変わっていった。

「えっ？　ま……まさか、まさか。エ、エルシア、様？」

「戻るのが遅くなってごめんね。さあ、今から私もすぐに患者の処置を手伝うから。もうひと頑張りできる？」

「エ、エルシア様……ああ、幻覚じゃない！　本物だぁ～！」

プリュムは私の体に抱き着き、感触を確かめてはぼろぼろ涙をこぼす。髪はぼさぼさで顔色も悪く、今にも倒れそうにふらついているが、きっとなんとか気力だけでここまで持たせていたのだ。

「本当によく頑張ってくれたわ。やり方は前と変わってない？」

「すみません、わた、私ぃ……不甲斐なくてぇ」

「そんなことない。これだけ多くの患者を前に逃げ出さず踏ん張ってたんだから、大したものよ。さあ、話は後。まずはこの部屋から綺麗に片づけていきましょ。今日中に終わらせちゃおう」

「は、はいっ！」

私は隅で着替えると腕まくりして手指を消毒し、早速聖女たちの中に加わり治療を開始する。こんなにも多くの患者に相対したことはないけど、ジュデットでの長い休養を経て復活した私と彼女たちならきっとなんとかなる。薬品とかもだいぶ足りないみたいだけど、そこはベルケンド陛下の気遣いでジュデットからいただけたたくさんの医療物資でカバーできると思う。

「プリュム、どっちから手をつけたらいいか指示をお願い！　あ、メイアは持ってきた資材の搬入や患者の運搬に協力してあげてくれるかしら」

「承りましたわ！」

「ではエルシア様、こちらへ！　比較的症状の重い患者ですけど、手早くお願いします」

「任せてよ！」

元気を取り戻したプリュムの声と慌ただしく治療を開始した私に驚きつつ、他の聖女たちもにわかに活気付く。

「エルシア様が戻ってきた！」

「皆、重傷患者はエルシア様たちに任せて、他を片付けていきましょ！」

こうして治療行為は加速し、空に星が瞬き始めるまでにはなんとかいったん室内の患者をすべて治療し、私たちはわずかな休息をとることができた。

◇

再び大聖堂に戻ったエルシアが奮闘を見せている頃、王城では。

謁見の間とは別室で、秘密裏にセーウェルト王とギーツたちの会合が行われていた。

「お、恐れながら陛下。あのような条件を受けてよろしかったのですか？」

対面に座り恐れたように縮こまるギーツを、こき下ろすようにセーウェルト王は言った。

「馬鹿者が。本気であのような戯言を真に受けるとでも思っておるのか？　ジュデットとの和平などもっての外。あの停戦もやつらを油断させるための罠よ。王都の状態が落ち着き次第、ジュデットとの約定など反故にし、やつらの領土を存分に奪い取ってくれるわ」

「な、なるほど。ですが……そうすればエルシアは我々に力を貸しますまい。また王都は元通り、荒れ果てた死の都となってしまうのでは……」

それを聞いたセーウェルト王は眉ひとつ動かさず、顎をしゃくった。

「大聖女リリカよ、貴様がやろうとしていることについて話してやれ」

「では」

リリカがセーウェルト王となにかを企んでいる様子なのは知っていたが、内容に見当もつかずギーツは彼女の言葉を待つ。すると、まず一番にテーブルの上に取り出されたのは、あれ以来リリカが肌身離さず持っている、紫の表紙で装丁された古めかしい書物だった。

「これより、我らに従わぬあの国を騒乱に陥(おとしい)れるのですよ。魔族の方々がご執心な姉の身柄と、これを利用してね――」

それを撫で、妖しく微笑むリリカ。その姿にギーツは彼女の姉への復讐心(ふくしゅうしん)が露ほども消えていなかったことを確信し、続く話に表情を次第に強張らせてゆく。

なんとしてでも姉をこの世から消し去りたい――そんな悍(おぞ)ましいほどの執念に裏打ちされたリリカのこの企てが、ひと月の後、ふたつの国を巻き込み大きく揺らす。

そのことは、この場に同席したギーツにも、もはや疑いようのない事実に思えた。

第十三話　欺きし者たち

セーウェルトの王都に戻ってからのひと月は、あっという間に過ぎた。

私は今日も多くの聖女たちに混じり、早朝から深夜までを休むことなく働いて過ごす。

手のひらに灯していた光が消え、患者の容態を確認する。

すると痛みは消えたようで、額に汗し、肩口の傷に苦しんでいた女性は安らかな顔で私にお礼を言った。

「ありがとうございます聖女様。だいぶ楽になりました」

「いえ、お役に立ててよかったです。別室にて経過を見ますので、本日は泊まっていってください」

担架で運ばれてゆく女性を見送ると私はふぅと息を吐き出し、その場へと座り込んでしまう。

「つ、疲れたぁ……」

「エルシア様、大丈夫ですかっ⁉」

銀のお盆をテーブルに置き、心配したプリュムが駆け寄ってくる。しかし彼女も足取りがだいぶ怪しく、疲労の限界にあるのは明らかだ。

でも……それでもだ。

深夜の今。治療室と、そこから見える外への通路に患者はひとりも存在しない。プリュムも隣にぺたんと足を崩す。

「やっと、一段落着いたんですね……。信じられない」

「地道にやればこなせるものよ、何事も」

私たちはお互いを支え合いなんとか立つと、治療室から外へと歩いていく。

大聖堂の前にあるなだらかな長い階段にも、そこから都の外までまっすぐに伸びる大通りにも、患者らしき人の姿は確認できない。

「これで明日からは、また前と同じような毎日が送れるわね」

「ええ……エルシア様、あなたのおかげです。本当にありがとうございました！」

深々と頭を下げるプリュムに、私は首を振る。

「私だけの力じゃないわ。あなたも皆も長い間必死に病気と戦い続けていたから、以前よりずっと、治療の腕は上がってる。もう、私なんていなくても大丈夫」

「エ、エルシア様……？　このまま大聖女に戻って、また前と同じように私たちを指導してくれるんじゃないんですか⁉　大聖堂の聖女も、王都の人々も皆それを望んでいるのに！」

「ごめんなさい、それはできないわ」

必死に引き留めてくれる彼女の気持ちはありがたいけど、私には他にやりたいことがある。

「私が、半年間ずっと魔族の国へ行ってたのは話したよね？」

「は、はい……メイアさんのことも聞きました」

大聖堂で勤務する主だった人たちに、私の事情とメイアのことはすでに話してある。

このセーウェルトという国に住んでいるのだ。魔族を見たのは初めてだという人がほとんどだし、拒否感を抱くものは少なからずいた。けれどそれよりも忙しさの方が勝ったし、活発で真面目な仕事ぶりのメイアを見ては、途中からそんなことも気にならなくなった様子。

今では皆自然と彼女のことを受け入れてくれている。それを見て私は確信が持てたのだ。

「私、魔族が人間とまったく変わらない、とても素敵な人たちだって知ったから、それを広めて回りたいの。いつかセーウェルトの人と彼らが手を取り合って、自由に互いの国を行き来する姿を見てみたいから。きっと、多くの人の声を集めれば国にだって届くわ」

「そ、そんなことをしたら、下手すればエルシア様が捕まってしまいます！」

「かもしれない。けどやらなきゃ……。私、大好きな人たちと約束したの。必ずもう一度、彼らの国に胸を張って戻るからって」

そんな私の話を真剣な顔で聞いていたプリュムは、納得できない様子で俯く。でも結局、私を責めるようなことはしなかった。

「ここに留まって、エルシア様が私たちを率いてくれたらどんなにか……。でもわかっています、あなたが自分で決められたことを、他の誰かが止める権利はないことを。大聖堂は、私たちに任せてください。リリカさんがなにかするかもしれませんけど、今度こそは自分たちだけでこの場所を守ってみせます」

「ありがとう、プリュム」

私は彼女と軽く抱き合う。大聖女として苦しんだことばかりが先に立ち忘れていたけど、セーウェルトにだって私を支えてくれた人はちゃんと周りにいた。それを再確認できただけでも、この場所に戻って来た価値はあった。

「エルシア様、あなたはずっと私の憧れでした。私もいつか、あなたのように誰かの目標にされる人になりたいです」

「うん、きっとなれるわ。だって、その我慢強いところ、私とそっくりだし……なんてね」

「えへへ、嬉しいです」

大聖女に成り立ての時や妃教育の時も、何度逃げ出そうと思ったかわからないんだから――そんなこんなを冗談めかして口に出すと、笑い合う私たち。

ひんやりとした夜気を吸い込み、ふたりして肩を寄せ見上げれば、夜空には星々が瞬いている……。

体から疲れが溶け出していくような快い感覚を味わっていると、不意に後ろから声が掛かった。

「お姉様、プリュムさん。最後までお疲れ様でした」

そこにあったのは我が妹リリカの姿だ。手にはふたつのグラスをのせたお盆がある。

「宴はもう始まっていますわ。よかったら今宵の主役のおふたりにもと思って」

あらかたの作業が終わり、聖堂の奥では慰労会のようなものを内輪で開いている。酒精の強いものは控えるよう伝えてあるし、グラス内の琥珀色（こはくいろ）の液体はシャンパンかなにかだろう。

彼女はそれを私たちに差し出し、ニコリと微笑む。

「そうね……」

少しだけ嫌な予感はした。

私の心の中のリリカへの警戒心はいまだ拭い去れてはいない。

でも、ここ最近の真面目に仕事をこなす姿を……聖女としての力は行使できなくとも、裏方でメイアと共に荷物を運び、患者への応対を進んで引き受ける彼女を見ていたから。

なにより……殿下とミーミル王女のあの姿を見ていたからこそ、リリカも変わり始めているのだとそう思いたくて……。

だから、信じた。

「ええ、ありがとう。いただくわ」

「エルシア様……なら、私も」

私とプリュムはシャンパンを手に取り、一気に喉に流し込む。

疲れた体に冷たい液体が、炭酸の心地よい刺激と共に染み渡っていく。

「ふう……美味しい。リリカ、あなたもお疲れ様。私が旅立ってから、ずっとここで頑張ってくれていたのね」

「うふふ……」

「そうは言っても、その四分の三は、大聖女室でごろごろしてただけなんですよ……？」

嫌みっぽく蒸し返すプリュムの言葉につい私は笑ってしまう。そういえば、あの大聖女室にはいくつか貴重な本が置かれていたけど、取り壊した時にちゃんとどこかへ移してくれたのかな？

それともうひとつ、私は忘れていたことを思い出す。

「あっ……！　ねえリリカ、そういえばお父様たちは帰っていらっしゃった？　忙しくて思い出す暇もなかったけど、さすがにそろそろご挨拶に行かないと」

「……う」

「プリュム、どうかした？」

そこでふらりと、プリュムの体がふらつく。

私は彼女を慌てて押さえようとしたのだけれど……。

「プリュム？　ちょっとどうしたの、疲れたのかな……？　あれ、これ……なに？」

それも途中までしかできなかった。力の抜けたプリュムの体と一緒に、私もゆっくりと地面に体勢を崩していく。頭がぼんやりと麻痺したような感覚に陥り、リリカの声が耳の中でわぁんと響く。

「お父様たちなら、お城に囚われています。あなたのせいでね」

「えっ……？　それはどういう、こ、と？」

呂律が回らない。なにか、薬を……盛られた？

グラスが転がり、階段から落ちたのかどこかで砕ける音がした。

もう意識が定かではないが、リリカが両手で私の顔を掴み上げ、なにかを言ったのはわかった。

「心配しなくてもすぐに会えるわよ、姉様」

下半分だけ映った顔。その口元がニタリと歪み、ああ、やはりと私は思う。

「上手くいったようだな」

「ギーツ様、後はお願いします」

そして後ろから誰かの声が聞こえ、私は背負われどこかに運ばれてゆく。

意識が途切れそうになる頃、ひとりの女性と何者かのとても切迫したやり取りが響くのを聞いた。

「プ、プリュムさん、いったいどうしたのです！　エルシア様はどこへ!?」

「貴様がエルシアの護衛の魔族とやらか。エルシアは預かった……やつの命が惜しくば、その武器を捨て大人しく一緒に来てもらおう」

「くっ……!?　わ、わかりましたわ……連れていきなさい」

石の上を金属が滑る音がし、メイアまでもがギーツ様の配下の手に落ちてしまったようだ。

（メイア、ごめんね……）

妹はなんにも変わっていなかった。どうやらとことん私の存在が気に食わないらしい。

これ以上私からなにを奪おうというのだろう。

リリカがいったいなにをしようとしているのか……同じ血を分けた実の妹のはずなのに、それが私にはちっともわからない。

こんな時なのに、私にはなんだかそれだけが無性に悲しく思えた。

◇

「う、ここは……」

次に私が目を覚ましたのは、冷えた硬い石の上だった。

蝋燭一本分の明かりしか確保されていない周囲は薄暗く、かびたような匂いが漂う。手首は麻縄できつく縛られていて、私は割れるように痛む頭をそこに添え、記憶を掘り返そうとする。

そうだ、私はリリカに一服盛られ、その後何者かにどこかへと運ばれたのだ。プリュムが先に倒れて、メイアの声がして……。

「……ふたりは!?」

「エルシア様、お守りできず申し訳ありませんでしたわ……」

メイアはすぐ側の壁に背中をつけ、膝を抱えて蹲っていた。攫われたのはどうも私たちだけらしい。

「私こそごめんね。リリカがここまでやるなんて……」

私は彼女の無事に安堵しながら、甘い考えを持っていた自分を悔やむ。

そこで、あの場でのやり取りを思い返していた私の耳に、隣の壁から苦しそうな声が届いた。

「うう……。エルシア？　エルシアなのか？」

「その声って、まさか」

慣れ親しんだ声に、私はもっと耳を澄まそうとそちらに近付き、大きく叫ぶ。

「お父様？　お父様なのよね!?　どうしてこんなところに？　ここはどこなの？」

「我々は、先日セーウェルト王より覚えのない国家反逆容疑を着せられ、投獄されてしまった……」

「そんな……では、ここは城の地下牢？」

もしかすると、私がジュデットに行ってしまったことで、両親にまで咎が及んだのかも。どうして
リリカはこのことを黙っていたのか。

「私のせいなのね？　ごめんなさい、こんなことになるなんて……」

「エルシア？　そちらの方は？　いったい旅先でなにがあったというの、話してちょうだい」

母も同じ牢にいるようだ。その言葉を受け私は両親にメイアのことや今までの事情を説明する。

それをふたりは黙って聞いてくれた。

「にわかには信じがたいが、ずいぶんと波乱万丈な旅路になったのだな……」

「まさかあなたが命まで狙われるなんて……よく無事で帰ってきましたね、エルシア」

「お父様、お母様」

事情を知っても責めることはせず、私が帰ってきたことを喜んでくれる両親。

その様子に、私の気持ちもわずかに落ち着いた。

「そういえばリリカは？　あの子はお父様たちになにか話したりしなかった？」

「実はここに閉じ込められてから、私たちもあの子と会っていないのよ。いったい、今どうしているのかしら」

「元気でいることだけは確かだから安心して。でも……」

メイアが目配せをして来たが、私は首を振った。今ここであの出来事をふたりに伝えても混乱させるだけだ。どう話題を切り替えようか思案していると、ちょうど通路の奥から兵士たちが牢に向かってくる。

目の前で鉄格子の扉が開いた。

「出ろ。陛下がお前を連れてくるようにと仰せだ」

「待って、父や母はなにも悪いことをしていないんでしょう？　どうかお願い、ふたりをもとの生活に戻してあげて！」

「そんなのは我々の知ったことではない。さあ来い！」

「エルシア様に乱暴しないで！」

「貴様、娘から手を放せ！」

「エルシアーっ！」

腕を掴んで立ち上がらされた私は、両脇を兵士に固められたまま牢の通路を沈んだ気持ちで歩く。その背中を追うように、暗闇の中で三人の悲鳴が反響した。

そして私が引きずり出されたのは、王城の謁見の間だ。

前回の交渉の時と同様、セーウェルト王ライソン様が玉座に座り、冷たい眼差しがこちらに向いた。

私の体が、どっとセーウェルト王の前に投げ出される。

「「エルシア・アズリットをお連れいたしました」」

「うむ、下がっておれ」

セーウェルト王は兵士を片手で追い払うと、私を詰った。

「無様だな……穢れし聖女よ。魔族などと通じるからそういうことになるのだ」

「これは、どういうことなんです！　どうして今さら私を捕らえようと……」

「決まっているじゃない。あんたが不要になったこと以外に理由があるかしら？」

そんな言葉を言い放ったのは、ギーツ様と一緒に王の近くに控えていたリリカだ。彼女の手には、紫色の表紙をした古い本が握られている。

「それは、大聖女室にあった聖女の秘術書!?　まさか……」

それを見た瞬間、私の胸にあった嫌な予感が形となる。リリカの唇の端が、ぐっと持ち上げられた。

「あんたも覚えてたみたいね。そうよ、この書には同じ血脈を受け継いだふたり……両親や兄弟であれば、ある秘術により聖女としての力を自由に受け渡すことができるとそう記載されている。つまり、姉様の力をわたしに移してしまえば、この国にとってすべてが丸く収まるってことよ」

「馬鹿なことを……。セーウェルト王よ、これもあなたのお考えの内ですか？」

「フン。父母の命が惜しくば、その力をこやつに受け渡すのだな」

私は国王を見上げる。しかし彼も、私を蔑む目付きで見下ろしただけだ。

「わかりました、言う通りにいたします。しかし……あの約束だけは。魔族との友好について、実現に踏み出すという条件だけはお守りください！」

「フッフッフ……」

「ふふふ、ひひひひひひっ」

くぐもったセーウェルト王の笑いが広間に満ち、リリカもそれに同調する。

「馬鹿はあんたの方よ。この状況でそんな約束が守られると思ったの？」

リリカの顔が、つい先日とは比べようもないほどに歪む。そして……容赦のない宣告がセーウェルト王の口から放たれた。

「元大聖女エルシアよ。十日後に、そなたとあの魔族の娘の処刑を王城前広場にて執り行う」

「えっ……!?」

動揺する私の脳内に、続いた王の冷徹な言葉がゆっくりと染み渡り、私を追い詰めていく。

「それが済めば、ジュデットにまで貴様の死を知らせてやるとしよう。恋仲であったという、あの王太子がどのような行動をとるか見物だな。もしそれを理由にこちらに攻め込んでくるようなことがあれば、我々はやつらが貴様を誑かしてセーウェルトの転覆を謀ったと、諸国に訴えかけさえすればよい。さすれば、凶暴な魔族どもを駆逐するために兵を挙げるという大義名分も立とう。フハハハハッ！」

「そ、そんな」

「よかったわねぇ姉様。たくさんのお友達が後を追うことになるから、お墓の下でもきっと寂しくなんてないわ、うふふ……」

ふたりの嘲笑を私は愕然とした思いで聞いていた。

今以上に戦火が広がり、ジュデットとセーウェルト並びに他国との関係が悪化してしまう。恐ろしい未来を突きつけられて絶望する私の前で、セーウェルト王は手を振り払い、兵士たちに命じた。

「大聖女リリカよ、秘術の行使は処刑の直前に執り行うこととする。その日まで存分にこやつに後悔を与え、苦痛と悲嘆を味わわせながらすべてを奪い取ってやるがよい。では者ども、連れていけ」

「『ハッ！』」

（リリカ……）

私は兵士たちに腕を掴まれながら、後ろを振り返った。

私のみならず両親の命まで盾に取られ、むしろそれを利用し平然としている妹が信じられずに。

しかし、彼女の顔は人の心を失ったかのように妖しい笑みを浮かべたままで。

今や……その存在は近くにいながら、なにか見えない壁で隔てられているかのように遠かった。

◇

城内の長い廊下を縛られたまま歩かされた後、私は背中を突き飛ばされ、再び牢に戻される。

「うう……」

「エ、エルシア様っ！」

そして、中にいたメイアと私の前で、兵士が鉄格子の隙間より一枚の書面を滑り込ませた。

「陛下より、十日の間、それを眺めながら魔族と通じたことを後悔し、己が身を省みるがよいとの仰せだ」

兵士は無機質な声でそれだけを伝え、すぐに去ってゆく。側に寄ったメイアがそれを拾い上げ、私は彼女に頭を下げた。

「ごめんなさい……あなたをとんでもない事に巻き込んでしまった」

「こ、これはっ」

その途端、彼女の顔が驚愕の色に染まる。

【～布告状～】

元大聖女、エルシア・アズリットは聖女の身でありながら国法を逸し、魔族の国を訪問。長期ジュデットの地に滞在しそのまま消息を絶とうと目論んだ。のみならず当人は、帰還させた後も魔族と通じ、セーウェルト王国の平和を脅かそうとの計画の下、民衆を扇動し反国家的な集会を計画。上記の事態に鑑み、当国は十日の後王城前広場にて当人他魔族一名の処刑を行い、遍く民にその罪の重さを知らしめるものとする。

～セーウェルト王国法務省～

私は先ほどの広間での出来事を彼女に伝える。

「セーウェルト王は私たちを処刑し、その恨みを再び戦争の火種へと変えるつもりなのよ。そしてリリカはとことん私が嫌いみたい。私からすべての力を奪って、再び大聖女としてやり直そうとしているの……。

「な、なんということを……！」

もうこうなってしまっては、私にできることはない。せめて関係のないメイアの命だけでも、なんとか保証してもらえるよう頼み込むくらいだろうか。

縛られた手首を額につけ、どうにもならない状況をひたすら悔やんでいると、麻縄の隙間でなにかが金色に光る。それは、殿下からいただいた大切な贈り物……。

（ダメだ、簡単に諦めちゃ……。皆と約束したじゃない。きっといつか、ジュデットに戻るって！）

妹の目論見通りに進めば、たくさんの大切な人を悲しませて、皆を再び先の見えない争いに巻き込むことになる。そうさせないためにも……どうにかしてここを抜け出すんだ！

拳を額に打ちつけて自分を叱咤し、私は顔を上げた。

「メイア、なんとかここから出る方法を一緒に探してくれないかしら。それか、外と連絡をとる方法とか……」

「エルシア様……。わかりましたわ、私も手立てを考えます！」

意思を新たに、私たちはふたりして牢の中で身を寄せ合い、ああだこうだと考えを巡らす。牢の警備は厳重だけれど、処刑前まで私たちを生かす必要はあるはず。緊急の体調不良を装うなどして兵士たちに私たちを運ばせ、なんとか姿を晦ませれば……？

いやいや、城の構造的に、誰にも見られず外に出るというのは困難。加えて、両親のこともある。

それでも、処刑当日までは時間がある。その時までにどうにか助かる手立てを用意できれば……。

「あっ……」

「なにか思いついたの？」

メイアは一度考え込んだ後、顔を上げ私にその案を告げた。

「私と姉は、魔族としての特性なのか、離れたところにいてもお互いの行動や考えを把握できることがあるのです。この状況を、もしかしたら姉を通じてジュデットの人々に伝えることができるかもしれませんわ」

（でも、それじゃ皆を危険に巻き込むことに……）

そう思いはしたが、メイアの命だって懸かっている。それに、陛下や殿下なら、外交など別の方法で私たちを救う手段を見つけられる可能性もある。

「お願いするわ、メイア。私、どうしてもまた皆と会いたい！　ここでなにもできないまま、終わりたくないの！」

「ええ、お任せください！　姉ならきっと私の考えていることを読み取ってくれますわ」

私の決意の眼差しに、メイアは力強く頷いてくれた。彼女は布告状を私から受け取ると集中し、その場で静かに祈り始める——。

◇

双子侍女の片割れの想いが、果てしない距離を越えてゆき……。

その頃、ジュデットでは。

（あの子は、エルシア様やセーウェルトの皆さんにご迷惑をおかけしていないかしら？）

ジュデット王宮勤めの侍女であるミーヤ・セトリューがその知らせを受け取ったのは……ぼんやりとそそっかしい妹の心配をしながら、朝の仕事で汲み上げた手桶（ておけ）いっぱいの清水を水差しに移し替え、さあ運ぼうとしたところだった。

『お願いミーヤ。この事を皆に伝えて！　エルシア様をどうかお救いくださいと――！』

（……えッ⁉）

妹の声と共に彼女の頭に白い紙面が浮かんだ。

ミーヤは水差しを取り落とすと、一目散にその場から駆け出す。

（この時間帯ならば、陛下たちは王族専用の食堂にいらっしゃるはず……）

「おい、そこの侍女、なにを急いでる！」

「話している暇はありません！　一刻を争うのです、どいてください！」

ミーヤの行動を訝しく思った兵士たちが制止しようとするものの、彼女は懸命にその間をかい潜り、なんとか食堂にたどりついて扉を大きく開け放つ。

「ご無礼を承知で失礼いたします！　皆様、セーウェルト王国にいるはずの妹に異変が！　エ、エルシア様が、王国からの命令で処刑されてしまうと！」

「なんじゃと⁉」

「「ええっ！」」

和やかに朝食を楽しんでいたジュデット王ベルケンドたちは途端に立ち上がり、椅子と机が大きく揺れた。全力で走って来たミーヤはその場に倒れ込みながら、頭に浮かんだ内容を必死に説明する。

「はぁはぁ……み、皆様方はご存知の通り、私と妹の間には深い繋がりがあります。こうして遠く離れていても、お互いの置かれた状況を知れることがあるのです。私の頭に確かに妹の見たであろう光景が浮かびました。正式な布告が発され、十日の後にセーウェルト王家の命により、エ、エルシア様が、処刑されると……！」

「間違いないのだな……！」

「待て、クリス！」

すぐに動き始めようとしたクリスフェルトの肩を、ベルケンドが引き留める。

「離してください！　私は、行かなければ……！　今すぐ兵を集め、国境を突破して力ずくでもエルシアを助けに行かなければなりません！」

「それがどういうことかわかっておるのか……！　せっかく一段落した戦争の火種がまた燃え上がるのだぞ！　今まで長年の努力の末に築いてきたものをすべて捨ててしまうつもりか！」

「だとしても……」

険しい顔のベルケンドに向かい、クリスフェルトは拳を強く握りしめると、常にないほどの大声を放つ。

「私は彼女を見捨てることなど絶対にできない！　ひとりでも行きます！」

彼の美しい緑色の瞳が、父親のものと交錯する。

しばしベルケンドは眉根に指を当てていたが、やがて……諦めたように呟いた。

「……わかった、兵を連れてゆけ。しかし、決して軽々しく戦闘に及ぶなよ。まずは刺激せず、セーウェルトの民に呼びかけるのだ。同じ自国の聖女を救おうというのだ……言葉を尽くせばわかってもらえるかもしれん。儂は周辺各国にセーウェルト王への交渉の仲立ちを頼めぬか依頼してみる」

　この国とセーウェルトの国境線をたどった先にあるソムネルという王国は、以前もセーウェルトとジュデットの関係が悪化した時、調停役を務めてくれたことがあった。それに他でも、現在は魔族と友好的な関係を結びたいと考えている国は多くなっている。多くの国に理解を求め力を借りられれば、状況を打破し、交渉の席を設けられる可能性はあった。

「心得ました。では……」

「お兄様！」

　話を聞いたクリスフェルトが力強く頷くと、王妃の腕に抱かれ涙を溜めていたミーミルが彼に走り寄り、その服を掴む。

「絶対に、エルシアを連れて無事で帰ってきてね……」

「……！　ああ、任せろ。約束する」

　クリスフェルトは頼もしく答え王女を抱きしめると、ひらりと背を返す。

「殿下、お供させてください！　護衛の任を果たせなかったメイアに小言のひとつも言ってやりたいですし……なにより、エルシア様の安否が心配で……」

「ああ、頼む。今はひとりでも多くの力が必要だ」

　付き従うミーヤを連れ、クリスフェルトはすぐに主だった将軍に声をかけるため、訓練の声が響く兵舎へと急いでいく。その姿は臆病な王太子だった頃の面影はもう見られず、どこから見ても威風堂々たる王者の風格を宿していた。

第十四話　魔族の王子、敵国をひた走る

エルシアが処刑されるという事実を伝えられて二日後。

私クリスフェルトは兵をかき集め、かつての抗争地帯であったジュデット最西部、ローバー伯の領地に足を踏み入れた。そのまま国境に築かれた砦に移動し、伯に兵を借り受けたいと打診すると、快く彼は受け入れてくれた。

「エルシア殿はジュデットからセーウェルトに帰還する際、多くの傷病兵を聖女の力で治療してくださりましたからな……。彼女の窮地と聞かされ、自ら志願する兵も多かった。防衛に徹し、戦闘行為は行わせないという条件で我が兵を殿下にお貸ししましょう」

「ああ、それで十分だ。後方に控えてくれれば威圧にもなるしな」

私は中でも足の速い騎竜兵の部隊を借り受け、さらに西進する。

するとすぐに向こう側の砦が近付き、警告の矢が放たれる。

セーウェルト王国が国旗にも使用している青と同色の羽根飾りを兜につけた、指揮官らしき人物が大声で叫んだ。

「止まれ！　現在ジュデットとセーウェルトは停戦中のはずだ！　このまま進むのであれば我らは全力で貴様らに攻撃し、国際社会に魔族の暴虐を知らしめるぞ！　それでもよいのか！」

「待ってくれ、話がしたい！　現在セーウェルトで数日後に処刑が決まっている聖女に私たちは大きな恩がある！　彼女を救いたいんだ！」

この呼びかけでもし交渉の余地がなければ、強行突破もやむを得ない。

そんな覚悟で臨んだ私だったが……意外なことにセーウェルト側は弓を下げ、我らへの攻撃の手を止めた。

先ほど声をあげた人物が少数の部下を伴いこちらに進み出たので、私はそれを迎える。

「そなたは、もしやジュデットの王太子か？　当国の聖女を助けたいという話は真なのか？」

つい先日まで戦っていた相手だ。彼が疑うのは当然だが、私はその目を見て信じてもらえるよう必死に語りかける。

「ああ、それ以外に私たちの目的はない。私自ら危険を冒し先陣を切っていることが、戦う意思のないことを示していると理解してもらえば幸いだ。君たちのもとにも届いているんだろう？　元大聖女であったエルシア嬢が一週間の後、王都にて処刑されるという知らせが」

「……受け取っている。しばし待て」

指揮官はしばし沈黙する。

意思の固そうな壮年の男は、深い皺を額に刻んだ後周りの者たちと話し合い、そして大きく息を吐いて私に告げた。

「条件がある。我らがいつでもその後背をつけるよう、後ろから監視させてもらおう。魔族を手放しで信用することはできんのでな。貴様たちがもし国内で略奪や戦争行為を行うようであれば、直ちにその場で殲滅（せんめつ）する。それでよいなら通行を許可しよう」

「いいのか⁉」

私はこうまですんなりと通してもらえることに驚いたが、彼は渋い顔のまま、鎧（よろい）の手甲を外して見せた。そこには動かせているのが不思議なくらいの深い傷がある。

「エルシア殿には大きな恩がある……私もその部下もな。本来セーウェルトの盾である我々が貴様ら魔族にこの地を踏ますのは癪だが、時間がないのだろう。彼女のような人物がなんの申し開きの機会も与えられず、若い命を散らすことになれば、セーウェルト王国にとってなによりの損失となる。それは決して看過できぬことだ」

「……ありがとう」

「礼を言われる筋合いはない。我が国の汚点となる、悪しき前例を作らせたくないだけだ。今門を開ける。我々が部隊を整えるまで少し待っていろ」

指揮官は全軍に指令を送った後、巨大な門を開き、我々を通行させて待機させた。

宣言通りかなりの戦力を有した部隊が我々の後方につき、そして指揮官率いる一部隊が私たち魔族軍の前方に回り込む。

「あなたがたも、後ろにつくのではなかったのか？」

「どうせセーウェルト国内は不慣れなのであろう。最短の道を通してやる。そのトカゲどもがセーウェルトの駿馬の足に着いて来られるか見物だな。全隊、これより出発する……！」

「ふっ、感謝する。でも、前を走るなら注意してくれよ！　我々の騎竜に馬の尻尾をむしられないようにね！　ハアッ！」

私は指揮官の後を追おうと大きく掛け声をあげ、騎竜を操り始める。

当日のことを考えれば、処刑までは約一週間。急いでも厳しい道のりだが強力な味方もできた。

勝手知ったる国内で、指揮官の部隊はたちまち速度を上げてゆく。その背につき、絶対間に合わせるという気迫で私たちもまた必死に食らいついていった。

その後、行く先々で度々同じようなことが起き、私は聖女の影響力というのを改めて思い知る。多くの民や、その家族が聖女の癒しの力により、再びもとの生活に戻ることができていたのだ。

『いくら国王といえど、神に愛されし聖女様をその手にかけようとは……必ずや神罰が下るに違いない！』

『この国に聖女様を悪く言うやつはいないよ。あの人たちがいるせいで、あたしたちは家族の身になにか起こっても希望が持てるのさ』

『エルシア様には我が息子の命を助けていただいたのです！　少しでも御恩が返せるのなら……』

そんな声があちこちで聞かれた。

我々が魔族だということが判明しても、気にせずに食糧や補給物資を支援してくれたり、中には処刑の中止を求めるため、そのまま軍に同行しようとしたりする者までいる。

各町を守る領主の中にも、せめて抗議活動には参加すべしと我々に付き従ってくれる人物もおり、部隊の規模は膨れ上がった。

そして……私たちが王都へたどりついた処刑当日には、街をそのまま取り囲めるほど見渡す限りの大勢の人の波が、後ろの大地を埋め尽くしていた。

「刑の執行は正午。太陽の位置を見れば、なんとか間に合ったようだな」

「あれがセーウェルトの王都か……」

私はかつて父の病の際に向かおうとしていた都を視界に収め、すぐにでも駆けてゆきたい衝動を振り払うと指揮官に手を差し出す。

「あなた方の協力がなければここまでたどりつけなかった。ありがとう」

「……本当は、貴様を背後から突いて消すよう王に命じられていたのだがな」

「なにか言ったか？」

ぼそぼそと何事かを呟いた彼は、それに答えず顔を背けた。

「ふん、我々は正式に国交が結ばれぬ限り魔族とは馴れ合わぬ。貴様らと行動を共にするのはここまでだ」

彼は自身の部隊や民衆たちに大声で告げた。

「これより我らセーウェルト国境守備隊と各地よりの援軍は、街に赴き王国側に聖女エルシア殿の恩赦を陳情する！　我こそと思う者は私に続け！」

「「オオーッ！」」

ものすごい熱気を宿した歓声が響き、それを確認した指揮官は振り返らず、馬首を巡らした。

「と、いうことだ。貴様らはついてくるなり勝手にしろ。わかっているだろうが、決して民は傷つけるなよ」

そうして彼は凱旋するかのように堂々と、部下たちと街の方へ足を進めていった。おそらく都の入り口である門を制圧して前を進み、続く我々のために道を広げてくれるつもりなのだ。

「感謝する……！」

その姿にジュデット式の敬礼を送ると、私たちも後ろに続いていく。

（エルシア……私は来たよ。それに、こんなに多くの人たちが君を想って助けようと動いてくれた。

だからもう、なにも心配することはない。待っていてくれ）

ここまでくればもう後のことは考えない。

私の瞳はあの銀の髪の聖女を探して、ひたすら聳え立つ城を睨み続けた。

第十五話　すべてが変わった日

日が中天に昇る頃。

体を清め、麻縄で腕を縛られた私とメイアは、王城から広場までの道のりをゆっくりと歩かされた。通りの左右では等間隔に配置された兵士たちが民衆の乱入を抑えている。あれ以来も脱出の機会を諦めずに探っては来たが、さすがに城の警備は厳しく抜け出すことは叶わなかった。そして……。

「申し訳ありません、エルシア様。何度か強い焦慮のような感覚を覚えましたし、おそらく姉には届いていると思うのですが……」

「ううん。多分皆きっと必死に私たちを助けようとしてくれているはずだわ、今も」

兵士たちに聞こえないよう静かに、暗い表情で私たちは話す。

残念ながら、本日までにジュデットからの救援は来ていない。

セーウェルトからジュデットまでの距離は、普通に馬車を走らせてもゆうに一週間はかかる。メイアの祈りが通じていたとしても、この国に入ってからの困難を考えれば、彼らがここまでたどりつくことは奇跡に近い確率だった。それでも……。

「諦めないで。きっとなにか助かる方法があるはずよ」

「はい……！」

メイアと私は涙をこらえると、最後の瞬間まで頭を悩ませる。

わずかでも助かる可能性を上げるために、この処刑の時間を一秒でも引き延ばし、失敗させることを考えなければ……！

「……ではこれより、セーウェルト王国の法に背き、魔族の国へ逃亡しようとした愚かな元大聖女エルシアに裁きを下す！　皆の者、静粛にせよ！」

セーウェルト王ライソン様が重々しく声を発し、民衆が声を潜めた。

彼の隣にはギーツ様とリリカもいる。その手にはあの紫色の秘術書が……。予定通り、ここで私の力を奪うつもりなんだろう。

「じゃが、その前に……こやつが神から譲り受けた力を返してもらう！　大聖女リリカよ……前に出よ！」

「ハッ！」

王の言葉に応じたリリカが私の隣に進み出る。彼女はその場に跪かされていた私を指差すと、なんと、群衆にありもしない事実を呼びかけた。

「この姉は、自らが大聖女として力を振るいたいがため、ある術を使ってわたしから力を盗みました！　そしてそれが王に明かされそうになった途端、姿をくらまし魔族の国へ逃げ込んで、彼らを操りこのセーウェルト王国への復讐を目論んだのです！」

（よくもそんな出まかせを……）

もちろんこれは大嘘だ。だが、多くの国民たちには妹の言うことが真実なのか間違っているのかなんて、見分けがつくはずもない。

「そ、そうだったのか？　じゃああの無能ぶりは前の聖女様に仕組まれて……？」

「そんな話聞いたことがないし、でたらめじゃないの？」

「しかし、他ならぬ国王様が後ろにいらっしゃるのだぞ」

動揺する街人たち。その前で、リリカは大きく宣言する。

「今こそ、邪心を持ったこの姉から力を奪い返し、罪を清算させる時なのです！　わたしも実の血を分けた姉をこの手にかけるのは忍びない！　ですが、涙を呑んで力を取り返し、神の御元へ送ります！　それが、わたしが天から受けた啓示なのですから！」

民衆の中で悲鳴のようなざわめきが走った。リリカは熱に浮かされた表情をしながら、今や自分の演技に陶酔している。

それに同意するように、セーウェルト王が彼女に命じた。

「ククク、ならば大聖女リリカよ、宣言通り自らの手の内に力を取り戻すがよい。さすれば、貴様こそ真の大聖女と神に認められ、このセーウェルト王国に永き安寧をもたらすことになるであろう」

「仰せの通りに」

言葉に従い、リリカは目の前に立つと他に聞こえないよう、悔しさを噛みしめる私だけに語りかけた。

「つらそうねぇ姉様。あぁ～そう、その顔なのよ、わたしが見たかったのは……」

「リリカ……どうしてこんなことまで」

「あんたの存在がどうしても許せなかったからよ……！　姉様はさ、ずっとわたしがなにをしようと、冷めた目で相手にしなかったじゃない。自分が我慢すればどうとでもなるみたいな顔してさ。その上からの態度がムカつくったらなかった。いつか絶対地獄に沈めてやろうって、そう思ってたの」

リリカは私の髪を掴み上げ、強引に自分と目を合わさせた。その笑いが、この上もなく優しいものから人とは思えないような悍ましいものに変わってゆく。

「わかる？　ここであんたは終わるのよ。今まで必死に培ってきた力もすべて奪われ、助けてきた人々にも見捨てられ、なんにもない空っぽのまま人生を嘆いて死んでゆくの。でもよかったわね、最後にあんたを好きでいてくれる人ができて。ふふふ、そうね、あんたを処刑した後は、その髪の毛でも切り取って魔族の国に送りつけてあげるわ。そうしたら、あいつら、どんな顔をするのかしらね？」

「なんてことを……」

「リリカぁっ！」

メイアが血色を失くして青ざめ、私はリリカに食って掛かろうとする。しかしそれは後ろにいた兵隊に押さえつけられ、無様に頬が石床の舞台に押しつけられる。

「ふふ、いいザマ。さて、そろそろ頃合いかしらね。それじゃさよなら姉様。あの世でもわたしを忘れないで、い～っぱい恨み言でも呟いてね」

リリカが秘術書を片手に私へと手のひらを向け、そして呪文を詠（よ）み始めた。

「……聖なる光を継ぎし者、ここに願う。分かたれし御光を今一度天へと返し、束ね、再び我がもとへ注がんことを――」

ひとつの家系で一世代にふたりの聖女が現れることは非常に稀なことらしく、そうした際には、ふたりの聖女の間で本来ひとりに受け継がれるはずだった力が分配されるという。

彼女が口ずさんだのは、それを正し、ひとつに合わせるための呪文。

それに合わせ私たちの体が仄かに輝き、光の粒子が漏れ始めた。それは筋となって私たちの中間で少しずつ合わさり、糸を紡ぐかのように温かい光の玉を形作ってゆく。

体の中から力が急速に失われてゆくのに抵抗しようと、私は体をぎゅっと縮め、神様に祈った。

（う、ううっ……！　お願いです神様、この力をリリカに渡さないで！　私には、皆との約束があるの！）

「チッ、無駄な抵抗を……そんなことをしても時間の問題よ」

わずかに光の流れが弱まり、リリカが舌打ちする。しかし光球の膨張は止まらず、広場を照らす荘厳な光景に民衆たちは見入った。

「おお、これが聖女の力の根源か……」

ギーツ様が呆けたように口を動かし。

「クハハハハ、見事じゃリリカよ。さあ者ども、その愚かな聖女の首を、処刑台に据えよ！　力を奪い次第、即刻そやつの首をはねてやろうぞ。その後そなたの力で首でも繋げて見せれば、新たな大聖女だということを示すよい機会になるであろう！」

セーウェルト王が興奮した表情で命じる。

私の首は木の枷にがっちりとはめ込まれ、身動きが取れなくなる。

そうしている間にも、光の玉はどんどん大きく、そして互いの体から漏れ出る光はどんどん弱いものになっていった。

このままでは、すべての力がリリカに奪われてしまう。

私は諦めるものかと懸命に体を動かし、メイアもどうにか拘束から逃れようと必死に衛兵に抵抗した。

「ん？　なんだあれは……」

その時、なにかを視界に捉えたギーツ様が声をあげ、私の目線もそちらに吸い寄せられた。広場から見える通りの奥で騒ぎが起き、人波を割るようにしてこちら目掛け、必死に駆けてくる一団がある。

彼らに見覚えがあった私はそれでも目を疑う。

「もしかして……」

「まさか……いや、それ以外にあり得ん！　魔族だっ！」

「なんとっ⁉」

ギーツ様の叫び声でセーウェルト王たちの間に確かに動揺が生まれた。

彼らの出現に勇気づけられた私は、その姿に騒ぎ出す民衆たちに向けて声を振り絞る。

「皆さんっ、どうか怖がらないで、その人たちを通してあげてください！　私たちは彼らを恐ろしい、自分たちとは相容（あいい）れない種族だと教えられてきましたが、実際は違うんです！」

「くっ⁉　……貴様ら、今すぐあの女の口を塞げ！」

セーウェルト王が周りの衛兵に命じる中、私は思うがままに口を動かす。

「彼らは、国内で瀕死の傷を負った私を自国に連れ帰り、手当てをしてくれました！　その後も、彼らの国に留まった私に無茶を言うどころか、非常に丁重に扱い、仲間として接してくれたんです！　彼らは無抵抗の人を傷つけたりしない！　セーウェルトの人々はもっと彼らのことを知らなければいけません！」

「おい、やめるんだ！」

衛兵が顔を掴んで顎を閉じさせようとするが、私はがむしゃらに抵抗し、しゃべるのを決して止めたりはしなかった。

「彼らはッ、私たちと同じ……隣人を愛することのできる心を持った人たちです！　姿形に差はあれど、決してその心は私たちのものと変わりません！　だから皆さん、彼らのことをどうか拒まないで！　見たことのない人たちのことを、誰かから伝え聞いただけの知識で、跳ね除けたりしないでください！」

「やめろと言っているっ！　痛ッ！」

口に入り込んだ指にも噛みつき、必死に食い下がる。

そんな私ををリリカが忌々しそうに睨み、空を見上げ、光を迎えようと両手を広げる。

「悪あがきもそこまで……！　さあ、聖女の力よ、その無様な姉を離れ、わたしのもとに来い！」

私の体からたなびく光の筋はもう消えそうだ。光の玉が揺らぎ、着々と彼女のもとへと近づく。

それと同時……一騎の騎竜が軽快に民衆の間を飛び越え、通りの荷台や出店などを足場にして広場へと疾駆した。それは押しとどめようとした衛兵を蹴倒して囲いを突破し、背から舞い降りたひとりの男性が軽く地面を蹴る。見間違えようもなく、彼は……。

「ジュデットの、王太子だとおッ⁉」

セーウェルト王がその姿を見て慄き……。

「……ッ⁉　光よ、今すぐ我が手に――！」

焦ったリリカがなりふりかまわず自分から光を手にしようと飛び上がる。しかし……。

「させないっ！」

光がリリカの指に触れようとするまさに一歩手前。

男性が抜いた白刃が、綺麗な半月型の銀光を描き……光の玉を真っぷたつに断ち割った。

ふたつに割れた光球が爆発するような光を放ち、かろうじて繋がっていた光の筋をたどって私のもとに戻ってくる。

そして、広場に現れた男性は黒髪を靡かせながら振り返り、私に微笑みかけた。

その姿を認識した私は信じられなくて……何度も目を瞬き、視界を滲ませる。

なぜならその人は、ここにいるはずのない人。

そして私が今、最も会いたいと願っていた人だったから。

「エルシア。遅くなったけど、迎えに来たよ」

（あんなに遠いところから、助けに来てくれた……！）

目頭が熱くなった私は、うんうんと頷くことしかできない。

「貴様っ！　邪魔を……」

「悪いが少し眠っていてくれ」

綱を切って処刑台の刃を落とす役目の執行人たちが斧を振るうが、実力の差は歴然。

彼は攻撃を躱すと彼らの鳩尾を殴って気絶させ、私の側にしゃがみ込む。

体を押さえつけていた木枠が外され、私は殿下に抱き着いて胸に顔を擦りつけた。

「クリスフェルト殿下……」

「間に合ってよかった……。本当に心配したんだよ。君といると、心臓がいくつあっても足りないな」

できることなら、優しく微笑する殿下としばし抱擁を続けていたかったけど、それはセーウェルト王が許さなかった。

「ベルケンド王の小せがれが。国内に入ったとは聞いていたが、どうやってここまで来た！　もしややつら、しくじりおったというのか……？」

セーウェルト王は予想外の事態に歯噛みしたが、すぐに表情を取り繕うと殿下を脅しつける。

「まあいい。魔族の身で国主の余に断りもなくこの場にいること、これは重大な領土侵犯である！　即刻そやつの身柄を置いてこの国から退去せよ！　でなくば、貴様をここで捕縛し、セーウェルト王国法により厳罰を――」

「黙れ……」

「ぬっ⁉」

短い、しかし強い怒りの籠もった低い声が、セーウェルト王の口を縫い留める。

殿下のエメラルド色の瞳の奥は炎のように揺らいでいた。

「あなたはエルシアを、法を犯したとして罰しようとしていたが……彼女がいったいなにをした？　この娘は人を助けこそすれ、傷つけたことなどないだろうに！　どうして私たちが無傷でここまで来ることができたかわかるか」

彼は今や続々と集まりつつある、王都の入り口から現れた人々を指し示す。

「それはな、彼女の救った人々が決してその事を忘れていなかったからだ！　多くの人々がエルシアに恩を受け、報いようと動いてくれたからだ！　周りを見ろ！」

「エルシア様を離せ！」

「そっちの大聖女リリカの言っていることは大嘘だ！　もし真実だとしても、ふらふらになってまで俺たちを助けてくれたのはあいつじゃない！　エルシア様を殺す必要なんてないはずだ！」

「ぐぅ……」

「な、なんだって言うのよ、こいつら」

言い放った殿下や、街に押しかけて来た多くの国民にセーウェルト王はわずかに怯み、リリカも後ずさった。顔を上げた私の目からは涙が溢れ出す。

（みんな……）

だって……見覚えがある人が何人もいたんだもの。

殿下と一緒に駆けつけてくれた人たちに。

魔族も人間も関係なく、一様に彼らの気遣わしげな瞳が私を見つめている。殿下の手が力強く私の肩を掴み、彼は王都の民衆たちに向けて真摯に訴えかける。

「王都にいるセーウェルトの民よ！　あなたがたの中にも彼女に助けられた方はたくさんいるはずでしょう！　ならば、我々魔族があなたがたを傷つけるつもりがないということを……。そして、ただ彼女の身を案じ、この処刑を止めるために来たのだということを信じてほしい！　どうか……頼む！」

深く頭を下げた魔族の王太子の姿を見て、辺りはざわめきに包まれ始めた。

「いったい、どうなってる……。魔族っていうのは悪者たちの集まりじゃなかったのか？」

「でもこの国の法律じゃさ……。そこに国王様もいらっしゃるし、逆らえば俺たちまで捕まっちまう」

「信じてあげて！　エルシア様は、私がひどい怪我をして苦しんだ時、あっという間にそれを治して、もとの生活に帰らせてくれたの！」

「つい先日まで戦ってた相手でしょう？　そんな人たちのことを信用していいの？」

「今は魔族のことよりエルシア様のことじゃ！　彼女は治療費が払えなかった儂らにも優しくしてく

だ さった。返すのは後でいい、それよりもあなたたちが元気になってくれて嬉しいと言ってくださったのじゃ。儂は彼女をお助けしたい！」

いくつもの議論が街中で巻き起こったが、それでも動いてくれる人たちがいて、少しずつ民衆が、広場の周りを押さえていた兵士たちを取り囲み始めた。そして……。

「魔族の人たちは、心ない人々ではありません！　私たちはあの処刑されようとしている魔族の女性の行動を見ていました！　彼女は王都が傷病者で溢れ返った時、エルシア様と一緒に患者たちの治療に手を尽くしてくれたのです！　皆さん、法は私たちが幸せな生活を送るために作り出されたものですが、すべてが正しいわけではないの！　決してそれに流されないで、自分の目で正しいかどうかをちゃんと見極めてください！」

そこに現れたのはプリュムたち聖女の姿で、彼女たちもまた仕事の手を止め私たちを助けに来てくれたようだ。そして魔族たちの部隊の中からひとりの女性が兵士の間をすり抜けてくる。

「エルシア様ぁーっ！　メイアっ！」

「「ミーヤ！」」

息急ききって走ってきた青髪の侍女は、解放された妹に勢いよく抱き着いて、大粒の涙を零す。

「馬鹿ね……。どうしてエルシア様をお守りできなかったのメイア！　それにあなたのことも！　生きた心地がしなかったわよ！」

「心配をかけてごめんなさい、ミーヤ」

再会を喜び合う双子の姉妹。側にいる殿下が、ここに来た経緯を私にこっそり教えてくれる。

「メイアの祈りはちゃんとミーヤに届いていたよ。それとこの国の人たちの協力がなければ、とてもこの日までにたどりつくことはできなかった」

「ええ。ふたりとも……。私を助けてくれて……友達でいてくれてありがとう」

「当たり前です！」

「私たちは、誰がなんと言おうとエルシア様のことが大好きなんですから……！」

ふたりの純粋な好意が私の心を満たしてくれる中、進み出たプリュムや他の聖女たちの手により、セーウェルト王の前に分厚い紙束が掲げられる。

「これらは、エルシア様の減刑を望む多くの人々の想いです。これだけでも、彼女の善行がどれほど多くの人々を救ったのかが判断できるかと。陛下、どうか御再考を……このまま強引に刑を進められれば、民の願いを聞き入れぬ冷酷無慈悲な王として、歴史に悪名を残すことにもなりかねません」

「小娘どもがっ……」

場の視線が、確かに彼を非難する方向へ傾いたように思えた。

顔を歪ませ小さく舌打ちをしたセーウェルト王は動揺する民衆を前に拳を震わせる。

だが、やがて彼はプリュムの前に進み出て目を血走らせると、その手で署名をぞんざいに打ち払った……。

風が署名の束を拭き散らかし広場が静まる中、セーウェルト王が猛々しく吼える。

「茶番はそこまでだ！　貴様らがなにを騒ごうが、今ここで捕らえて同盟国との間に突き出せば、ジュデットが様々な糾弾を受けることは必然。儂が働きかければ各国も貴様らを危険種族とみなし、連合軍を作って対処に当たるに違いないわ！　数年後にジュデットという国がまだ存在しているか見物だな！　さあ我が兵たちよ、こやつらをひっ捕らえてしまえ！」

このような事態になっても、セーウェルト王はこの王国の主であるという強権を振りかざすことをやめようとしない。場に控えた衛兵たちが戸惑いの滲む鈍い動きで指示に従おうとしたところ——。

「陛下ーッ！　ご報告がっ！」

「次から次へと何事だ！」

憤(いきどお)るセーウェルト王のもとに、王宮前広場の人波を押し退け、ひとりの伝令兵が駆け込んでくる。

「き、北です！　北部国境に、謎の大部隊が集まっているとの報告が！　なんでも複数国、五か国以上の連合軍だと！　同時に今、各国の大使にソムネルとジュデットの王を加えた使者たちが、ここへ到着しました！」

「は……!?　誰が通行を許した……我が国の者たちはなにをしている!?」

これには彼も驚愕したようで、錫杖を地面にガツガツと叩きつけ激しい苛立ちを垣間見せた。しかし考える暇もなく、しばらくすると豪奢(ごうしゃ)な馬車がいくつも乗り入れてくる。

中からまず現れたのはひとりの老人。それと頭部に角を生やした偉丈夫だ。

「いやー、突然の訪問ご無礼仕(つかまつ)る。ほっほっほ、この華やかさ、さすが王都と言おうか。セーウェルト王国はずいぶん潤っておるようじゃ」

「久しいな、ライソン殿」

「ソムネル王……それに貴様は、ジュデット王か！　どいつもこいつも勝手に人の国の領土に踏み込みおって、どういうつもりだ！」

どうやら、陛下の隣に立つ老人は、国境伝いにあるという北の大国の国王らしい。

そして先に上げたふたりの他にも、いくつかの周辺国家の元首や重鎮が、次々に馬車からその姿を見せ後ろに並ぶ。ベルケンド陛下が太く重たい声で経緯の説明を述べ始めた。

「セーウェルト王よ、ソムネル王や方々は儂の説得を聞き入れてくれたのだ。そこにいるエルシアはセーウェルト人であると同時に、我が命を救ってくれた類い稀なる薬師でもある。それに先だってジュデットは彼女に我が国の国籍を与えている。もうエルシアは、そなたの国だけのものではない」

次いで使者たちを代表し、ソムネル王が場に似合わない朗らかな口調で言った。

「わかるかの？　ここにいる国々のお偉方は皆セーウェルトが聖女と陽炎草を独占していることを苦々しく思っていたのじゃよ。しかも病に伏す一国の元首を癒す薬と引き換えに、お主らはジュデットの領土をたんまりとせしめようとしたようじゃな。この先我々が同じような目に遭ったとして、いったい今度はどれほどふっかけてくるつもりなんじゃろうな？」

「うるさいわ！　聖女も陽炎草も我が国の重要な資源であり所有物である！　それを我々がどう扱おうが貴様らにどうこう言われる筋合いはない！」

皮肉交じりの批判に対し、セーウェルト王は顔を赤黒くして反論する。が……ソムネル王は、その威圧を受け流すように泰然と、彼らの要求を突きつけていった。

「そういうわけにはいかんな。ベルケンド殿と我々の間ではすでに話し合いが為されておる。我々の希望をひとつずつ言おう。まず、以後聖女の身柄はセーウェルト王国法ではなく国際法で管理し、彼女たちの他国への帰化や自国民以外との交流を認め、不当な扱いから解放すること。次に、陽炎草についてもセーウェルト王国での独占をやめ、適切な市場価格で他国への輸出を認めること。この二点を我らはそなたらに求める。これをライソン殿が受け入れぬ場合、北の国境付近に集結させた連合国軍によって、直ちにセーウェルト王国へと侵攻を行う手筈じゃ」

「そ、そんな……っ」

セーウェルト王が口元をぶるぶると震わせる中、ソムネル王は、後ろに並ぶ錚々たる顔ぶれの重鎮たちに目配せで問い、それぞれが承諾の意思を見せた。

そして陛下が、威圧するように一歩を踏み出しセーウェルト王を見下ろす。

「さあどうする、ライソン殿。我々ジュデットを含めた五か国以上を敵に回し、はたして国家が存続できるか試してみるか？　それとも、我らの提案を受け入れ、聖女たちを解放するか……。選択はふたつにひとつ、ここにいるセーウェルトの民草が証人じゃ。答えられよ！」

「う、ううっ……たかが聖女ひとりのために」

唇を血が出るほど噛みしめ、セーウェルト王は顔色を目まぐるしく変化させる。

「くぅぅぅぅぅっ……！」

誰もがその口から、諦めの言葉が吐き出されることを期待していた。

だが、その後……。

「ククッ……クハハハハハッ！」

予想は裏切られ、彼は気が触れたように笑い出す。

そして示されたのは、最悪の決断だった。

「魔族に国を明け渡すくらいならば、最後の一兵まで戦うことを選ぶわ！　者ども、こやつらを殺せ！　セーウェルトはこれより周辺国家との全面戦争に突入する！　この大陸全土の覇権を我が国が手にする時ぞ‼」

セーウェルト王の選択は、国家の存亡をかけた血みどろの争い。剣を抜き放ち、国王が自ら発した滅亡への号令が広場を恐慌に陥らせ、もはやこの恐ろしい事態は誰にも抑えられないものだと思えた。

「――そんな事はさせません……！」

だが突如。

その場を……騒ぎを貫くように凛と響いた言葉が静止させる。

「皆さん、落ち着いてください！　どうか……冷静に」

涼やかで芯の通った気持ちのいい声音が風で冷やすように、人々の昂(たかぶ)りをゆっくりと鎮めてゆく。

「貴様ら!?　これはどういう事かっ！」

気付けばセーウェルト王の近くにいた衛兵たちは、続々と後列から現れた多くの兵士たちに取り押さえられていた。彼自身も素早く脇を抱えられ、その体が縛りつけられる。

「な、なにをしておる慮外者(りょがいもの)どもが！　誰の許しを得て……」

「父上……それに兄上。あなたがたの古い考えでは、もうこの国を率いることはできないのです」

その声が聞こえてくるのは、城に近い側の一角からだ。

どうやら、セーウェルト王たちを拘束するよう命じたのは兵士たちを割るように後ろから出てきた、美しい身なりの少年らしい。

続々と現れる王国の高官や貴族たちを付き従わせ、自らの父を似ても似つかぬ悲しそうな眼差しで見下げたのは……第二王子レセル様――今まで目立つ場所に姿を見せなかったもうひとりの若き王子だった。

「今や、王国として聖女や陽炎草を独占する利益よりも、他国と強調し手にする信頼や、時代の発展に合わせた技術の交換が大切になりつつあるのです。我々は生き残るために変わる努力をしなければならない」

「き、貴様……ギーツ、こやつらをなんとかせい！」

「くっ……ですが！」

今まで沈黙を貫いていたギーツ様も、周りを彼の連れてきていた配下ごと取り囲まれた。包囲は徐々に狭まり、彼は咄嗟にすぐ隣にいたリリカの手を掴む。

「ふ、ふざけるなレセル！　兄を差し置いて王にでもなるつもりか！　認めんぞ、私のもとにはリリカが、大聖女がいる！」

「は…………⁉　なんなのよこれ。ギ、ギーツ様……？　ちょっと、どういうことなの⁉　王妃は、ハーレムは⁉　ふざけんな、わたしの自己肯定感を返せぇぇぇっ‼」

事態についていけず放心していたリリカは激しく抵抗したが、それも空しくギーツ様に抱かれ、配下の用意した馬で連れ去られてゆく。

「姉様っ、わたしはあんたを許さない！　いい気にならないでよ、次は絶対すべてを奪い尽くしてやるんだからぁっ……！」

「叫んでないで早く馬に乗れ！」

リリカの捨て台詞と兄のそんな姿にレセル様は小さなため息を吐きつつ、事態を収めようと兵士たちに指示を出した。

「……お前たち、兄上を追ってくれ。では父上、王位の継承については近日中に話し合いを」

「くそ、愚か者めらが！　今に光神様の神罰が必ず下るぞ……！　魔族はいずれ必ず、人間を支配下に置き、暴虐の限りを尽くすであろう！　貴様らはそのきっかけを作ってしまったのだ！　我が言葉を忘れるな。そしていつの日か、後悔するがよい！　フハ、フハッハハハ……！」

衛兵たちは抵抗をやめ、彼にはもはや、味方する者は誰もいない。

そして最後にセーウェルト王は不気味な笑いを響かせながら、周りを兵士に固められ、自らの城へと戻されていったのである……。

嵐が過ぎ去り、静寂を取り戻しつつある王城前広場。

この国はこれからいったいどうなるのか……。そんな不安にいまだ大勢の民衆が固唾を飲んで見守る中、広場の中央より、事態を収めた少年が私たちの方へと近付いてきて、柔らかく微笑む。

「ご無沙汰していますね、エルシア。そしてお初にお目にかかります、ジュデットの王太子」

「レセル様、お久しぶりです」

「あなたがレセル殿か」

淡い金髪を背に流し、女性と見紛う繊弱さのレセル様と、黒髪で妖しい魅力のあるクリスフェルト殿下がふたり並ぶと、なぜだかとても絵になって見える。

「お目にかかれて光栄だ。たしか、あまりお体が強くないとお聞きしていたのだが」

「ある年齢までは。実は私もエルシアのお世話になったひとりなのですよ」

私は彼の立派な立ち姿を見て安堵していた。

数年前の出来事は記憶に新しいが、今ではすっかり血色もよくなり健康そうだ。

「おかげさまで体もずいぶん丈夫になり、国内外の出来事に目を向けられるようになりました。そして多くの臣下たちが、セーウェルトの現状を憂慮していることに気付いたのです」

レセル様は言う。セーウェルト王国は、今までも陽炎草や独占している他の資源と引き換えに、自国ばかりが有利な交渉を他国に度々強いてきた。そのおかげで大陸で一二を争う富裕国にはなれたものの、今もそうした国々からは好い印象を持たれていない。そして希少価値のあった資源も、技術の革新により代替物が生じることで、わずかずつではあるが価値を落としているのだと。

「たまったツケが、着々と我が国の基盤を揺るがしつつある。ですから、少しずつでも他国と正常な関係に戻れるよう、私たちは努力していかなければならない。変革が必要な時期となったのです」

レセル様とその配下は、あのふたりにはそれが不可能だと見越していた。だから彼は体が治っても息を潜め、味方を増やしつつその機会をずっと窺っていたのだ。

レセル様はベルケンド陛下と他国から来た重鎮たちの前に赴くと、その手を差し出した。

「無論、こうした事態を利用し王位を奪取することについて、謗りを受けることもあるでしょう。でもそれは覚悟の上。このような若輩者で恐縮ですが、あなた方や魔族の方たちと共に、これからこの国がよい方向を向けるように、力を尽くすつもりです。ベルケンド殿、ここで今、すべての禍根を断ち、我々との交流を新しく始めることを約束してくださいますか？」

「うむ……約束しよう。我々同じ大地に生きる者たちの未来のために。聖女たちの身柄に関しても、そなたらを信じてよいのだな？」

「ええ、早急にこの国でも法律を改め、皆様と意見を交換しましょう。すべてがすぐに変わるというわけにはいきませんが、必ずや」

ベルケンド陛下とセーウェルト王国の第二王子は硬く手を握り合う。

こうして、セーウェルト王国と魔族の国ジュデットの友好が、今ここに始まったのだ……。

「エルシア、大丈夫かい？」

殿下にポンと肩を叩かれ、私はハッとする。

「……はい。あ、あの、本当にありがとうございました！」

窮地からの脱出、そして殿下の登場から一転して追い詰められていったリリカやセーウェルト王の退場と、第二王子の登場。目まぐるしい展開に頭が追いつかず、そして皆がここにいることがいまだに夢のようで、私は目をこする。

（こんなことが現実になるなんて……）

「さあ、皆警戒を解いてください！　我々と魔族が争っていた歴史は終わりました！　これからは、同じ大地に生きる仲間として、人も魔族も手を取り合う時代の始まりです。少しずつでいい、彼らのようにお互いを受け入れ、会話を交わすことから始めましょう！」

第二王子殿下が、その体に似合わぬ声を張り上げ、私たちに手のひらを向けた。

民衆たちの間から大きな歓声が上がる中、私は真っ赤な顔で彼らを見渡し、隣に佇む殿下が大きく手を振った後、にっこりとこちらに笑いかけてくる。

「ははは、上手く材料にされてしまったね。いや……でもそれならいっそ、派手にお披露目といこうか！」

（えっえっ……？）

そこでなにかを思いつき、楽しげな声を出した殿下は……戦装束のマントを翻すと、すらりとした体を跪かせ私の手を優しく取る。はっきりと通る声が広場によく響いた。

「セーウェルトの聖女、エルシア・アズリット嬢。陛下や私を救い、魔族と人間の懸け橋となってくれたあなたに、私は婚姻を申し込みたい。ぜひ、我が国を再び訪れ……次の王妃として、私を隣で支えてくれないだろうか？」

「ええーーーーっ⁉」

わっ――と、驚きと喜びの入り混じった大歓声が王都を包み、パニックした私は足元の殿下を見つめ、その場にへたへたと腰を下ろす。

第二王子とベルケンド陛下が呆れつつも、どこかおかしそうに言った。

「これはこれは、おふたりにとって半年の時間は想いを実らせるのに十分だったのですね」

「まったく、こんな大胆なことをしでかす息子に育てた覚えはなかったのだがな」

ふたりの侍女は顔を見合わせてきゃあきゃあとはしゃぎ、プリュムや他の聖女たちはぎゅっと手を握り期待の眼差しをこちらへ向けた。各国の重鎮たちは、これからの世界の行く末を案じているのか、どこか難しげな表情で言葉を交わし合っている。

私はもう一度、目の前の殿下を見た。すると、彼は事態を面白がるかのように、片目でウインクをし、初めての告白を受けた時のように穏やかな笑顔で頷きかけてくれた。

出会った頃はとても真面目で、こんなことをしでかす人だとは思えなかった。

それでも……こんな風に問われるまでもなく、私の気持ちは決まっている。

たくさんの人の前で疑いようもなく、こんなにまっすぐな気持ちを示されて、嬉しくないはずがないもの。

よって、私も笑顔になってこう答えた。

「こんな私でよろしければ、喜んでお受けいたします。魔族の国の、素敵な王子様！」

「よし！　それじゃこのまま婚約披露といこう！　レセル第二王子、街中を回らせてもらってもよろしいですか？」

「ええ、もちろん！　ではセーウェルト王都の民よ、我が国の誇りに懸けて魔族の方々を歓待しましょう！　これより、本日は《ジュデット・セーウェルト融和記念日》と称します！」

王都は直ちに慌ただしさを取り戻す。第二王子や高官の指示の下、セーウェルト兵たちが街頭警備に散っていき、街のそこかしこが華やかに飾られ、祭りの雰囲気に包まれだした。

見れば魔族たちも、それぞれが積極的に街人たちに話しかけ、ぎこちなくも楽しそうに交流を始めている。

私はそんな中を殿下に寄り添い、ゆっくりと歩き出す。

誰かのおめでとうの言葉と共に、籠から振り撒かれた花弁が宙に舞う。

「うん……いい空だ。私が生まれた頃はこんな日を迎えられるなんて、思っても見なかった……。無我夢中でここまでやって来たけど、今私はセーウェルトの王都を誰の目も気にせずに歩けているんだな」

掠れた殿下の声から大きな感動が伝わり、私もなんだか鼻の先がじ～んと痺れた。

「きっとこれからは、そんなのも当たり前になりますよ」

「そうだね……。さあ、行こうか」

魔族の存在が、この国の人たちに完全に受け入れられるようになるのは、きっとまだずっと先のことだろう。でも間違いなく私たちは、その一歩をちゃんと踏み出すことができたのだ。

この日は、決して忘れることのできない特別な一日となって私の心に刻まれ、同時に。

「エルシア。私の夢を叶えてくれて、ありがとう！」

殿下にとっても、最高の一日になったようだった。

◇

（冗談じゃない、冗談じゃない、冗談じゃないっ……！）

その頃、疾走する馬上にて。

わたし、大聖女リリカはギーツ様の腕の中で、遠ざかる王都に爪を噛みそんなことを呟いていた。

明らかに上手くいっていた。処刑は滞りなく進み、あのまま姉様の人生はここで終わって、二度とその顔を見ることはなくなるはずだった。

そして民草の信仰を取り戻したわたしは王妃としてこの王国に君臨し、死ぬまで贅沢な暮らしを……王都に王城より高いハーレムタワーをぶっ立て、蟻(あり)みたいに小さな眼下の国民にワインの雨を浴びせてやりながら、毎日上半身半裸の日替わりイケメンを何十人も侍(はべ)らせる生活に身を浸すはずだったのにぃぃぃぃ……！

（それがどうして……こんなことにッ！）

後ろからは第二王子配下の兵士たちが、こちらを捕らえようと倍以上の数で追い立てて来る。

「止まってください、王太子！　これ以上逃げ続けるなら容赦はしませんぞ！」

「ふざけるなよ……！　セーウェルトの第一王子であるこの、ギーツ・セーウェルトに弓を引きおって！　私が玉座に返り咲いた暁には、命はないと思え！」

「ギーツ様、これからどうするんですの⁉」

わたしは胸に抱えた聖女の秘術書を取り落とさないようにしながら、苦々しく呟くギーツ様に尋ねた。すると彼は苛立ちを隠さずに舌打ちする。

「このまま西に進めば、我が父と懇意にしているバルニュイ侯爵の屋敷があるッ！　そこへたどりつき、支援を頼むのだ！　レセルの支持基盤はまだそれほど大きくはない！　私が陣頭に立って各地の領主たちに説いて回れば、必ずや同調してくれる者もいるはずだ！」

その言葉を聞いてわたしの顔に笑みが戻る。

そうだ、ギーツ様はなんといってもこの国の第一王子、そして今やわたしは正式な大聖女であるのだ。そのふたりが揃っていれば、たとえ一時王都を離れても、必ずあいつらから権力を奪い返すことができるはず……。

……ビュン！

「ひぃっ！」

耳の横を矢が掠め、わたしは目を剥く。やつら、本当に当てる気で撃ってきやがった……！

わたしはギーツ様の肩をバシバシ叩いて促す。

「ギ、ギーツ様、もっと速度を！　速く！」

「わかっている！」

ギーツ様は追っ手を撒こうと森に入り、木々の間をジグザグに奔る。

後ろでは彼の部下がどんどん数を減らしていく。

わたしはギーツ様に捕まりながらぶるぶる震え、体を小さくした。

なんせ、何本も矢が体の近くを通り、幹や大地にがんがん突き刺さる。

戦はおろか、兵士たちの訓練すらろくに見たことのないわたしには、それは恐怖以外の何物でもない。

「ギーツ様ぁっ、もっと本気出してくださいよぉ！　おらこのへボ馬、もっと早く走りやがれッ！」

「ああっ、やめろ！　我がアレニール号の尻を蹴るな！　そんな事をしたら！」

わたしはギーツ様の腰に手を回しながらヒールで馬の尻をガツンガツン突いてやる。

すると、王子ご自慢の白馬は甲高い嘶きを発し、めちゃくちゃに走り始めた。

「うわぁぁぁっ！　アレニール号、落ち着け！　振り回されるっ！」

「つきゃぁぁぁぁぁっ！」

半狂乱となった白馬は、狂ったように木の根を避けて跳び回り、森を突っきっていく。

わたしたちは体をフラスコに突っ込まれ撹拌されるような地獄の上下運動を味わい、必死に馬にしがみついた。

「うえっぷ……はぁはぁ。リリカッ、お前のせいでひどい目に遭ったじゃないか！　胃がひっくり返りそうだ」

「で、でもご覧ください、追っ手のほとんどを引き離しましたわ！　このまま進めばわたしたちの勝ちです！　やったぁ！」

「そ、そうだな！　はっはっは、早くバルニュイ侯爵の屋敷へ赴き、冷えたワインでもいただいて疲れを癒すとしよう！」

ようやく森を抜けたのか、視界の前方が開け、青く澄んだ空が見えてくる。

それがわたしたちには祝福のサインに思え、ふたりが口々に快哉を上げ、笑みを戻した時だった。

――ドスッ。

「「……………えっ？」」

鈍い音と共に後ろから、馬の尻になにかが当たった嫌な振動が伝わる。

一瞬だけ見えた……その場所に一本の流れ矢が突き立ち、びりびりと揺れているのを。

「ブルヒュヒヒヒィン……！」

途端に馬はまたパニックに陥り制御不能となる。その時、ギーツ様が前方を指差し青ざめた。

「おい……待て……やめろ、そっちは！」

わたしはその言葉におそるおそる後方を振り向くと目を見張り――そして恐慌する。

「が、崖だぁぁぁぁあっ！」

「うひぃっ、嘘ォ！」

わたしたちは気付いていなかったのだが、今まで走っていた道はなだらかな上り坂になっていた。

そしてこの先も続いていると思っていた道の先は途中ですっぱりと途切れ、向こう側とは橋をかけないと届かないほどの隙間が空いている。

「くそおぉぉぉぉぉ…………‼」

ギーツ様が慌てて手綱を引き、わたしも手伝う。

だが、そんなくらいでパニック状態の馬は止まってくれなかった。

「「ああああああ……」」

遥か下――流れの速い川からは激しい水音が聞こえてくるが、もうわたしたちは互いを抱きしめて震えることしかできない。

そして、馬は跳んだ。

「ブルヒャッヒィーーン……‼」

「リリカ、お前のせいだぁぁぁぁぁっ！」

「ギーツ様の馬鹿ぁぁぁぁぁっ！」

わたしたちは白馬の嘶きと青い空を背景に、太陽に照らされながら三つに空中分解し、勢いよく眼下の川面へと落ちてゆく。

（ああ、飛ぶってこんな感じなのか……）

くるくる回った後、ドレスをはためかせて浮遊感を味わう引きつり笑いのわたしの目尻から、きらきらした雫が上に登っていき……それと反対に、真下へぐんぐんスピードを上げていく体を、荒ぶる水面が待ち受ける。

水に映る自分の笑顔が、走馬灯を見るようにゆっくり少しずつ大きくなってゆくのを見つめながら、わたしは思った。

（わたしって、こんなブサイクだったんだ……）

――どっぱぁぁぁぁぁん‼

水の冷たさを感じる暇もなく――惨めな感慨と共に、すべてが木っ端みじんになるような衝撃がこの体を襲い……。

それは次の瞬間。わたしという存在のことごとくを、綺麗さっぱり吹き飛ばしてしまった。

第十六話　新たな夢

白い光が瞼の裏を照らし、私は薄く目を開いた。

開け放たれた窓から爽やかな風に乗り、どこか物悲しいリュートの音が微かに流れてくる。

ぼんやりとした視界の中に、誰かの影が映った。

「おはよう、エルシア」

「おはようございますぅ……殿下」

むにゃむにゃと呟きながら、私は窓のカーテンを開いた殿下をベッドから見上げる。彼はその脇に座ると、寝乱れて顔にかかった私の髪の毛を避けてくれた。

「ふたりの時は、クリスでいいって言っただろ」

「はい、クリス……」

返事をし、寝ぼけた私はベッドからゆっくり這い出そうとして、その手をずべっと滑らせた。

「なな、なんであなたがここにいるんですかっ⁉」

「夫婦なんだから、当然でしょ？」

「え……？　あ……そっか」

なにを言っているのだという風に殿下が首を傾げ、そこで私は思い出した。

そう、つい数日前私は殿下と正式に婚姻を結び、ジュデット王太子妃の身分となったのだ。

よって今、私は新しく与えられた部屋で、彼と寝食を共にしている。

「おいで、エルシア」

「は、はい」

殿下がおっかなびっくり近づいた私を体の前で抱き、頭の上に顎をのせる。

「まだ慣れない？」

「そうですね。いまだに……こうしていることに現実感がないです」

何度彼に抱きしめられても、心臓が激しく脈打つのは変わらない。一応これでも初夜だって済ませた身なのだが……。ちなみにその時の私の醜態はすさまじく、決して人に伝えられるものではないので、内容は名誉のために伏せさせていただく。

私と相反するように殿下の心音は穏やかだ。時間が経つとやっとそれに引きずられるように、ようやく私の鼓動も収まりを見せてきた。

「私は、こうしているとすごく幸せを感じるよ」

「私だってそれは感じてますよ。でも、今はまだ、どきどきする気持ちの方が強くて……」

少し頭を動かし殿下の顔を見上げると、彼の深い緑の瞳も少し緩んだ形で私をぼんやりと見下ろしていた。よくもまあ、私なんかがこんな綺麗な人と番（つがい）になれたものである。

まるでその気持ちを読み取ったかのように、殿下が呟く。

「言っておくが、私の方から好きになったんだからね？」

「それは……口に出していないだけで、私の方が先かもしれないじゃないですか」

「いいや、絶対こっちが先だね」

「いいえいえ……」

「なにおう？」

殿下と私はお互い目付きを鋭くし、ヘンな言い争いが始まった。

でもこれに関しては譲れない。私の方が、きっと何倍も殿下のことを好きなのだから。

「「……ぷっ」」

しばらくすると、自然と互いの表情が崩れた。

「ふふふふ……」

「くっくっく……じゃあ、お互い同時に好きになったっていうことにしておこうか」

「それがいいです」

私は殿下の言葉に頷くと、ノックの音がしたのでそろそろっと体を離す。

声掛けの後、入室したのはおなじみのふたりの侍女だ。

「おはようございます、殿下、エルシア様」

「あら、もしや……お邪魔でしたかしら？」

「これメイア！　いらないことを言わない！」

ぱんと生真面目なミーヤが妹の頭を叩き、ふたりは何事もなかったかのように私たちの身支度を手伝い始めた。

「本日は、新しい薬草園の方を訪ねられるのでしたね？」

「うん。少し汚れるかもしれないから、なるべく動きやすい服装でお願い」

「かしこまりました」

そうは言うものの身に余る身分のため、街に出るにはそれなりに着飾らないといけない。ミーヤは森のようなグリーンのドレスを私に合わせ、春先の冷えを防げるよう肩口にそれよりやや淡い色のケープを羽織らせてくれる。

「メイア。少しそれは派手すぎると思うんだがな」

「そうでございますか？　ですがこれくらいしませんと、殿下の美貌に服の印象が負けてしまうのですよ」

　メイアが殿下に仕立てたのは、いかにも王子様という真っ白な上下の衣装だ。金縁刺繍（ししゅう）と首元の黒いタイがアクセントとなっており、なかなかに美々しいが、確かによく似合っている。

「私は綺麗だと思いますよ？」

「ほら、エルシア様もああ言っていらっしゃいますし」

「そうかい？　なら、まあいいか」

殿下はぽりぽり頬をかくと、渋々といった体で脱ぎかけた上着を羽織り直し、私に手を差し出した。

「それじゃ、朝食に行こう。父上もなにか話したいことがあったみたいだしね」

「ええ」

「「では私どももお供を」」

「ああ、頼むよ」

そんな感じで、私たちは王族専用の食堂へと移動していく……。

食堂に着いてみれば、いつものテラス席にはすでに陛下と王妃が座っていた。

「申し訳ありません、お待たせして」

「かまわんよ。新婚夫婦にとっては朝の時間は貴重じゃろうからな」

申し訳なく思い頭を下げる私に、陛下はいつもの重々しい声で頷いてくれる。

王妃は私たちの姿を見てしきりに褒めてくれた。

「エルシアもクリスも、よく似合っていますよ。若い人たちの綺麗な姿を見ると、元気が出るわね」

「ほら、好評でしょう?」

「私の趣味じゃないんだがな」

困りながらも、どこか嬉しそうな殿下と共に席に着くと、私はこの場にひとつだけの空席を見つめ、頬を緩ませた……。

ミーミル様は今、この国にいない。なんと、セーウェルト王国に留学しているのである。

彼女から先日手紙が送られてきた。どうやら彼女は憧れのセーウェルト生活を満喫されているご様子だ。

【犬と猫、私の描いた絵と全然違ったじゃない！　どうして教えてくれなかったのよ、もうー！】

そんな一文から始まった私への手紙は、向こうでの生活や起こった出来事について、事細かかつ、感情豊かな文章で記されていた。

セーウェルト王国の妙ちきりんな動物たちに感心したこと、食べ慣れない食事も我慢して飲み込んでいること、魔族の自分の姿を気にせず、綺麗だと褒めてくれる人がいて誇らしかったこと。それから、第二王子レセル様がよく自分を気遣ってくれて、ちょっと気になっていることとかも……。

そんな手紙を私はにまにましながら読んでいた。もう数か月もすれば、ミーミル様もまたこの国へ戻って来るというから、たくさんの土産話が聞けることを期待している。

食事しながら意見を交わす陛下や王妃たちの服装にも、少しずつ、セーウェルト産の装飾品が増えている。あちらから友好の証として送られてきたものを陛下たちは率先して身に着けてくれているようで、それが両国が仲良くしている証だと思うと私の気持ちも弾んだ。

「さて、儂もそろそろ仕事に行かねばな。これから周辺国の方々と様々な交渉を行わねばならぬ」

セーウェルトとの融和以来、ジュデットと国交を開きたいという申し出は爆発的に増加し、陛下は嬉しい悲鳴をあげている。各国を飛び回り精力的に活動しているため、王宮を不在しがちになっているが、留守は王妃と臣下の人たちが纏め、そしてなによりも殿下がいる。

遠慮なく話し合える間柄に戻った彼らなら、この国をしっかりと導き、今よりももっと人々を笑顔にするだろう。もちろん私も及ばずながら家族として支えるつもりだ。

陛下が顔を寄せ、私にぼそぼそと言った。

「エルシアよ。クリスに問題があったら儂かシゼリカに言うのだぞ？　やつめは意地っ張りで、人に頼るということが上手くないからな。たまにはたっぷり甘やかしてやってくれ」

「父上！」

それを聞いた殿下が恥ずかしがって声をあげ、陛下は珍しく大笑いしながら去ってゆく。

「ふふ、あの人ったら……」

王妃も口に手を当てて微笑むと、私を穏やかな目で見つめた。

「エルシア、私たちの未来を救ってくれてありがとう。これからも、クリスをよろしくね。この先も、息子と一緒に幸せになる姿をずっと見せてちょうだい」

王妃様の両手が私の手を包み込み、喜びの気持ちがこちらの胸にもしっかりと伝わる。

「……はい、お義母様！　それじゃ、行ってきます！」

この人たちと、新しい関係を築けたのが、ただただ嬉しくて。

元気よく応えた私は、殿下たちと共に本日の目的地へと王宮から出発した。


竜車でしばらく走り、訪れたのは郊外の一角。広い農地だ。

そこで降りると、地面に座り込んでいたひとりの男性がこちらを向き、立ち上がった。

「おお、よく来たなエルシア。いや……もう王太子妃とお呼びせねばならんか」

白衣を翻すその男性は、もちろんベッカーだ。彼はある計画のため、この広い農地を新しく国から預けられ、その準備を続けて来た。

いきなり他人行儀な振る舞いをしようとする彼に、私は拗ねたように口を尖らせる。

「よしてよ、らしくない。これまで通り名前で呼んで。でないと口聞かないからね」

「相変わらずだな。ま、我輩としてもその方がよほどしっくりくる。殿下もそれでよろしいか？」

「そのくらいで目くじらは立てるもんか。私は心の広い旦那様でいたいからね」

その言い草に皆が苦笑し、場が和んだ後、私たちは広い農地を見渡した。

「ここで、今日から陽炎草を栽培していくのね……」

「ああ、といっても、まだ他の聖女がこちらに着いていないから、お前の監督できる範囲でだけだがな」

あれから、陽炎草については禁輸処置が撤廃され、セーウェルト王国から、少しずつ他国に向けての輸出が始まっている。聖女の数はセーウェルト王国全体でもそう多くはなく、陽炎草の生産数も限られていることから今はまだそれほど安い値段では出回りそうにない。

それでも大聖堂を引退した聖女たちが少しずつ他国へ出向き、一時的に生産を手伝ってくれる仕組みが作られようとしているなど、一歩ずつ状況は進展している。聖女も希望すれば国外へと赴くことができるようになり、今まで治せなかった病に希望が持てるようになる国も、多く現れることだろう。

明るい話はそれだけではなく、ジュデットからも貴重な植物、たとえば粉末にした竜木などの提供が始まり、両国ではこれから積極的な技術交換が行われる予定だという。各国が新薬の作成に取り掛かり始め、薬師たちの間ではかつてない盛り上がりを見せているようだ。

ちなみに牢から救出された私の父母は、前セーウェルト王に貯めていた資産をほぼ没収されてしまったのだが、そこは能天気なあの人たち。めげずに新たなビジネスチャンスを探してジュデットへ移り住んだんだって。そしてふたりから聞いたのだけど、リリカとギーツ様は逃走中、王都近郊の相当高い崖から転落したそうで……痕跡として聖女の秘術書だけが見つかり、彼らは死亡扱いとされた、らしい。

「エルシア、どうかした？」

「いいえ。大丈夫です」

このことについて、私はもう考えない。お互いが譲れないもののために戦った結果だ。妹のことを綺麗さっぱり忘れるなんてできないけれど、私は私の人生を、胸を張って生きていく。

決意を胸に私は、あえて元気に人差し指を天へと突き上げた。

「では、記念すべきジュデット産陽炎草の、一本目を植えるとしますか！」

「わくわくしますわ！」

「そんなに早く芽が出るのですか？」

陽炎草の発芽を見たことのない侍女ふたりが、畑に座り込んだ私の手元を覗き込む。

私は柔らかい土をゆっくり指で押し込むと、その穴に向けて、小さな種を一粒落とす。

「それじゃ、見ていてね。一瞬だから」

集まって来た皆が、食い入るように地面を見つめ、私はそこに、聖女の力をゆっくりと籠めていく。

すると……鮮やかな橙色の、朝日みたいに光る新芽がぴょこんと顔を出した。

「わぁぁぁぁ……」

「いつ見てもいいものだよな、生命が生まれるところというのは」

メイアがはしゃぎ、腕組みしたベッカーがうんうんと感じ入る。

「では、私が穴を開けていこう」

続きをやろうと殿下が私の前にかがむと、その長い指で小さな穴を作る。

「なにも、殿下自らなさらなくとも……我輩が」

「いや、やらせてくれ。これからは、エルシアのすることをどんなことでも分かち合いたいんだ」

「「あらあら」」

「そう言われては、仕方ありませんな」

双子の侍女がご馳走様（ちそうさま）というように同じ仕草で口を押さえ、ベッカーが肩を竦めて引き下がる。ひとつ穴を開けては、力を籠め……穴を開けては、力を籠め。私と殿下の共同作業は、しばらく続く。

——思わぬ発端から始まった、私の旅はこれで終わりだ。

でもそれは新たな未来へと繋がっていた。たくさんの素敵な体験がまだまだ私たちを待ち受けていて、これからも大切な人たちと一緒に人生を歩めることが、私にとってはなによりも喜ばしい。

後ろを振り返れば、いくつもの綺麗な新芽でできた道が思い出のようにきらきらと輝いていて……周りには、愛すべき仲間たちの笑顔がある。

「我輩も、まだまだ長生きして次の世継ぎを見届けねばなぁ……」

「私もエルシア様の赤ちゃん、楽しみですわ！」「ふたりとも、気が早いですよ！」

はしゃぐ彼らを見ておかしそうにする殿下の手を借り立ち上がると、私の頭にはすくすくと一面に育ったオレンジ色の草原が思い浮かんだ。それらはいつか新しい種をつけ、私たちの想いをのせて世界中のいろんな場所へ広がってゆくのだろう。

そうしてまた、新たな可能性がひとつずつ、誰かの手で創り出される。

「エルシア。この先もずっと一緒に進んでいこうね、私たちのペースで」

殿下が私の肩を抱くと、声を弾ませて言い……。

「……はいっ！」

私の顔に心からの笑顔が咲いた。

――いつだって、世界を巡る創造の輪はたくさんの人の願いを紡ぎ、希望を生み落とす。それは拾われ、やがてまた別の形となって誰かの手に渡るだろう。まるで、命が受け継がれてゆくように。

だから私も大切な人たちと歩みを共にし、まだ見ぬなにかを見つけて贈ろう。

それがいつか誰かの大切な人に届き、嬉しい気持ちが花開く。そんな未来を夢見て……！


（おしまい）

番外編　未来を描いて

——ぱっくん。

「むぐむぐ……」

真白な雪が目の前に来たのをいいことに、赤髪の侍女が口の中にそれを閉じ込めた。

「あー、ずるい。私も～」

それを見て、魔族の国の王女が真似しようと唇を開く。

「ミーミル様、あなた様は御身分をお考えになってくださいまし」

「むぅ～むぅ～」

しかし、そんなはしたない彼女の口は青髪の侍女にさっと塞がれ、隣にいたサラサラの金髪の少年が苦笑してみせた。

「ははは……。やあでも、素晴らしい絶景ですね。これが万年雪……一度見てみたかったのですよ。私も」

「……はぁぁぁぁぁぁぁ。ため息しかでません。自分の国にこんな場所があったなんて」

「これほどの美しい絶景は、ジュデットでもなかなかお目にかかれないな……。私に絵心があるのならば、ひとつ写して、国に持ち帰りたいほどだ」

吐く息を白くして少年の感想に同意する私とクリス。

なにしろ、見渡す限りが白。ところどころ銀色の影が凹凸を表すように伸びている以外は、砂糖でも振りかけたようにくすみのない純白で覆われている。

ここはセーウェルト王国にある、グランクリュという街を少し出たところ。

そしてここにいるのはミーミル様に、先日若くして戴冠されたセーウェルト国王レセル様。

それにジュデットの王太子であるクリスと私エルシア並びに、おなじみの双子侍女と護衛たちだ。

ジュデット国内での周知が一段落し、しばし羽を伸ばすことを許された私たちに同行する形で、レセル様とミーミル様がこの旅行についてきた。いや、もう義妹になったのだから、王女についてはミーミルって呼ぶのがいいんだろうね。

ちなみにジュデットの国王夫妻はおいそれと国を離れられないため、私たちを喜んで見送ってくださった。先々クリスが王位を継いだ時は、彼らにもぜひこの景色を見に来るように勧めたい。それほどに美しい、心に迫る絶景だった。

「しかし、着込んできたけどやはり冷えるね。ほら、エルシア、女性が体を冷やすのはよくないから、少しくっついていよう」

「あ、ありがとう。クリス……」

穏やかな微笑みを浮かべ、半歩後ろで黒髪をフードの中に隠したクリスが私を背中から包み込み、マントの中で温めてくれる。その姿を、会わない間に少し背丈を伸ばしたミーミルが冷やかした。

「あーら、お熱いこと。さすが新婚ホヤホヤは鮮度と糖度が違うわよね～、お兄様」

だが、それにクリスも負けじと、どこか楽しげに返す。

「ふふん、羨ましいだろミーミル。エルシアの世話を焼く時のこの幸せ、お前にもお裾分けしてやりたいくらいだよ」

「うぇぇ……甘ったるいこと言わないでよ。胸焼けしちゃう」

そのストレートな言い方に、ミーミルは体をちょっと離すようにして口を押さえた後、ちらっとレセル様を見た。だが彼は、遠くの景色を見るのに夢中で、それには気付いていない。

「ミーミル王女」

「はっはい！」

彼の細く綺麗な指が、街から伸びる街道の奥に見つけた、小さな影を差す。

空色の優しげな瞳は、王女に優しく微笑みかけていた。

「あちらの方を見てください。ほら、角の大きいトナカイが荷物を引いていますよ」

「えっ、どこですか？　トナカイってどんなのなんです？　あ、あれ……？　シカっていうのとはどう違うの？」

「近くに行ってみましょうか。ほら、足元が歩きにくいですから気をつけて」

「はい……」

レセル様が手のひらを差し出すと、その上に借り猫のようにしおらしくなったミーミルが指の先をそっとのせる。しかしレセル様にそれをしっかりと捕まれ、瞬く間に彼女の顔は桜色に染まった。

顔色ひとつも変えず、レセル様は嬉しそうにこちらに断りを入れる。

「では少し、私たちは移動します。日暮れ前には宿に戻りますので」

「ええ……くれぐれもお気をつけて。そうだミーヤ、ミーミルについてやってくれるか」

「かしこまりました」

クリスが命じ、しっかり者のミーヤが王女の後ろに早足で続くと、それを追うようにぞろぞろと護衛の兵士たちが並んでいった。

「ふふ、面白いものを見た。お転婆に育ってしまったミーミルも、レセル殿には形なしか」

「微笑ましいですね」

日に日にシゼリカ王妃に似て美しくなるミーミルが、多くの貴族の心を掴むのもそう遠い未来ではないと思う。そんな彼女が自分に想いを寄せていることを、レセル様は気付いているのかな？

彼はとても公平で、男女分け隔てなく接することのできる、非常に美しい心の持ち主であることは間違いないのだけれど……でもそのせいか、女性との距離感が時々ちょっと危うい感じがするのよね。わざとやっているんではないのだろうけど、それがどれだけの貴族子女の心を刺激しているのか、多分、ご自身は意識されていない。

（敵は多そうよ！　頑張れ……ミーミル！）

「どうしたの？」

「ちょっと、義姉として念を送っておきまして」

あははと空笑いする私に、クリスはよくわからないといった表情をする。う〜ん……ある意味業の深い人たちだよね、美人っていうのは。

「――エルシア様エルシア様、見てくださいましっ！　これ、借りて参りましたわ！」

複雑な表情をしていた私がメイアの嬉しそうな声に振り返る。すると……。

「わっ！　なにそれ……」

「ずいぶんと大きな橇だな……！」

弾けるような笑顔でメイアが引きずってきたのは、雪原を滑る一台の橇である。どうやら、遊びに使っていたのを借りてきたらしく、遠くで親子が手を振っていた。

そして彼女は自分もちゃっかり足に雪上滑走用の板橇を括りつけているのであった。

それを見たクリスの目が好奇心でキラッと光る。

「よしっ……たまにはこういうのもいいか！　エルシア、乗って！」

「へっ、えぇぇぇっ⁉」

彼はたちまちなだらかな丘陵地帯を見つけると、その頂上にミーアと共に引っ張っていった私入りの橇を据える。慌てた護衛たちも後を追ってくるが……。

「殿下、お待ちください！　無茶な行動はお控えくださいー――」

「よおし、メイア、後ろを押してくれ！」

「承りましたわーっ！」

クリスは私の後ろに座ると、私の体を抱きしめて固定し、メイアに声をかけた。

元気いっぱいのメイアがただちに後ろに回り込むと、強い力で橇をグッと押しながら走り出す。

「行っきますわよーっ！」

「わわっ……きゃぁぁぁぁっ！」

「いやっはーっ！」

それほど急ではない斜面なのに、メイアが押し出すと橇はぐんぐんとスピードを上げていく。雪混じりの風が顔を叩き、クリスが楽しそうに快哉を上げ、私はひぃひぃ悲鳴を漏らす。

「殿下ーーっ！」

護衛たちの怒った声はたちまち遠くなった。

飛ぶように過ぎ去る景色を堪能し、あるところでクリスは速度を落とそうとしたのか片側に体重をかけた。でもそれで橇はコントロールを失うと、なんと私たちごとぐるりと横転してしまう。

「ひっえぇっ！」

「うわっぷ！　いっつ……」

――バサッ……と綺麗な人型の穴を開け、私たちは雪のクッションの中に沈んだ。

私が下で、クリスは上。

「あっ……」

「ふう、大丈夫？　わわっ」

ちょうど覆い被さるようにしていた彼が、口を動かしそうにしたところ。

近くにあった針葉樹に、橇がぶつかるゴトッという音がして……。

――バサバサッ。

彼の頭が枝から落ちてきた雪で真っ白になった。

「な、なんなんだ⁉　ぶはっ……」

まるで雪男みたい。

慌てて首を振る彼を見て、なんだか私はとてもおかしくなってしまって。

「くふっ……あはははははは！　なにしてるんですか！　まったくもう！」

「………ぷっ。ははっ、本当だ。なにやってるんだかね」

クリスも釣られたように表情を崩し。

それが余計に笑いを誘う……。

彼はあれから、本当によく笑うようになった。以前よく見せていたシニカルな微笑も素敵だったけど、私は今の彼の自然な笑顔の方が好きだ。

「殿下、またそんな危険なことを……ッオオォ!? メイア貴様なんだそれは！ その、雪玉を止めろぉぉっ！」

「止まりませーんわ！」

兵士の叫びを目で追ってみると、すごいことになっていた。

後ろから来ていた筈の兵士のさらに後方からメイアがとんでもサイズの雪玉を転がし、今まさに、彼らにぶつからんとしていたのだ。

「「ウワァァッ！」」

ぼふぁんと、情けない音を立てた雪玉の破裂に兵士たちは巻き込まれ、それを見てせっかく収まりかけていた私たちの笑いの衝動は完全に堰を切った。

「「………っはははははッ‼」」

私と殿下は隣り合わせに寝っ転がって手足をばたつかせ、ひぃひぃ声を詰まらせる。まったくメイアはいつも本当、無茶苦茶するんだから……。

「はーっ、たっのしい」

「一生分笑った気がするよ……」

火照った体に雪の冷たさがひんやり心地よいけれど、そろそろと思った私は体を雪原から起こし、同時に立ち上がった殿下とお互いに雪を払い落とす。

「今一瞬、子供に戻ってたような気がしました」

「……だね。どうしてやらなくなってしまうんだろうな、こういうことを……」

損得勘定とか、恐怖心とかが身につくと見向きもしなくなってしまうような子供遊び。それがこんなに楽しいのは、きっと、今ここに彼や私の好きな人たちがいてくれるからで。

大切な人と出会うことで、人生はこんなにも鮮やかに色づく。この人と出会うことでそれを知り……私は今さらながら、どんなに自分が幸せかを実感している。

「もう一回やるかい？」

「ええ、せっかくですから」

私はクリスとふたり、橇を丘陵の上まで引き上げていく。

そんな時、彼が少しはにかんで言った。

「あのさ……。私たちに子供ができたら、彼らにもたくさん教えてもらおうよ。楽しいことを」

「……それ！　きっと、最高だと思います！」

クリスの温かい笑顔が瞳の中の私と重なる。まだ見ぬ私たちの大切な家族。その曇りのない眼には、この世界はどれだけ美しく、くっきりと光輝いて映るのだろう。

「待ち遠しいですね」

「ああ」

またひとつ、またひとつ。

この世界には今日もなにかが生み出され、近くのものと混ざり合い、自分と周りを変えてゆく。そうしてきっとどんどん、素敵なものが増えてゆくんだ。

そんな想像が、なんともいえない気持ちで私の胸をいっぱいにさせ……。

嬉しくて嬉しくて、あんまり嬉しいものだから、じんわりと目の奥が熱くなってくる。

（……待ってるからね）

空いた手でそっと私は体の中心を押さえた。

私の中にも、いつか宿ってくれるといいな。私たちにとってかけがえのない希望——新しい命が。

（おしまい）

あとがき

初めまして、安野吽と申します。あるいはもしかしたら前作をお目通しくださった方もいらっしゃるかもしれません。どちらの方も本書を手に取っていただきありがとうございます。

今回も作品を書き上げるにあたって非常に右往左往した作者なのですが、私の場合、大体の作品を通していつもひとつの大きなハードルと向き合うことになります。それは主人公の造形です。現在、書籍、WEB問わず、すさまじい数の作品が世の中には存在しており、当然私も今作の主人公のエルシアを書くに当たりイメージを固めようとしたわけですが、どうしたら既存の作品と異なるような部分、彼女らしさを出せるのかなど、とても悩んでいました。なかなかその答えが出ず、そうした反動か、ふと悪役側のキャラを考えた時、思いっきり自由にやらせようという考えになったのです。

そして先に生まれたのが、主人公の妹のリリカでした。彼女は自己中心的で我儘を絵に描いたようなキャラなのですが、ある意味でこれは作者の思い通りにいかないストレスを反映していたのか、作者自身も本書を見返すと、この子無茶苦茶なことを言ってるよね、と今でも苦笑してしまいます。

でもそのおかげでお話の軸が定まり、エルシアの彼女に対しての反応や旅の目的、他のキャラクターとの関わりなどが導き出され、物語が作られていったように思います。

エルシアは魔族の国に移動後、出会いのあったクリスフェルトと妹ミーミルの関係性に葛藤しますが、きっとこれもリリカの存在があればこそ。悪役の宿命として最後は退場してしまいますが、書き終えた今、作者としては作品に華を添えてくれてありがとう、と感謝を送りたい気持ちになりました。

それと、設定面で大きく悩んだところは、移住先の文化がまったく異なるところです。大体ファンタジー作品に登場する国というと、私は北欧諸国をイメージしがちなのですが、本作に出てくる魔族の国ジュデットはやや中東付近の国々のイメージを取り入れています。その辺りなんとなく作中でエキゾチックな雰囲気をイメージして、少しでもあちらの国を訪ねた気分でリフレッシュしていただければ幸いです。旅行のみならず、お出掛けするっていいことですよね、いったん出発してしまえば（そこまでが滅茶苦茶大変なのですが）もうよそ行きの自分になるしかありませんから、自然と前向きになれる気がします。

私も海外旅行などの経験はありませんが、今はネット検索するだけでいろんな地域の様子が手軽に見られたりしますから、こういうところに行ってみたい……と野望だけ燃やし、未来の自分に期待して粛々とパソコンのキーをタイプする毎日を送っております。皆様も安全だけにはお気をつけて、ぜひ心に残るご旅行を。

では最後に、なにかとトラブルありがちな作者をパワフルなリードで校了まで導いてくださったスターツ出版の編集者様方、ならびに繊細かつキュートなイラストで作品世界を克明に表現してくださった仁藤（にとう）あかね先生、他にも、当作の出版を支えてくださった大変多くの方々に、この場を借りて御礼申し上げます。そしてなによりも、読んでくださった皆様方に感謝を。本書を手にされたあなたの思い出に、ほんの一幕でも彩（いろどり）を添えることができていますように。

安野（あんの）吽（うん）

追放したくせに戻ってこい？
万能薬を作れる薬師を追い出しておいて、
今さら後悔されても困ります！

めでたく婚約破棄され、隣国で自由を満喫しているのでお構いなく

2024年2月5日　初版第1刷発行

著　者　安野 吽

発行人　菊地修一

発行所　スターツ出版株式会社

〒104-0031　東京都中央区京橋1-3-1　八重洲口大栄ビル7F
TEL 03-6202-0386（出版マーケティンググループ）
TEL 050-5538-5679（書店様向けご注文専用ダイヤル）
https://starts-pub.jp/

印刷所　大日本印刷株式会社

ISBN　978-4-8137-9305-2　C0093　Printed in Japan

［安野 吽先生へのファンレター宛先］
〒104-0031　東京都中央区京橋1-3-1　八重洲口大栄ビル7F
スターツ出版（株）　書籍編集部気付　安野 吽先生

強面皇帝の溺愛が
駄々漏れで困ります
引きこもり
令嬢は
皇妃になんて
なりたくない！
Hikikomori reijou ha kouhi ni nante naritakunai!
著・百門一新
イラスト・双葉はづき
強面皇帝の心の声は
溺愛が駄々洩れで…!?